EL CASO DEL RELOJ DESAPARECIDO

EL CASO DEL RELOJ DESAPARECIDO

CARLOS ORTEGA PARDO

MARI CARMEN PÉREZ TORRES

JAVIER CARRILLO HERMOSILLA

JOSÉ ANTONIO MAZA PÉREZ

SANDRA MONTEVERDE GHUISOLFI

RICARDO ALLER HERNÁNDEZ

RICARDO GIRALDEZ

GUILLERMO HORACIO PEGORARO

IGNACIO CALLE ALBERT

ÁNGEL REVUELTA PÉREZ

ANTONIO MARTÍN GARCÍA

GLORIA MOLINERO FERNÁNDEZ

JOSE LUIS MOLINERO NAVAZO

e-Dit ARX

PUBLICACIONES DIGITALES

COLECCIÓN MISCELÁNEA, 12

© de la edición (digital e impresión bajo demanda):
e-DitARX Publicaciones digitales
Av. Almazora, 83, 4-E, 12005, Castellón de la Plana
Tel.: 964 063 778
editarx@editarx.es
www.editarx.es

Depósito Legal: CS 433-2019
ISBN 978-84-946902-8-0

Es una vieja máxima mía que cuando hayas descartado lo imposible, lo que quede, aunque sea improbable, debe ser la verdad.

ARTHUR CONAN DOYLE *(El signo de los cuatro)*

Índice

Las dos muertes de Christopher Marlowe

Carlos Ortega Pardo

—¿Y bien? —inquirió con cierta impaciencia el arrogante joven-
zuelo, no tendría mucho más de veinte años. Se arrellanaba en la
misma silla, situada al otro extremo de una maciza mesa de nogal,
desde donde hacía ya un lustro sir Robert Cecil, Conde de Salisbury[1]
y mano derecha del rey Jacobo, le había encargado una misión de la
que podía al fin rendir cuentas. Las hechuras de aquel apolo de leona-
da cabellera diferían lo que el día y la noche de las del pobre jorobado
Cecil. Asimismo, el tono de su voz, viril e impetuoso, nada tenía que
ver con los murmullos que había que sacarle a sir Robert de entre los
pliegues de la gorguera.

—Disculpad, señor —respondió el recién llegado, bastante desali-
ñado, a juicio de su interlocutor, pese a los evidentes esfuerzos por
mostrar una apariencia digna de la compañía. Era de corta estatura,
correoso. Adusto el gesto. Cubría su cabeza una enmarañada pelam-
brera negra, la cetrina tez alfombrada de vello. Su fisonomía toda llevaba a sospechar que se trataba de uno de los tantos bastardos que los
náufragos de la Armada[2] habían sembrado en las costas irlandesas.
El español siempre se muestra presto a la violación y al saqueo, aun
en las peores circunstancias. Y prosiguió—: Tengo orden de informar
directa y exclusivamente al conde de Salisbury.

Alegación tal sorprendió a su destinatario, poco acostumbrado a
que se le contradijese. Se removió en la silla. Su volcánico carácter le
dictaba cubrir de cadenas a tamaño insolente; si bien, por otra parte,

1 Robert Cecil, I conde de Salisbury (1563-1612). Principal consejero de Isabel I
y de su sucesor, Jacobo I.
2 En 1588, Felipe II, rey de España, intentó invadir Inglaterra. Para ello fletó la
después jocosamente conocida como Armada Invencible, pues la «empresa de Inglaterra», como se la denominó en España, se saldó con uno de los fracasos más
sonados de la historia militar.

la ignorancia en que chapoteaba aquel individuo insólito llegaba incluso a resultar divertida. Respiró hondo, se inclinó hacia adelante aferrándose al borde de la mesa hasta el punto de marcar la recia madera con las uñas y, de momento, logró serenar su ira.

—Sir Robert murió —le explicó con una calma que no reservaba ni a sus allegados, siquiera al rey—. Ahora yo ocupo el cargo, de modo que habrá de ser a mí a quien pongas al día.

—¿Y vos sois...? —repuso casi sin dejarle terminar. Definitivamente, aquel lenguaraz merecía que lo arrojasen a la mazmorra más lóbrega de la Torre[3]. No obstante, le picaba la curiosidad y la irrupción de semejante desvergonzado había puesto una nota de color a sus aburridos quehaceres ministeriales. De nuevo se contuvo; no así su secretario, quien le dedicó un soberbio papirotazo acompañado de una imprecación igualmente sonora:

—¡Maldita escoria española, muestra el respeto debido a sir George Villiers[4]!

La reacción primera del abofeteado fue llevarse la mano a la espada; en su acaloramiento, olvidaba que había tenido que dejarla al cargo de un untuoso ordenanza antes de acceder al despacho de sir George. Mientras recuperaba la compostura estudió con atención las facciones de su agresor; tarde o temprano limpiaría aquella afrenta, posiblemente junto a la puerta trasera del peor burdel de Whitechapel.

—Y ahora que hemos sido presentados —intervino con sorna el joven ministro—, ¿nos deleitarás con esas peripecias que reservabas al difunto sir Robert?

Crucé las murallas de Perusa, en el centro de la bota italiana, acabando el verano de 1610. El viaje había transcurrido con inopinada normalidad, el Canal estaba en calma y por los caminos de Francia no fui asaltado. Mi cometido en la ciudad umbra era doble: asesinar a su único vecino inglés y destruir sus archivos. Tratándose solo de lo primero, habría sido un trabajo sencillo, de los que había hecho en varias ocasiones, todas con éxito. No obstante, lo segundo requería

---

3 Castillo edificado en Londres tras la conquista normanda de Inglaterra en 1066. Desde bien pronto se utilizó como prisión.
4 George Villiers, I duque de Buckingham (1592-1628). Favorito del rey Jacobo I, lord gran almirante y primer ministro.

que previamente me otorgase su confianza, hasta un punto tal que me permitiese acceder, o cuando menos, tener noticia de su colección de legajos, algunos —me figuraba— tan íntimos o comprometedores que no se encontrarían precisamente al alcance de cualquier criado chismoso. Ello me obligaba a entablar una relación personal con la futura víctima, cuya mera perspectiva ya me incomodaba, pues suponía un problema añadido, no de orden moral —no acostumbra la conciencia a remorderme, de lo contrario no me ganaría la vida de esta guisa—, sino, esencialmente, práctico. Y es que una vez concluida la operación no habría sospecha, en muchas leguas a la redonda, que no apuntase hacia mí. Conque salir del atolladero subsiguiente iba a exigir la puesta en liza de buena parte de mis talentos.

El tipo, exiliado supuse que papista —no en vano Perusa forma parte de los dominios de la Santa Sede—, se hacía llamar Geoffrey Munroe, evidentemente un alias. Al parecer, se trataba de un viejo conspirador, superviviente de una tentativa anterior para sacarlo de la circulación. Sir Robert no me había proporcionado demasiados datos, afirmó que me convenía saber lo mínimo, criterio con cuya prudencia coincido. La misión seguramente se enmarcaba, cierto que con algo de retraso, aunque sir Robert entendía que las prisas son malas consejeras, en las represalias que siguieron al complot de la pólvora[5]. Pese a mi juventud, yo mismo había participado, con un entusiasmo que excedía la simple dedicación profesional, en la caza de unos cuantos notorios integrantes de la plaga católica. Pero si el fulano aquel estaba curado de espanto no resultaría fácil hacerle morder el anzuelo. Tendría que ofrecer mi mejor representación de un papel, el de papista huido, que hasta la fecha se había revelado infalible.

Dejé mi escaso equipaje en una posada cualquier cosa menos decente, ni nombre tenía, junto al arco etrusco. Allí logré enterarme de dónde vivía Munroe, no sin dificultad. Y no porque fuese un desconocido; como dije antes, se trataba de mi único compatriota en la ciudad. Además, según pude comprobar más tarde, su personalidad no dejaba indiferente a nadie. Pero la miríada de dialectos hablados en la península itálica imposibilita cualquier atisbo de comunicación no

---

5 Fallida conspiración católica para volar el Parlamento en el día de su apertura por el rey Jacobo I, el 5 de noviembre de 1605. Uno de sus líderes era el célebre Guy Fawkes.

solo del forastero con los nativos, también la de estos entre sí. No me extraña que sus ciudades, ducados, reinos y vaticanos, anden constantemente a la greña. Varios huéspedes habían amenazado con agredirse mutuamente en el transcurso de sus explicaciones solapadas; uno incluso había silenciado la cháchara del más vocinglero dejándolo inconsciente con un cucharón de madera. Al final, un buhonero capaz de chapurrear media docena de palabras en francés me indicó una dirección muy próxima, tanto que perfectamente podría haberme ahorrado aquella violenta jerigonza.

El lugar era un callejón sin salida llamado vía Corrotta[6], oportuna denominación para el alojamiento de un traidor. Munroe ocupaba una modestísima vivienda de dos plantas. No había asido la aldaba cuando la puerta se abrió de golpe, dando paso a una rociada de inmundicias sin previo aviso que me caló hasta los huesos. La mucama me miraba desde el umbral, el cubo vacío apoyado en su cadera dadivosa y una sonrisa cruel asomándole de entre las cerdas del frondoso mostacho. No se molestó en disculparse y cuando le pregunté por el dueño de la casa, arrastró los pies de vuelta adentro convocándolo a gritos. O eso deduje de sus reiterados *signore Godofredo Munroe,* apellido que en su inextricable pronunciación sonaba algo así como *Manero.* La seguí. El piso inferior albergaba la cocina, la despensa, el leñero y un jergón de paja para uso de la hirsuta fámula. Una escalera al fondo subía a lo que imaginé serían las habitaciones de Munroe, que había abandonado al oír los berridos de la criada. Desde abajo los vi cuchichear en el pequeño rellano. A tenor de las miradas que me dirigían, ella debía de haber adivinado mis aviesas intenciones y, con exuberancia gestual, le advertía encarecidamente contra mi persona. Munroe la apartó con delicadeza y bajó hasta donde yo aguardaba. Era un hombre alto, calvo como una cucurbitácea, de porte aristocrático y edad avanzada, si bien tiempo después supe que no tanto, una vida plagada de excesos envejecía los 46 años que en realidad tenía.

—Perdonad los modales de Valentina —trató de excusarla—. Os tomó por un gitano que pretendía venderme crecepelo —me observó con detenimiento—, pero salta a la vista que venís de Inglaterra. Vuestros ropajes os delatan, no obstante su lamentable estado... no sabía que estuviese lloviendo —asomó la monda cabeza a la calle,

---

6 *Corrotto, -a,* en español 'corrupto' o 'deshonesto'.

comprobó que, en efecto, mis trazas no se debían a tormenta alguna y arrugó la nariz cuando me tuvo más cerca.

Todas mis prevenciones acerca de las suspicacias que la súbita aparición de un paisano pudieran haberle provocado se revelaron fútiles. Me invitó a pasar a su biblioteca, sita efectivamente junto al dormitorio en la planta superior. Allí apenas si me dio tiempo a desgranar los presuntos tormentos a los que había sido sometido mi catoliquísimo e imaginario progenitor a manos de los herejes. En su lugar, y tras revolver durante un buen rato el cúmulo de volúmenes abiertos y manuscritos a medio emborronar que cubrían no solo el escritorio, sino también la pareja de sillas, el espacio sobrante en las baldas de las estanterías, el suelo, e incluso el alféizar de un ventanuco por donde entraba una tímida claridad, me endilgó un paquete de talla mediana que debía hacer llegar a Inglaterra lo antes posible, a la atención de un tal Will Shaxpere, de Stratford. En ese mismo momento podría haber desenvainado y haberlo atravesado de lado a lado, haberle dado un tiento a Valentina —«a la mujer bigotuda de lejos se la saluda», pero el refrán no especifica qué viene luego de las presentaciones— y prendido fuego a la casa, por supuesto con ella dentro. Claro que, en ese caso, corría el riesgo de que la documentación realmente importante, la que valía todas aquellas molestias, se hubiera salvado al estar quizá a buen recaudo en sitio más discreto. De modo que acepté el encargo, no se me ocurría mejor manera de granjearme su amistad que sustituyendo al mensajero habitual, según Munroe, un bribón que probablemente había vendido la última entrega por una azumbre de vino francés para, a continuación, largarse de vuelta al córnico[7] nido de piojos del que en mala hora había salido. A mi pregunta de cómo iba a financiar los gastos del viaje, respondió sacándose del dedo, no sin esfuerzo, un hermoso anillo en el que había engastado un enorme lapislázuli. Me indicó la dirección de un prestamista sefardí donde por la joya se me daría una cantidad justa, lo cual no era totalmente cierto; de hecho, tuve que ponerle la espada al cuello al usurero y amenazar con cortarle las filacterias para que aflojase la bolsa hasta llegar a un precio que estimé correspondiente al verdadero valor de la alhaja.

7 Gentilicio de Cornualles, o Cornwall, región al suroeste de Inglaterra.

Me puse en marcha y, en cuanto hube abandonado el perímetro defensivo de Perusa, abrí el enigmático paquete, de cuyo contenido Munroe no había dicho una palabra. Si bien no debía husmear en asuntos que no eran de mi incumbencia, esperaba encontrar alguna pista acerca de la naturaleza de los papeles que me habían ordenado destruir y poder así cumplir mi cometido sin margen de error. Con lo que topé fue con un drama en cinco actos titulado *La tempestad*. Sorprendido, pero principalmente decepcionado —contaba con hallar algo más espinoso que una simple obra de teatro—, la embalé de nuevo sin leerla y me encaminé a la ciudad de Venecia, en esta ocasión viajaría por mar. Allí embarqué en un pesado mercante que bordeaba la costa italiana, el sur de Francia y el levante español. Extrañamente, los piratas berberiscos nos dejaron bastante tranquilos. Solo un par de intentos de abordaje hubimos de repeler, lo cual me permitió darle gusto al acero, que amenazaba ya con oxidarse en la vaina. En Cádiz gasté mis últimas monedas en el pasaje para un galeón que se dirigía a Flandes. No habrían sido las últimas de no haber perdido casi todo el capital inicial jugándomelo a los dados con lo más bellaco y tramposo que haya pisado nunca la cubierta de un barco, en concreto el capitán del mercante veneciano y su cocinero. Llegado a Amberes, hice valer mi condición de agente al servicio de la Corona ante los rebeldes flamencos, quienes, en previsión de que la tregua no duraría mucho[8], aprovechaban la mínima oportunidad de fastidiar al opresor español. Me ocultaron en la bodega de una vieja carraca reconvertida para el contrabando de armas, que a su vez quedaban disimuladas en un doble fondo bajo la carga declarada, en este caso paños procedentes de Brujas, y zarpamos rumbo a casa. Efectivamente, el rodeo que había dado bien pudiera juzgarse excesivo, pero en este oficio toda precaución es poca, y me constaba tener varios pares de ojos vigilando hasta mi movimiento más insignificante desde el momento exacto en que había puesto un pie en territorio papista.

—Me pregunto si toda esta verborrea conduce a parte alguna —lo interrumpió Villiers. Silenció su amago de protesta con un elocuente gesto de la mano, subrayado por un nuevo mamporro del secretario.

8 La conocida como tregua de los Doce Años estuvo vigente de 1609 a 1622.

—Sin embargo, tu relato no carece de interés —añadió—. Mañana seguirás contándome esas andanzas tuyas. Incluso puede que su majestad te haga el inmenso honor de escucharlas también, caso de que logres seguir captando mi atención.

Dispuso que se lo acomodase con el servicio y se le diese de comer y una muda limpia, en lugar de patearlo hasta los calabozos y dejar que se pudriera, como había sido el original deseo de sir George, según afirmación propia. A continuación, se puso en pie y abandonó la sala con aquel porte magnífico que le había ganado el sobrenombre del «cuerpo mejor formado de Inglaterra», además del favor, o el fervor, del rey Jacobo.

El secretario y sus secuaces hicieron una interpretación un tanto laxa de las órdenes de su señor, golpeándole con saña, aunque con el cuidado de que no quedasen pruebas incriminatorias en las partes visibles del cuerpo, tales que el rostro y las manos. Asimismo, se fue a la cama —un trozo de manta infestada de chinches junto al pozo negro— sin cenar. Ni que decir tiene que de la ropa prometida no tuvo noticia; peor aún, lo dejaron en pelota picada hasta la mañana siguiente, cuando sir George mandó a buscarlo. Entonces, tras una somanta que hizo las veces de «buenos días» y de desayuno, lo vistieron con las mismas prendas raídas que había traído puestas.

En Stratford, una mujeruca enlutada y reseca como un sarmiento, que más parecía su viuda que su esposa, me dio con la puerta en las narices, si bien antes se avino a indicarme dónde podía encontrar a su marido: en cualquiera de las tabernas surgidas al calor del Globo[9], junto a alguna buscona de ínfima estofa, olvidado de sus deberes familiares, embrutecido por una vida de pecados sin cuento, labrándose una eternidad de agonía en las calderas de Pedro Botero.

El Globo se alzaba a la orilla del Támesis, en el distrito de Southwark, y a su alrededor se arracimaba un sinfín de tascuzos y casas de lenocinio que no invitaban precisamente a degustar sus manjares. En el que posiblemente fuese el antro más infecto de la ciudad y, por

---

9 The Globe. Teatro construido en 1599; en él se representaron numerosas obras de Shakespeare.

ende, de la entera Albión, encontré a Shaxpere, quien por aquellos días se hacía llamar Shake-speare. Era un personaje bastante célebre en la zona, pues lideraba una compañía teatral que patrocinaba el propio monarca y cuyas obras se escenificaban en el citado teatro. El dueño de aquella infame zahúrda me lo señaló con un gruñido: al fondo del local, repantingado en una banqueta de discutible estabilidad, una mano en la jarra de cerveza y la otra en las marchitas tetas de un monigote pintarrajeado que roncaba estruendosamente sobre su hombro. El tipo no ofrecía mucho mayor decoro, ello a pesar de la aparatosa indumentaria con que se adornaba. Lo hacía particularmente ridículo una frente despejada en exceso que culminaba, brotando casi del cogote, en una absurda melena, lacia y churretosa. El arete colgando del lóbulo de la oreja izquierda no mitigaba el adefesio, sino todo lo contrario. Me presenté, le dije de parte de quién venía y le entregué el paquete, algo maltrecho ya por las vicisitudes del viaje.

—Ya era hora, este Marlowe es más lento cada día que pasa —murmuró; mientras se inclinaba trabajosamente para cogerlo, había resuelto el tremendo dilema que se le planteaba entre soltar la cerveza o los pechos de aquella desdichada optando por seguir asido a la primera.

—Munroe —lo corregí de inmediato, apenas sin darme cuenta.

—Munroe, Marlowe, Morley...[10] —masculló retirando el envoltorio—. Tres nombres distintos para un mismo Judas. —Y, con ostensible silabeo, producto no sé si de la curda, un nivel precario de alfabetización o ambas, leyó en voz alta el título de la obra—: *La-tem-pes-tad*.

Me senté en el taburete que había estado ocupando su perjudicada acompañante, pues al perder el punto de apoyo, se había esta deslizado, casi derramado, hasta quedar tendida en el suelo, inconsciente como una piedra. Mi instinto me sugería que, a poco tirarle de la lengua, podía obtener de aquel bufón información de valor. Lo invité a otra jarra de aquel apestoso brebaje a medio fermentar y le pregunté en tono inocente a qué se refería.

El Geoffrey Munroe que me habían ordenado asesinar era el antaño exitosísimo dramaturgo Christopher Marlowe, muerto en reyerta

10 Las vacilaciones ortográficas eran habituales en una época en que la lengua no había alcanzado el grado actual de fijación. Como se ha visto, el propio Shakespeare aparece también bajo diversas denominaciones.

de borrachos hacía cerca de veinte años. Lo último solo oficialmente. Porque, en efecto, su apuñalamiento en la casa de Eleonor Bull, en Deptford, había sido un montaje digno de sus mejores composiciones. Hacerle profundizar en el delirio conspirativo que apuntaba me costó otro pichel. La Cámara Estrellada[11] andaba tras los pasos de Marlowe, al que tenía por chivato a sueldo de nuestros enemigos. Detenido e interrogado, el también escritor Thomas Kyd[12], con el que había compartido vivienda y probablemente el lecho, lo acusó de criptocatólico y hereje, además de confirmar las sospechas de sodomía. Viéndose con el agua —y la soga, o el hacha del verdugo— al cuello, Marlowe pidió auxilio a su amigo Thomas Walsingham, primo de sir Francis Walsingham[13], jefe de una tupida red de espionaje con ramificaciones por todo el orbe. Entre los tres, y con la inestimable ayuda de la mencionada alcahueta y un par de matachines de la legión que Walsingham tenía en nómina, organizaron y llevaron a buen término la comedia.

¿Qué pintaba él, un humilde actor de provincias, de «poco latín y menos griego»[14], en aquella mascarada?, preguntó con estudiado sentido del suspense, para de inmediato explicar que ambos salían beneficiados del arreglo al que llegaron: Shaxpere, o Shake-speare, se haría un nombre en la escena londinense llevando a las tablas, con su firma, las obras que en lo sucesivo escribiera Marlowe a cambio de módicas cantidades de dinero que a este le permitirían sufragarse el duro pan del exilio. Dicho lo cual, y como acordándose de pronto, dejó caer un pequeño talego de monedas sobre la mesa húmeda de cerveza rancia. El pago por *La tempestad*. Siguió divagando durante varios minutos, me confesó que, al no haber transigido Marlowe con cederle también su colección de sonetos inéditos, se había hecho con ellos sobornando al funcionario de la Cámara Estrellada encargado de la custodia de

11 Star Chamber. Tribunal vigente en Inglaterra entre 1487 y 1641, especializado en delitos de traición y notorio por la crueldad de sus torturas.
12 Hoy prácticamente olvidado, Kyd (1558-1594) fue una de las figuras más relevantes del teatro isabelino gracias a obras como la truculenta *The Spanish Tragedy*.
13 Francis Walsingham (1532-1590). Secretario principal de Isabel I, conocido por ser un maestro de espías. Logró frustrar varios complots para asesinar a la reina y fue el responsable de la ejecución de María Estuardo.
14 *And though thou hadst small Latine and lesse Greeke*. Verso de Ben Jonson (1572-1637) en su dedicatoria para el *First Folio* con las obras de Shakespeare, editado en 1623, siete años después de su muerte.

las pruebas. Había pasado demasiado tiempo como para que a nadie preocupase la desaparición de un documento, irrelevante en términos procesales además. No hacía ni un año que los había publicado, con éxito moderado que, esperaba, incrementaría su fama y fortuna.

Le entraron ganas de mear. Lo ayudé a levantarse y guie sus torpes pasos hasta el exterior. Apoyado en la pared de adobe de la taberna rompió a vomitar con la furia de mil borrachos. Cuidé de que no se manchara los ricos ropajes, pensaba quedarme con ellos. Con igual miramiento lo recosté en unos sacos cuyo contenido era mejor no atisbar. Lo desvalijé concienzudamente, sin que, de tan beodo, ofreciese resistencia. Me llevé el jubón, las calzas, las medias y los zapatos, todo de mi talla, como había supuesto al primer vistazo. Y el pendiente, que podría vender a precio razonable.

Acababa de llegar, después de un viaje terrestre un tanto agitado, pues los bandoleros franceses tienen un olfato especial para las bolsas bien colmadas y la verdad es que mi ostentoso atavío constituía una irrechazable invitación al robo con violencia; pero Marlowe estaba sediento de noticias y, principalmente, del dinero acordado a cambio de *La tempestad*.

—¡Jodido ladrón hijo de mil padres! —aulló cuando le anuncié el plagio de sus sonetos por el testaferro Shake-speare, arrojando por la tronera, única fuente de luz natural de su biblioteca, el grueso volumen de poesía grecolatina que había estado hojeando.

—*Ma porca puttana!*[15] —se oyó procedente de la calle, a donde había ido a parar el pesado incunable, presumí que previo impacto de canto en el juanete de un desafortunado transeúnte.

Daba vueltas como un animal enjaulado y largaba insultos con una exuberancia morfosintáctica solo al alcance de una de las cumbres de nuestra hermosa lengua inglesa. De haber tenido algo de pelo en el cráneo, estoy seguro de que se lo habría arrancado a puñados.

—En fin, riesgos de ponerse en manos de un saltimbanqui iletrado —concluyó serenándose—. En cualquier caso, son obras de juventud, precipitadas e imperfectas. He escrito poemas mejores desde entonces, ellos sí, a buen recaudo en mi archivo personal.

15 Exabrupto difícilmente traducible.

Aquel breve monólogo tranquilizador me puso en guardia: había un archivo, y en él material probablemente más sensible que unos cuantos versos de sonrojante amor otoñal. Me propuse encontrarlo aquella misma noche, cuando regresé provisto de una ganzúa que cumplió su cometido con la eficacia debida. El camastro de la fámula estaba desocupado, lo cual no llamó en exceso mi atención; estaría retozando en cualquier pajar de los alrededores con algún aprendiz sin demasiados escrúpulos. No los tengo yo, conque no se me habría ocurrido juzgarlo. De la planta superior llegaban unos ronquidos horrísonos, temí que Marlowe durmiese con la puerta abierta, ello me obligaba a un sigilo añadido, arduo de conciliar con la búsqueda prácticamente a oscuras que tendría que hacer entre el caos de sus papeles. Una vez arriba, comprobé con alivio que la puerta del dormitorio estaba cerrada a cal y canto; resultaba fascinante que sus propios desaforados gañidos no lo despertasen. Me sobresaltó un ruido inesperado, llegado de la biblioteca, había alguien dentro. Descartada la posibilidad de que pudiera nadie querer robar a un muerto de hambre como Marlowe, mi mente se puso en lo peor: no recibiendo noticias, ni buenas ni malas sobre la marcha de la misión, sir Robert había decidido asignársela a otro, que había llegado para enmendar mis errores y, me temía, retirarme a perpetuidad. Pero no pensaba vender barato el pellejo; saqué la daga con que daba las puñaladas traperas en los duelos a espada, ajenos en el submundo por el que suelo moverme a la limpieza de la esgrima aristocrática. Entré con un disimulo del que carecía quien se me hubiera adelantado en el husmeo, estridente y confiado hasta lo suicida. Un bulto de medidas similares a una paca de heno se inclinaba sobre un arcón, hurgando en su interior, de espaldas a la entrada y sin la menor precaución, incluso se alumbraba con una palmatoria que había dejado en el suelo, a un lado. Más de cerca comprobé que se trataba de un culo cuyas exorbitantes dimensiones me eran familiares, lo mismo la cofia que se agitaba dentro del cajón. Agarré a su propietaria por el tranzado haciéndola levantar el rostro, la punta de la daga en el cuello. El haz de luz que emitía la vela moribunda se vio invadido por el hirsuto perfil de Valentina, la criada.

—*Cosa fai qui?*[16] —le susurré al oído sin aflojar la presión del

16 ¿Qué haces aquí?

acero. Tengo facilidad para los idiomas y llevaba en Italia tiempo más que suficiente para haber aprendido una selección de frases útiles.

—*E tu, cosa fai?*[17] —preguntó ella desafiante, muy segura, a mi juicio demasiado, de que no le haría daño. Aquella bravata me dejó sin palabras por un instante, que la jactanciosa marmota aprovechó para echarme mano a la entrepierna—. *Eccola qua, adesso vedo...*[18] —añadió, la lengua humedeciendo con lujuria el espeso bozo y la mano experta magreándome sin pudor ni piedad.

Hube de dar la noche por perdida y a Valentina lo que demandaba con irresistible insistencia. Los estremecedores ronquidos de Marlowe todavía no se habían acallado cuando, con el sol alto en el firmamento, pude al fin escapar de los exigentes y fornidos brazos de su criada y desplomarme baldado sobre la yacija que me habían adjudicado en la dantesca fonda donde me hospedaba.

El rey farfulló algo incomprensible. Su cerrado acento escocés se veía agravado por un prognatismo asombroso que la poblada barba no alcanzaba a encubrir, junto a un consumo alcohólico asimismo admirable. Villiers se afanó en traducirlo:

—A su majestad le complacerá ser informado de tus progresos ulteriores.

Sir George había decidido llevarlo a las consultas que de cuando en cuando mantenía con el rey, quien entonces se encontraba pasando unas semanas en Theobalds House, su residencia campestre de Hertfordhire. Se rumoreaba, y no sin razón, que encuentros de muy otra naturaleza eran entre ellos más del gusto de su majestad y, por ende, frecuentes, que los relativos a los asuntos de Estado.

Con inopinada generosidad, el altivo primer ministro le había permitido compartir su carruaje, magnánimo gesto del que no tardó en arrepentirse, pues aquella bestia lanuda había desobedecido las instrucciones que se le habían impartido acerca de lavarse y mudarse. Hedía como la bodega de un galeón español, copando sus efluvios sulfurosos todos los rincones de la exigua cabina.

Llegaron pasado el mediodía y se dirigieron de inmediato a los reales aposentos. Antes, y apenas puesto un pie fuera del vehículo, sir

17 Y tú, ¿qué haces?
18 Ah, ya veo...

George se dobló cuan largo era y regurgitó hasta la primera papilla. A pesar de la hora, su majestad el rey Jacobo I de Inglaterra y VI de Escocia los recibió en la cama, recostado sobre varios almohadones, tapado hasta el prominente mentón y tocado con un ridículo gorrito de dormir. Su favorito le mulló los cojines con diligencia y le presentó a su acompañante, haciendo un sucinto resumen de los lances que hasta la fecha le había este pormenorizado.

Tampoco en las noches posteriores me fue posible continuar —en rigor, iniciar— mis pesquisas. La voracidad de Valentina no conocía límites y, pese a quedarme conversando y fumando con Marlowe hasta que a este le vencía el sueño y empezaba a roncar como un oso, la libidinosa sirvienta encontraba siempre el modo de arrastrarme a sus modestos aposentos para sacarme el hámago, el saín y el tocinillo. No obstante, en el transcurso de mis veladas junto al otrora laureado poeta, accedí a informaciones ciertamente jugosas. Escandalizado quizá por la imagen que me hubiera formado de él a partir del relato de Shake-speare, me obsequió con una completísima reconstrucción de los acontecimientos, empezando por una vehemente refutación de las acusaciones vertidas por Thomas Kyd, quien amarrado al potro de tortura habría vendido a su propia a madre. Claro que, matizó, habida cuenta de la probada eficiencia con que los esbirros de la Cámara Estrellada cumplían su cometido, pocos se hubieran resistido a cantar entero el *Libro de los Salmos*. Cuando joven, recién egresado de Cambridge, Marlowe sí había hecho varios trabajos en el extranjero para sir Francis Walsingham, pero juraba, sobre la tumba precisamente de su madre, que jamás incurrió en herejía ni mucho menos sodomía, a diferencia de Kyd, «esa maricona sin cojones» —según iracundas palabras suyas—. Igual que este, Marlowe era un peón en la partida de ajedrez que habría de resolverse con la caída de una pieza de mucha mayor relevancia: Walter Raleigh[19]. Aprovechando que, en uno de sus frecuentes ataques de celos, la reina Isabel le había retirado el favor a su ojito derecho, llegando incluso a encerrarlo en la

19 Walter Raleigh (1552-1618). Marino y cortesano, favorito de la reina Isabel I. Viajó a América, donde fundó la colonia de Virginia en su honor. Introdujo el tabaco en Europa.

Torre por un tiempo[20], los miembros de la Cámara Estrellada se propusieron frenar en seco, cortando por lo sano, el meteórico ascenso del popular aventurero. Y habían decidido que, haciéndole cosquillas en los lugares oportunos, como antes Kyd, Marlowe —a quien tenían por íntimo amigo de Raleigh— les proporcionaría las pruebas que necesitaban.

En principio, el Consejo Privado[21] no veía con malos ojos el plan para quitar de en medio a una figura cuya influencia sobre la soberana empezaba a resultar molesta; si bien existía el temor a que, como solía suceder, el interrogatorio a Marlowe se fuera de madre y algunas de sus revelaciones complicasen a los hombres fuertes del reino, sir Francis Walsingham y sir William Cecil[22]. Así, concluyeron que, por si las moscas, lo más conveniente era darle matarile al dramaturgo y esperar una ocasión más propicia para tumbar a Raleigh. La gestión le fue encomendada a Thomas Walsingham, primo de sir Francis y responsable de los sórdidos tejemanejes, digamos «operativos», consustanciales al negocio. No cayeron en la cuenta de que él sí estaba a partir un piñón con Marlowe —a Raleigh lo unía solamente su pasión compartida por la hoja de tabaco y por ciertos saberes poco ortodoxos— desde sus años de espionaje internacional. Para salvar a su amigo, Thomas Walsingham ideó la farsa de Deptford. De hecho, lo subió días antes a un barco camino del continente. También él encontró al mediocre actor Will Shaxpere, con el que llegó al acuerdo que este me había ya detallado.

El príncipe Orsini acogió al fugitivo en su corte de Bracciano, en las cercanías de Roma. Era este un rendido admirador de la cultura inglesa y ansiaba profundizar en ella, para lo cual necesitaba aprender el idioma, a cuya enseñanza se dispuso Marlowe con ánimo agradecido. El problema radicaba en que, al tanto los actos contra natura de los que, se decía, gustaba su invitado, el aristócrata italiano, conspicuo invertido él mismo, pretendía de su maestro una dedicación más entusiasta, y no en el plano académico. No sé si me explico.

---

20 Efectivamente, Raleigh pasó tres meses en la Torre de Londres por desposar en secreto a Elizabeth Throckmorton, dama de honor de la reina.

21 Privy Council. Institución integrada por los consejeros más próximos al monarca.

22 William Cecil (1520-1598), I barón de Burghley. Primer secretario de Estado y lord tesorero. Mano derecha de Isabel I. Su hijo Robert le sucedió en el cargo.

La relación se enturbió, especialmente a raíz de que Marlowe rehusara los reiterados ofrecimientos carnales de su en exceso solícito anfitrión, y lo hiciese además con su inconfundible grosería, mandándolo, literal y en absoluto literariamente, «a tomar por culo». No le quedó otra que abandonar Bracciano, decisión acuciada por los preparativos del príncipe para un pronto viaje a su reverenciada Inglaterra[23], donde Marlowe sospechaba que no tardaría en entregarlo al mejor postor. Acabó recalando en la apartada ciudad de Perusa, en la que había conseguido pasar desapercibido hasta que lo encontré.

—Hay una cosa que desde entonces me quita el sueño —dijo pensativo, exhalando una densa nube de humo.

Apenas si pude sofocar la carcajada que me invadió al oírlo, cualesquiera que fuesen los problemas que aquejaban a Marlowe, el del insomnio no estaba entre ellos. No percibió mi hilaridad, o simuló pasarla por alto.

—Nunca supe, ni sabré, la identidad del infeliz al que mataron en mi lugar —concluyó con amargura.

Con tal de aplacar la voracidad de la fámula y localizar de una vez los archivos de Marlowe, adquirí una pócima de beleño a través del usurero sefardita, a quien había ayudado con el cobro de un par de morosos. Aun habiendo sido a cambio de un porcentaje razonable —de algo tenía que vivir en Italia—, le hice notar que me debía el favor, bajo amenaza de dejarlo en peores condiciones que a sus deudores. Culminada otra de aquellas inacabables tertulias y ahumado como un pedazo de panceta, acomodé a mi anfitrión en el lecho. Me bastó con asomarme al rellano para comprobar que el bebedizo había funcionado, pues ambos, amo y criada, se enzarzaron en un espléndido duelo de ronquidos, cada uno desde sus aposentos respectivos, capaz de silenciar mis fisgoneos y una salva de arcabuces. Aproveché aquella temporal impunidad para poner patas arriba la de por sí empantanada biblioteca, hasta dar al fin con lo que debía haber hallado hacía meses: en un cofrecillo de madera con oxidados remaches metálicos se amontonaban sin orden ni concierto varias decenas de

---

23 Está documentada la visita a Londres del príncipe Orsini, duque de Bracciano, en el invierno de 1600. Es probable que en él se basase Orsino, personaje de la comedia *Twelfth Night, or What You Will* (Noche de Reyes), de William Shakespeare.

manuscritos. Hojeándolos llegué a la conclusión de que encerraban el mismo nulo interés que *La tempestad* o los sonetos plagiados por Shake-speare. No figuraban en ellos nombres ni hechos que pudiesen comprometer a ningún prócer, de entonces o de nuestros días; siquiera encriptados, pues dedicándoles una lectura más atenta concluí que, cuando Marlowe se proponía escarnecer a alguien, lo hacía sin ambages. Por ejemplo, había allí una comedia titulada *El bufón de Stratford* donde, con la tinta fresca todavía, dejaba a su protagonista, llamado Shagspere, en no muy buen lugar. Tan embebido estaba de la abracadabrante trama que no me apercibí de la llegada de su autor, al que probablemente había despertado cualquiera de las francas risotadas que aquella burla sublime me había provocado. No llevaba en la mano la sempiterna pipa de porcelana sino una espada fuera de su funda, y en el rostro una expresión homicida que me hizo desenvainar la mía y ponerme en guardia de un salto.

—¿Así agradecéis que os haya abierto de par en par las puertas de mi casa? —masculló con la mirada fija en sus papeles desperdigados por el suelo.

—Puedo explicarlo, yo... —apenas si alcancé a balbucear. No tenía preparada ninguna excusa, había contado con la solidez mineral que caracterizaba su sueño.

—¡Perro! —rugió un instante antes de lanzar su primera y última estocada.

—Entonces, ¿lo mataste? —inquirió el rey Jacobo, sazonando la pregunta con una torrencial lluvia de saliva. Entrelazadas sus manos y las de sir George. El gesto, de natural estólido, turbado por la intriga.

Adoptando un aire de dignidad ofendida que difícilmente maridaba con su decadencia indumentaria, el narrador de la apasionante historia se limitó a asentir.

—Hay algo que no acabo de entender —intervino sir George—. ¿Por qué has tardado tanto en enterarnos del cumplimiento de tu cometido?

Con indisimulado tono de reproche le señaló que habían pasado cinco años desde que la misión le fuera confiada y, a tenor de la aventura que les había detallado, al menos cuatro desde que la llevara a término.

—El viaje de vuelta fue algo accidentado —respondió. Y, comoquiera que a su majestad le pareció una explicación insuficiente, el apuesto valido le instó a profundizar.

Tras prender fuego a la casa con sus dos inquilinos dentro, Marlowe herido de muerte y la marmota durmiendo como tal, abandonó Perusa, en dirección a Génova esta vez, donde de nuevo se embarcó para España. Al poco de zarpar fueron abordados por los piratas berberiscos, sin la buena suerte de la anterior ocasión. De los ropajes que llevaba indujeron sus captores que podrían obtener un jugoso rescate por él, de modo que lo acomodaron en el presidio del *bey*[24] de Argel, bien abrigado de cadenas, a la espera de la fortuna prevista. Mientras les duró la creencia de que habían atrapado un pez gordo lo trataron con desusada deferencia, limitando las palizas a dos o tres por semana y manifestando un respeto reverencial por sus cuartos traseros. No obstante, conforme pasaban los meses y el dinero seguía sin llegar, la frecuencia de las zurras se hizo diaria, al tiempo que el hijo menor del *bey* escogía sus blancas posaderas para receptáculo de su lubricidad desviada.

—...si me disculpáis la expresión —se excusó, de pronto temeroso de haber agraviado al rey y a su favorito. Rieron ambos ante los súbitos miramientos del orador, con tierna complicidad simularon no comprender a qué se refería y lo animaron a continuar.

Dedicaba los tiempos muertos entre visita y visita a leer las inscripciones que antiguos presos habían dejado en las paredes de la sórdida celda. Llamaron especialmente mi atención las practicadas por un tal Miguel de Cervantes[25], quien manifestaba una particular brillantez para el denuesto. Sin ser un hondo conocedor de la lengua española sí pude apreciar que aquel Cervantes atesoraba una sorprendente cantidad de vitriolo contra una porción nada desdeñable de la humanidad —ricos y pobres, cristianos y herejes, reyes y sultanes, obispos e imanes, hombres, mujeres e incluso niños—, que había vertido con verbo caudaloso en los muros de su cautiverio.

Por fin, convencidos de que no recibirían un chelín por mi mísera persona, decidieron destinarme a usos más prácticos que el de mero

---

24 Gobernador turco.
25 En efecto, de los cinco años (1575-1585) que estuvo Cervantes cautivo en Argel, cinco meses los pasó en el baño o presidio del *bey*.

solaz para el libidinoso hijo del *bey,* lo cual agradecí, pues este empezaba a acaramelarse peligrosamente. Me uncieron al remo de una galera que recorría el Mediterráneo asaltando toda nave que se pusiera a tiro. Si no compartí el destino de la gran mayoría de forzados —esto es, como eventual pasto de los peces—, fue gracias a que, en un abordaje fallido cerca de Marsella, logré desasirme de los grilletes, agarrarme a un tablón a la deriva y flotar hasta ser recogido por pescadores un par de días más tarde. Trasladado a lo que en mi delirio creí un convento y luego resultó ser un concurrido lupanar portuario, me tomó varias semanas recuperarme. Ya en forma y viendo la escasa seguridad en que las chicas desarrollaban su trabajo, ofrecí a la *madame* mis habilidades en el campo del matonismo en pago por los servicios —y no estrictamente sanitarios— prestados. Así, durante unos meses por demás felices, me gané honradamente el sustento expulsando clientes problemáticos, vapuleando a los malos pagadores y haciendo un exhaustivo control de calidad a las adquisiciones recientes.

Cuando consideré que había saldado mi deuda moral me puse de nuevo en marcha. Crucé Francia de sur a norte y me vi envuelto en numerosas vicisitudes menores que no merecen ser reseñadas, incluido un falso buldero al que dejé seco en las proximidades de París por negarse a compartir los pingües beneficios cosechados en una temporada fecunda en primos dispuestos a comprar su salvación al precio que fuera. Finalmente, el previsible naufragio en el Canal no tuvo más consecuencias que un pequeño retraso de última hora.

Atusándose los bigotes y previa consulta con el rey, Villiers dispuso que se le abonase la tarifa correspondiente a actores, titiriteros y demás artistas del entretenimiento, pues muertos todos los involucrados en aquel enredo superlativo[26], no había modo de contrastar su verosimilitud.

—Probablemente tu historia sea la mayor desvergüenza que se haya escuchado nunca entre los muros de este palacio, pero su majestad la ha encontrado divertida. Merced a su infinita misericordia, no solo no se te azotará hasta dejarte al aire el espinazo, sino que incluso

---

26 Esto no es del todo cierto, ya que Thomas Walsingham no murió hasta 1630. Su cercanía al monarca debió de ahorrarle más de un incómodo interrogatorio.

se te pagará un buen dinero, conque muéstrate agradecido —expuso ante el gesto de contrariedad con que aquel zarrapastroso saludara la recompensa estipulada.

Abandonó Theobalds House bastante disconforme con un pago sensiblemente inferior al apalabrado con sir Robert Cecil. En el carruaje que lo trasladaba a Londres estuvo haciendo números, había contado con una cantidad que le permitiera adquirir una parcela en el Nuevo Mundo y aquella casi ni llegaba para el pasaje. Pero no le convenía quedarse en Inglaterra, ni siquiera el tiempo justo de localizar al secretario de Villiers y darle su merecido. Porque el asunto de Marlowe no había concluido exactamente como en su relato.

El poeta había quedado vivito y coleando y él, su supuesto ejecutor, tendido en el suelo de la biblioteca, sin conocimiento y con la cabeza abierta a causa de la inoportuna intervención de Valentina, quien le había roto la crisma con un candelabro cuando se disponía a ensartar a su señor, inerme tras brevísimo intercambio de mandobles. Que no lo rematasen probablemente se debiera a que lo dieron por muerto más que a resto alguno de caridad cristiana. Recobrada la consciencia y todavía aturdido por el coscorrón, estuvo batiendo los alrededores sin éxito, hasta que las torvas miradas de los paisanos le sugirieron que quizá empezaba a levantar suspicacias, en cuyo caso lo más recomendable era poner tierra de por medio, no sin hacer una última visita al prestamista sefardí y agradecerle con un palmo de acero entre costilla y costilla por la utilidad de la pócima que le había conseguido. De vuelta en Inglaterra, pasados todos los trabajos referidos, no osó presentarse ante sus superiores hasta cerciorarse de que la figura de Marlowe seguía sepultada en el olvido, incluso el triunfante Shake-speare parecía haberse esfumado[27].

Interrumpió sus cálculos un brusco frenazo. Abrió la portezuela y vio al cochero correr como alma que lleva el diablo. Un colorido trío de espadachines estaba parado en medio del camino. Al instante comprendió que no eran simples bandoleros. Había hecho un par de recados junto a uno de ellos, al que distinguía una enfermiza propensión a la crueldad. Villiers o quien fuera —pese al tiempo transcurrido, había mucho abolengo implicado en aquel enredo— no querría dejar

---

27 Shakespeare se retiró a Stratford-upon-Avon, su localidad natal, en 1611. Allí se dedicó a negocios diversos, entre ellos la especulación inmobiliaria, hasta su muerte en 1616.

ningún cabo suelto. Se apeó desenvainando, tampoco iba a facilitarles la tarea.

—Me pregunto, caballeros, quién será el primer valiente.

A lo que respondieron acometiendo los tres a un tiempo. Eso, se lamentó, también lo había adivinado.

Cuatro días de luz

Mari Carmen Pérez Torres

PRIMER DÍA

El Hotel Miramar

Suena el timbre del teléfono una, dos, tres veces… Clara se dispone a descolgarlo lenta, aún adormilada.

—¡Aló!

—Buenos días, señorita Estévez. Servicio despertador. Son las ocho de la mañana.

—Gracias. Buenos días.

Todavía se hace la remolona disfrutando del espectáculo que ve desde su confortable tribuna, una espléndida cama tamaño matrimonio. Observa con detenimiento la lámpara de araña que cuelga del centro de la habitación, sus lágrimas de vidrio cuidadosamente talladas y sus engarces de plata.

Los primeros rayos de luz primaveral se cuelan por los punteados visillos. La colcha, al igual que las sábanas, de un blanco impoluto, dan a la estancia un aspecto limpio, ordenado, luminoso y, sobre todo, agradable. El mobiliario se reduce a un amplio armario corredera, dos mesillas de noche, cada una a un lado de la cama, y una cómoda con un espejo ovalado en la pared. Se trata de una de las 171 habitaciones del hotel y está situada en la cuarta planta; para Clara era lo mejor a lo que podía aspirar. Las 29 suites del hotel eran de escándalo, pero estaban reservadas para los ilustres huéspedes de la realeza y la nobleza internacional o para adinerados burgueses de la floreciente industria de la propia ciudad malacitana, del resto del territorio nacional o mundial.

Tenía mucha tarea por delante. Lo primero, asistir a la apertura del testamento de don Salvador Medina; luego, dependiendo de lo que hubiese heredado, tendría que quedarse unos días más en el hotel y aprovecharía para visitar la ciudad. Le extrañaba sobremanera que ella también estuviese incluida en el testamento, dado que ni siquiera conocía a ese señor.

Tampoco su familia. Ni siquiera habían asistido a su funeral por no haber sido informados de nada. A lo que no estaba dispuesta era a renunciar a la herencia, por más que dicha situación le pareciera un poco rara, o mejor dicho, francamente extraña.

Eligió para acudir a la notaría un traje con estampados amarillos y verdes en tonos pastel, ese era uno de sus vestidos favoritos y sabía que le quedaba de maravilla. El modelo se lo había hecho copiar de Grace Kelly que encontró en una revista de moda con muchas fotografías de artistas de Hollywood. Esos modelos eran muy caros para su economía, pero Clara tenía a su madre que trabajaba en un taller de costura.

El hotel Miramar era el más renombrado de la ciudad y Clara desbordaba ilusión porque se encontraba allí alojada. Todo comenzó cuando en los primeros días del mes de febrero recibió una postal en la que se veía la fachada principal de dicho hotel malagueño. Le pareció el más bonito del mundo. La postal estaba firmada por don Salvador Medina y en ella se presentaba como un familiar lejano. Sin embargo, nadie de su familia sabía de quién se trataba. Un par de meses después, en abril, recibió la carta de citación para la lectura de su testamento.

El encuentro

Después de maquillarse y peinarse con mechones delanteros recogidos en un moño y el resto del pelo suelto, al estilo Rita Hayworth, salió con dirección al ascensor. El botones la recibió con un «buenos días, señorita», que a Clara le hizo sentir una princesa, le devolvió el saludo acompañado de una leve sonrisa. Iba rebosante de alegría, quería poner todo de su parte para que su estancia allí fuese realmente inolvidable y así, de paso, impregnaba de energía positiva el día para darle suerte en el asunto de la herencia.

Llegó al salón comedor donde se servía el desayuno. Quedó impresionada con aquel despliegue de lujo y ostentación. Amplios ventanales llenos de luz recorrían las cuatro paredes que formaban un rectángulo casi perfecto. Cubrían los cristales cortinas beis con visillos blancos recogidos en columnas estilo corintio. Del techo salían dos lámparas, cada una a un extremo de la estancia y en el centro, una enorme lámpara de araña. Debajo de esta se situaba una gran mesa redonda con adornos florales y allí, de pie, salía al encuentro del huésped el mayordomo que acompañaba al cliente hasta la mesa asignada.

Una camarera le sirvió el desayuno en tazas y platos de porcelana de la Real Fábrica de la Cartuja de Sevilla. Esto lo supo cuando en un momento en el que creía que nadie podía verla, Clara levantó la vajilla y se fijó en el reverso. Quería tener todos los datos y curiosidades de su aventura para luego contárselo a su familia, y sobre todo a sus amigas.

Sentado solo, casi al fondo del comedor, junto a la mesa principal, le observaba un caballero joven y muy elegante. Le había llamado la atención el hecho de que una señorita se hubiese hospedado sola en el hotel. Normalmente, en este país, las señoras venían con sus maridos, acompañadas de sus padres o familiares cercanos. Era francamente extraño. En la España de Franco era algo a resaltar y, a esto se le añadía el gesto gracioso y pueril de la muchacha de fijarse en el tipo de vajilla... tenía que conocerla. Le podía la curiosidad.

Se acercó hacia la mesa de la chica y se presentó:

—Buenos días, señorita. Me llamo Walter Scott. Soy empresario textil y estoy en esta ciudad por motivos de trabajo. Me gustaría, si no le importa, acompañarla. No estaría bien que una señorita tan joven permanezca sola en este gran salón.

Clara se sorprendió por el ofrecimiento y tras una breve pausa de desconcierto en la que pasaron por su cabeza unos cuantos razonamientos fugaces, como que eso era demasiado atrevimiento para que una chica decente le hiciera caso, como que el joven parecía muy educado y cordial, como que si cedía tan pronto a tal proposición podía tomarla por una fresca... que, por otra parte, podía serle muy útil para relacionarse con alguien que la introdujera en los círculos importantes de la ciudad de Málaga que no conocía, pero que estaba dispuesta a conocer (dado su carácter ensoñador). Decidió no hacer caso a los inconvenientes y fiel a su espíritu de energía positiva, y dado que el joven le pareció enormemente atractivo, respondió amablemente a su petición:

—Me llamo Clara Estévez y estoy en esta ciudad desconocida para mí por un par de días por asuntos muy aburridos relacionados con bufetes y abogados, pero necesarios para el buen funcionamiento del negocio familiar —mintió. Lo hizo de forma espontánea para darse el prestigio que no tenía y para no tener que contarle su vida personal. A nadie le importa el verdadero motivo de su visita.

—Pues desde este mismo momento me ofrezco para enseñarle esta bonita ciudad y queda invitada a comer en el merendero Antonio Martín, sería un pecado mortal irse sin haber visto uno de sus más reconocidos restaurantes y sin degustar la deliciosa gastronomía de esta ciudad tan marinera. Aunque soy extranjero, conozco muy bien Málaga, como comprobará si acepta mi humilde ofrecimiento. ¿Le parece bien que quedemos en la terraza del segundo piso del hotel a la una y media?

—Sería un placer —y se despidieron trascurridos apenas unos minutos.

El señor Walter se colocó su sombrero y se tocó con los dedos el ala delantera a modo de despedida. Ella correspondió con el gesto de bajar la cabeza y mostrar en su boca una leve sonrisa de agrado.

La verdad era que Clara había quedado prendada del caballero, le pareció que tenía un cierto parecido con Montgomery Cliff. Era francamente guapo. Llevaba un traje chaqueta muy moderno de color gris perla, zapatos y cinturón blancos y sombrero de paja. «Un verdadero caballero inglés», pensó. Desde ese mismo instante, creyó en el amor a primera vista.

La herencia

Preguntó por la calle Larios, ya que allí se encontraba la notaría en donde a las diez se iba a leer el testamento. El recepcionista le informó de que esa calle era la más conocida de Málaga. Cualquiera podía indicarle, pero sería mejor ir en coche.

—Señorita, andando queda un poco lejos. ¿Le pido un taxi?

—No, tengo tiempo de sobra y prefiero caminar.

Clara no quería gastar ni una peseta más de lo estrictamente necesario y sintiéndolo mucho, declinó el ofrecimiento.

—Como desee la señorita. ¡Que pase un buen día!

—Gracias.

Salió de la recepción en el vestíbulo y bajó de forma ceremoniosa la escalinata de acceso al hotel. Lo hizo alargando cada momento, un paso, luego otro, una pose, luego otra… Clara tenía una tremenda imaginación y soñaba despierta pensando que estaba bajando las escalinatas como una estrella de cine. Este mismo gesto lo habría hecho Ava Gardner cuando estuvo alojada en este hotel, y en este pensamiento se encontraba cuando tropezó en un peldaño con sus tacones de vértigo y casi resbala. Disimuló como pudo y se dijo para sí que, de ahora en adelante, cuidaría mucho más las apariencias. Tenía que parecer una verdadera señorita y, de paso, enamorar a su joven inglés.

Comenzó su caminata, pero en seguida se cansó, dado su inadecuado calzado; así que, al ver a lo lejos el tranvía, lo cogió a su paso. Le gustó contemplar el paseo de Reding de pie desde el tranvía. Los pocos asientos del tranvía estaban ocupados, pero iba muy a gusto. La escasa velocidad le permitía observar los detalles del trayecto fijándose con enorme interés en todo el recorrido: la plaza de toros, la Aduana, la fuente de las Tres Gracias, La Coracha, el parque…

El tranvía la dejó allí, en la misma calle Larios. Se apeó, paseó por tan afamada calle y por los alrededores, mirando los escaparates de las tiendas y haciendo algunas compras. Se quedó un buen rato contemplando el escaparate del Bazar del Fumador, con preciosas petacas de cuero y metal, cigarrillos americanos Chesterfield, Phillips Morris…, entró en los almacenes Gómez Raggio y adquirió un abanico artesanal hecho por Francisco Mitjana, de renombre mundial, según le aseguró el dependiente. Para su padre, un buen vino dulce malagueño. Siguió paseando y se entretuvo delante de un estudio fotográfico de la Kodak con fotos expuestas de personajes famosos. Consultó su reloj y comprobó que ya estaba cercana la hora de su cita. Rebuscó en su bolso y sacó una nota escrita a lápiz con la dirección de la notaría. Larios, número 4, piso 2.º, puerta B. Entró en el edificio e inmediatamente, le salió al paso el portero que tras un breve saludo le preguntó a dónde se dirigía.

—Disculpe, señorita, ¿puedo ayudarla?

—Sí, claro. Me dirijo a la notaría del segundo piso, tengo cita para las diez.

—Su nombre, por favor.

—Señorita Clara Estévez.

El portero consultó sus notas y una vez confirmó que el nombre de la señorita se encontraba entre sus apuntes, le invitó a continuar su camino.

Llamó al timbre y después de un rato bastante largo, o al menos, eso le pareció a ella, le abrió la secretaria. La hizo pasar y le dijo que esperara. La sala estaba vacía y parecía que nadie más estaba citado a la apertura del testamento.

Ya eran las once menos veinte cuando la secretaria vino a la sala y la condujo hasta el despacho del señor notario. Cuando entró comprobó que los familiares del difunto ya estaban dentro. Había dos hombres y una señora mayor.

—Buenos días, señorita, soy Ernesto Pereira y estamos aquí reunidos para la lectura del testamento del señor don Salvador Medina. Sus más íntimos familiares ya han asistido a una lectura privada anterior de sus bienes, y ahora, también en presencia de su familia por prerrogativa legal, paso a abrir el sobre destinado a su persona.

Clara se sentó en el sillón que le indicó el señor notario; el ambiente tenso y las caras de pocos amigos que ofrecían aquellos personajes, incluido el señor Pereira, le hizo comprender que no era bien recibida. Que se les había colado en la reunión una extraña que venía a robarles parte de su fortuna.

El señor Pereira rasgó el sobre con parsimonia y, con tono solemne, pasó a dar lectura del contenido:

Yo, don Salvador Medina, después de repartir entre mi señora esposa y su hijo que yo mismo adopté como propio, toda mi gran fortuna y mi mansión, he querido reservar una pequeña propiedad para dársela en herencia a la señorita Clara Estévez. Los motivos no son de índole particular. Este es mi expreso deseo y mis últimas voluntades. Se trata de una casita en la playa, sita en la calle Mar número 5, barriada del Palo. Málaga.

En Málaga, a 21 de marzo de 1957

Firmado: D. Salvador Medina Sánchez
Notario: D. Ernesto Pereira López

La señora viuda respiró aliviada al comprobar el escaso valor económico de la pequeña casa de la cual no tenía el más mínimo conocimiento; tampoco sospechaba que su desagradecido esposo hubiera dejado otro sobre testamentario diferente del ya leído con el descaro de dejarlos a ella y a su hijo en la más absoluta sorpresa. No podía comprender dicho atrevimiento y, aunque con muy mal tono, le dio la enhorabuena a la entrometida heredera de lo que ella consideraba suyo por méritos propios. Pensó en lo buena esposa que había sido para su marido acompañándolo en todos sus actos oficiales, siéndole fiel y comportándose como una buena cristiana. Otra cosa era que lo amase, ella nunca olvidó al padre de su hijo que desgraciadamente falleció sirviendo a la patria en el ejército. Tuvo que volverse a casar. No podía dilapidar la fortuna de su único heredero; además, las viudas estaban obligadas a guardar luto y recogimiento por la memoria de su marido. Estaban excluidas de las fiestas y celebraciones de la alta sociedad, y a eso no estaba dispuesta; tampoco a ponerse a trabajar como una vulgar señora de la baja burguesía.

Se acercó a Clara con andares lentos y estudiados, cuando la tuvo delante se presentó ceremoniosamente. Luego concluyó con un alegato alabador hacia su queridísimo y amado esposo, don Salvador Medina. Ella, viuda de Medina, respetando los deseos de su marido, estaba de acuerdo en cederle gustosa dicha residencia. Aunque ella desconocía la existencia de aquella casa, no estaba dispuesta a reconocerlo delante de esa entrometida. En cuanto oyó el testamento, la casa y el lugar donde se hallaba, le pareció inapropiada para una persona de su posición, más adecuada para un pescador, para alguien de la clase trabajadora. Le contó que a ella lo que le gustaba era veranear en el norte, en la playa de la Concha, sitio señorial donde podía codearse con la *crème de la crème* de la aristocracia española, o en el balneario del Carmen, en donde se bañaban por separado hombres y mujeres, como debía ser según la norma católica apostólica y cristiana, y de paso, podía dedicarse al chisme y el critiqueo alegremente con sus amigas, algo del todo inocente, pero que con sus maridos delante no era nada divertido.

Miguel, el apocado hijo de la viuda, también saludó a la intrusa. En su manera de actuar encontró una especie de resquemor o de cierta hostilidad hacia ella que interpretó como envidia, o quizá, rivalidad.

La cita

De vuelta en el hotel, recostada sobre la cama, se quedó pensando en la curiosa escena en la notaría. No podía comprender cómo había llegado hasta ahí. Todo lo que había ocurrido desde que recibió la carta era surrealista. Su familia no conocía al muerto y ella, menos. Tal vez ese recibimiento por parte de la familia del finado era del todo normal, ella en su lugar habría reaccionado de modo parecido. Creyó que lo mejor sería ir a ver su nueva casa y una vez vista, decidir qué hacer con ella; entonces llamaría por teléfono a sus padres comunicándole su decisión.

Estuvo hojeando los folios que le entregó el notario en los que se hacía patente el traspaso de la propiedad hacia su persona y guardó en su maleta la llave de la casa después de echarle una ojeada y comprobar que era de un tamaño considerable y estaba un poco oxidada.

Tenía que darse prisa, su cita con el inglés estaba cercana y todavía tenía que arreglarse para la ocasión.

Eligió un modelo copiado de Christian Dior que llevó Audrey Hepburn. Le pareció el más apropiado para una salida a mediodía. Se maquilló muy levemente y se pintó los labios de rosa brillante muy claro. Esperó a que transcurrieran unos cuantos minutos más de la hora acordada para no ser la primera en llegar. Cuando Clara apareció por la terraza cubierta, Walter ya se encontraba allí esperándole.

—¿Cómo le ha ido el día, señorita?, ¿ha sido provechoso? Yo, por mi parte he estado muy ocupado visitando la fábrica Industrias Textiles del Guadalhorce, recién inaugurada. Pero sigamos adelante, que quiero enseñarle la terraza descubierta.

Continuaron caminando y apoyaron los brazos en el barandal corrido. Era de cerámica decorado con motivos vegetales y frutos, también con bellos jarrones de cerámica vidriada verde y blanca. Desde ese privilegiado mirador, contemplaron el mar. Estaba tranquilo, cálido y azul; sus miradas se perdieron en el horizonte y entonces Walter colocó su mano muy cerca de la mano de Clara. Ella la retiró con disimulo e intentando ser natural, le respondió:

—He estado en la oficina sucursal de la empresa familiar resolviendo unos asuntos y luego he dado un bonito paseo por calle Larios, he comprado unos regalillos para la familia y me he vuelto al hotel. Creo que mi estancia aquí toca a su fin, ya que el asunto que me había traído está casi solucionado; solo me queda iniciar los trámites de venta de una casa propiedad de un conocido de mi padre, a una inmobiliaria. Mi padre me ha pedido dicho favor aprovechando que yo me desplazaría hasta aquí y que su amigo, ya mayor, no iba a utilizar la casa nunca más debido a sus achaques. Tampoco podía desplazarse desde Madrid, precisamente, por la misma razón.

—No quiero parecerle entrometido, pero soy empresario y creo que le seré de gran ayuda asesorándole en dicha operación. Le gustará agradar a su padre consiguiendo el mejor de los acuerdos para su amigo. Puedo intentar conseguirle un buen precio. ¿Qué le parece?

—Perfecto. No sabía cómo pedírselo. Mi padre me ha confiado la venta de una casa, algo en lo que no tengo la menor idea, pero no fui capaz de negarme.

A Clara le venía largo tener que decidir sobre qué hacer con su herencia, estaba realmente abrumada pensando cómo tenía que actuar. Quizá debería llamar a sus padres y contarles todo; tal vez sus padres, con más experiencia, le aconsejarían qué hacer, vendrían en su ayuda y la sacarían del atolladero. Descartó la idea. Primero porque así parecería que seguía siendo una cría que siempre dependía de sus papás. Ella se había propuesto ser independiente, aunque fuese a contracorriente y sin el beneplácito de la mayoría de la sociedad. No quería ser como la mayoría de las mujeres en esta España franquista que dependían de los hombres. Esto se lo había oído comentar frecuentemente al bibliotecario de la Biblioteca Nacional de Madrid, su ciudad, que era uno de sus mejores amigos desde que era muy pequeña, partidario de las ideas feministas que empezaban a despuntar con varias décadas de retraso, y del que había aprendido mucho. Segundo, y más importante, porque entonces tendría que despedir a su *dandy* e, inevitablemente, descubriría sus mentiras.

—Bueno, vámonos a comer, que se hace tarde. Está usted preciosa, me sentiría realmente halagado llevando del brazo a tan linda señorita.

Clara se cogió de su brazo y echaron a andar; en sus rostros llenos de felicidad, se adivinaba en ambos su predisposición a esa flecha de Cupido que atraviesa el corazón de los amantes.

—De usted, nada. De ahora en adelante nos tuteamos, ¿vale?

—Como usted diga, señorita —y a continuación, rectificó acompañado de una gran sonrisa en su boca— como tú quieras.

Ahora bajaba las escalinatas del Miramar asida del brazo de Walter. ¡Cómo cambian las cosas de un momento a otro! Hace apenas unas horas soñaba con ser una estrella de cine descendiendo de esas mismas escaleras, y lo que realmente estaba ocurriendo en directo era, de sobra, mucho mejor.

El merendero

El merendero estaba muy cerca de allí, tan solo había que caminar unos metros por el paseo marítimo. En unos minutos se instalaron en la mesa mejor situada. El dueño del establecimiento ya les había reservado un bonito rincón, previo encargo del señor Scott.

En seguida llegó el mismo dueño en persona para ofrecerles el menú.

—Antonio, nos gustaría probar el pescadito frito típico de aquí.

—Buenas tengan ustedes, y aquí se dice *pescaíto*, señorito inglés. Tenemos chopitos, calamares, calamaritos, boquerones, espetos, almejitas, chanquetitos... Si les parece bien, les puedo poner un buen plato variado con *pescaítos* fritos y una caña para ir entrando en materia y luego, ya veremos.

—Estupendo. Clara, tú ¿qué dices?

—Por mí, de acuerdo.

Mientras esperaban la comida comentaron animadamente la decoración del merendero y Walter le regaló a Clara la biznaga más grande y con más aroma a jazmín que llevaba el biznaguero pinchada en su penca. El merendero estaba repleto de carteles taurinos de las corridas de toros de La Malagueta, pero destacaba sobre todo el maestro Ordóñez, ya que este acudía con bastante asiduidad a dicho restaurante y recibía un merecido trato de favor. También había fotografías de famosos que habían visitado el restaurante y que su dueño exponía orgulloso: Orson Welles, Anthony Quinn, Brigitte Bardot...

Su flamante inglés sabía muy bien cómo impresionarla, pensó Clara.

Aquella noche, Clara, sobresaltada, no podía dormir. Estaba muy nerviosa a causa de los últimos acontecimientos que no llegaba a asimilar, ni siquiera, a recordar con exactitud. Todo escapaba a su entendimiento.

Numerosas veces repasó todo paso por paso. La postal con las vistas del hotel firmado por un desconocido, la carta de la notaría convocándola a la apertura de la herencia, la odisea con sus padres para que le dejaran viajar sola, el encuentro con su Montgomery Cliff... y por fin, consiguió conciliar el sueño.

Soñó que se encontraba en una pista de baile abarrotada de parejas bailando mientras una espléndida orquesta tocaba un conocido vals. Ella, alegre y divertida, luciendo un vestido de tul color azul turquesa también bailaba con un enigmático joven. En ningún momento pudo reconocer de quién se trataba. Siempre estaba de espaldas. Todos estaban elegantemente vestidos con traje de noche, ellas de largo y ellos con uniformes militares o de etiqueta.

Segundo día

La casa de la playa

Tomaron un taxi que les llevó hasta la dirección que Clara le indicó al conductor.

—Sí, señora, eso está cerca del colegio ICET. Conozco la calle. Es una de las pocas que están casi asfaltadas, así que, después de todo, tenemos suerte.

Se trataba de un cuchitril pequeño y angosto. Amontonados en una estantería desvencijada se pudrían libros y papeles amarillentos. Le costó abrir la puerta con aquella llave herrumbrosa. Nada más descubrir el panorama desolador, Clara, decepcionada, desistió seguir inspeccionando su legado. «¿Para qué me habrá regalado esta porquería?», pensó con rabia para sus adentros. Disimuló con torpeza sus sentimientos y a continuación, hizo amago de abandonar el lugar. En ese momento se fijó en un portarretrato colgado en la pared en la que aparecía una foto antigua en blanco y negro. Aparecía en ella una mujer muy hermosa sonriendo a la cámara y con la portada principal del hotel Miramar al fondo. Esa fotografía le impactó sobremanera, notó en ella un enorme parecido con su querida tía Isabel, la única hermana de su madre y su segunda madre. Desgraciadamente, fallecida hacía ya mucho tiempo. La descolgó de la pared y se la llevó consigo.

Walter trató de animar a Clara.

—Estoy dispuesto a solucionar esta cuestión en seguida. Mañana mismo la ponemos a la venta. Conozco a un señor que nos podría ayudar. Pero ahora vamos a dar un paseo para que veas esta barriada tan marinera. ¡Veremos las jábegas varadas en la playa con nombres de mujer en sus quillas! Esta frase se la oigo a un malagueño amigo, medio mujeriego y medio poeta, cada vez que le presento a una compatriota. Las inglesas caen rendidas a sus pies.

—Pues no te creas que a mí no me va a ocurrir lo mismo, pero si encontrases una barca con mi nombre, entonces… me haría una foto en ella, ¿qué te habías creído?

Quedaron en que Walter se encargaría de venderle la casa, así que Clara le entregó la pesada llave y se dejó aconsejar para determinar el precio de venta.

Dieron un enorme paseo por El Palo. Había numerosas chabolas viviendas con niños casi en cueros jugando en sus alrededores, felices y ajenos a la pobreza que les envolvía. Cada vez que pasaban cerca de alguna barca, se acercaban para leer su nombre. Como Clara no encontró el suyo, eligió para la foto, la barcaza Isabel, y es que era la jábega más bonita de todas. Aquella dama de la foto, igualita a su tía, también tenía que ser la misma Isabel de la jábega, ¿por qué no? Estaba claro que si esa señora tan hermosa estaba en la casa de un marinero, por fuerza, éste tenía que haberle dedicado su mayor tesoro. Tal vez, con esta última afirmación se había pasado de romántica, pensó.

Comieron en el restaurante Casa Pedro. Desde su terraza veían cómo el día iba empeorando apareciendo nubarrones y cómo los pescadores que cosían las redes rotas sentados en la arena, ya bajo un cielo gris y tormentoso, se daban prisa en acabar su tarea. En la sobremesa con el café, Walter se decidió a preguntarle a Clara:

—Me gustaría saber, si no es mucha indiscreción, por qué te has guardado en tu bolso el portarretrato que colgaba de la pared del salón; es pura curiosidad. Si no quieres, no tienes que contestarme, pero creo que no deberías haberlo hecho.

Clara se sinceró. Mi tía Isabel, que fue para mí como mi segunda madre, es idéntica a ella. Yo diría que se trata de la misma persona, pero no encuentro explicaciones a esto; en realidad, no me explico nada de lo que me está ocurriendo.

Para empezar te diré que te he mentido. La casa la he heredado yo, por lo que todo lo que hay dentro, me pertenece. Ahora ya no estoy tan segura de vender. Me gustaría que volviéramos a la casa para examinarla minuciosamente. ¿Qué te parece?

—Es lo mejor que podíamos hacer.

El comando

Al igual que antes, le costó un gran esfuerzo acertar con la maña para abrir la puerta. Era evidente que esa puerta no había sido abierta en muchos años.

Empezaron por la estantería, repleta de papeles manuscritos que habían adquirido el color sepia característico del paso del tiempo. Documentos firmados con nombres y apellidos. Otros estaban escritos a máquina y sellados. De su lectura se desprendía que dos de sus miembros pertenecían a la CNT. Todos eran anarquistas y algunos eran partidarios de la lucha armada, dispuestos a cometer atentados cruentos.

Clara no salía de su asombro y no podía dejar de leer cada papel que caía en sus manos. A medida que iba descubriendo documentos comprometedores con la causa anarquista, se iba impregnando de una especie de temor irreprimible. Devoraba papeles, cada cual más interesante. Deseaba con todas sus fuerzas que su tía no tuviese nada que ver con las actividades del comando cuando estalló en un sonoro llanto. Después de tres horas buscando y cuando ya estaba a punto de descartar sus sospechas, encontró lo que no quería encontrar: la implicación de su tía Isabel en dichas actividades.

A lágrima viva, le fue leyendo a Walter el documento.

Madrid, a 11 de mayo de 1935

Camarada Isabel, se te encarga la importante misión de averiguar los planes de los falangistas en esta ciudad, que sin duda, representan un peligro para España. Sospechamos que aquí en Madrid, José Antonio Primo de Rivera planea un golpe de Estado; por suerte, los altos cargos militares, en lugar de considerarlo un apoyo, lo consideran un estorbo. Nadie está contento con la situación del país, nosotros tampoco, pero no estamos dispuestos a una revolución fascista.

Tu misión consistirá en acercarte al señor don Salvador Medina. Nuestras fuentes nos han informado de que se trata de un entusiasta falangista con numerosos y fervientes apoyos entre la nobleza y la alta burguesía malagueña. No nos importan tus métodos, solo los resultados obtenidos. Esperamos tu informe.

Firmado: camarada Nicolás

Walter volvió a leerlo con atención y añadió:

—Está fechada en 1935. Es evidente que los anarquistas no podían saber que los que sí se atrevieron a dar un golpe de Estado fueron los altos cargos militares del Ejército, y con Franco a la cabeza. En aquel momento tan convulso, infravaloraron su verdadero poder o quizá creyeron que, siendo militares, se mantendrían fieles al gobierno legítimo de la nación, como era su deber. En fin, Clara, que tu tía era una espía como Mata Hari.

—Jamás podría haberme imaginado una cosa así. Pero si mi tía prácticamente fue la que me crió. Desgraciadamente, murió muy joven y fue un duro golpe para mí.

—¿En qué año naciste?

—En 1937.

—Pues ahí tienes la respuesta. Eso fue antes. ¿Te dijo tu madre si su hermana estuvo en Málaga en esas fechas?

—Mi madre siempre me dijo que Isabel estuvo durante mucho tiempo estudiando en un colegio, interna, y que solo venía a casa en vacaciones. Creo que debería hacerle una visita al señor notario, don Ernesto Pereira López. Estás invitado si lo deseas.

—Como no, señorita Clara Estévez, estamos juntos en esta aventura.

El notario

Cuando llegaron a Larios 4, 2.º B, el portero de la finca les recibió con cara de circunstancias. Nadie pregunta por el señor notario fuera de su horario de trabajo. De lunes a viernes, de diez a doce de la mañana. El señor tiene su vivienda personal en este mismo bloque, pero si es algo relacionado con su trabajo tendrán que esperar a mañana.

—Se trata de algo muy importante. Mañana mismo tengo prevista mi marcha y le repito que se trata de un asunto que no admite espera, ¿podría pedirle que nos reciba? En su despacho o en su vivienda personal, nos da igual, pero por favor, pregúnteselo.

Cogieron un taxi de vuelta. El señor Pereira no sabía nada. Él solo se limitó a cumplir los deseos del finado. Le extrañó, eso sí, que un gran señor como era don Salvador, la adquiriese en propiedad en el 36 sin darle ningún uso y la mantuviera cerrada desde entonces, para luego, darla en herencia a una señorita que nadie sabía de quién se trataba ni qué pintaba en este asunto. Su señora esposa, ahora su viuda, tuvo que disimular su enorme enfado con una fastidiosa perorata que soportó la señorita con resignación. «¡Qué remedio!», pensó Clara.

Esa misma noche, Clara llamó por teléfono a sus padres. Esa comunicación ya no podía esperar más. Estaba retrasándola todo lo posible para saber qué contarles. Nada hasta ahora tenía mucho sentido y sabía que sus padres iban a decepcionarse al saber que la herencia recibida era una casucha casi en ruinas. Sin embargo, estaba deseosa de preguntarle a su madre acerca de su tía.

La pregunta sin rodeos y directa de Clara le cogió por sorpresa a su madre. Ella de lo único que se sentía responsable, era de cumplir a rajatabla los deseos de su hermana, y estos eran: vivir con ellos y ocuparse de su querida sobrina. Ella, gustosamente, se ocuparía de la niña, así mi madre podría compaginar mejor las tareas domésticas con su trabajo en el taller de costura. Dijo que ya estaba cansada de los estudios en el internado que no le iban a llevar a ninguna parte.

Los anarquistas

Según fueron descubriendo, el comando anarquista estaba formado por tres trabajadores y una mujer. Camarada Esteban, de oficio pescador que ofrecía su casa como lugar de reunión; camarada Fernando, un obrero de la fábrica de cemento de la Araña imbuido en las ideas de la revolución bolchevique; y un hijo de un burgués adinerado, camarada Luis, que consideraba que su padre era un explotador y un capitalista, que deseoso de un cambio radical en España, estaba dispuesto, incluso, a sacrificar a su padre por la causa. El motivo real, menos confesable, sería el odio que sentía hacia la figura paterna que siempre antepuso el amor a su hijo primogénito relegando el suyo a un segundo plano, aun cuando él era el más interesado y el mejor preparado para los negocios. La mujer del comando era, evidentemente, Isabel, de la que no había absolutamente ninguna información.

Don Salvador Medina solía frecuentar la cafetería del hotel Miramar al igual que sus colegas de la alta sociedad. Tenían el privilegio de disponer de un salón cerrado únicamente para ellos. Conocía personalmente al marqués de Larios y con la familia Heredia mantenía una cierta amistad. Se codeaba con los aristócratas y gozaba de cierta fama de matador, en el sentido de donjuán, claro está. Pero estas relaciones eran simplemente parte de sus obligaciones como integrante de lo más selecto de la ciudad. Lo que realmente le atraían eran sus reuniones con los falangistas, algunos también con cargos importantes como él mismo. Ofrecía su propio palacete, sito en el mismo paseo de Reding para organizar sus reuniones, allí se leía el semanario falangista *Arriba* y se comentaban las últimas noticias políticas vistas siempre desde el prisma partidista de su ideología. Las consignas demenciales del ideario consistían en que la Falange se convirtiese en el motor de la insurrección y que José Antonio se convirtiese en el presidente de España. Recientemente, José Antonio en persona había llegado a Málaga para dar un mitin en su gira por toda España y acudió a una de sus reuniones. No cabía la menor duda de las dotes de líder del fanático orador, las masas lo aclamaban al igual que se aclama a un dictador con carisma al estilo de Mussolini o de Hitler. No era de extrañar el miedo que infundía entre los republicanos, socialistas y anarquistas. Todos estaban alerta, España se encontraba a punto de estallar en cualquier momento, lo que no se sabía era quiénes serían los que se rebelarían contra la República, que en ese momento estaba gobernada por la CEDA, derecha moderada. Y hasta ahí llega la información extraída de los papeles encontrados en la casa.

Tanto Walter como Clara pudieron comprobar que el comando anarquista manejaba mucha información política nacional y local, y sobre todo, de seguimiento de la vida del señor Medina, sus costumbres diarias, sus contactos y sus amistades. Se supone que algo tuvo que ocurrir y tuvieron que marcharse de allí, ya que todo ese trabajo quedó interrumpido.

Walter lamentó no poder conocer los informes redactados por el comando, ya que estos habrían sido enviados a su sede anarquista de Madrid.

—Nos quedamos sin saber si tu tía pudo actuar o no, tampoco sabemos si el comando fue descubierto, aunque creo que así fue porque esta casa pasa a ser propiedad del señor don Salvador Medina desde 1936, año en el que estalla la Guerra Civil. Algo tuvo que ocurrir.

Volvieron al hotel. Clara se disculpó ante Walter y dijo que se retiraba a descansar. El día había sido agotador y necesitaba dormir. La noche anterior apenas pudo pegar ojo.

—Lo comprendo. Hasta mañana y no olvides que siempre puedes pedir al servicio que te suban la cena a tu habitación.

—Gracias, Walter, pero no tengo apetito. Quedamos mañana, estaré en el salón comedor para el desayuno a las nueve. ¿Te parece bien?

—Perfecto. Que descanses.

Los clientes

Walter subió a su *suite,* descolgó el teléfono y pidió que le diesen comunicación con el número que le facilitó. Después de varios tonos y cuando ya casi se le acababa la paciencia, contestaron desde la otra línea del aparato.

—Residencia de los duques de Osorio. ¿Con quién tengo el gusto de hablar?

—Por favor, dígale al señor duque, don Luis Osorio, que Walter Scott está al teléfono.

—Luis Osorio al aparato. Dígame.

—Le llamo para decirle que ya tengo los documentos que podrían incriminarle como miembro del comando anarquista. Destruyo toda la documentación del comando o solo lo que se refiere a usted.

—¡Buen trabajo! Mejor no dejar rastro. Pase mañana para recibir lo acordado. No olvide ser discreto.

—¡Cómo no, señor duque!

Colgó el teléfono, e inmediatamente pidió a recepción una nueva llamada. ¿Podría ponerme en contacto con ahora con este número? Gracias.

—Residencia del señor de Medina. ¿En qué puedo ayudarle?

—Buenas noches, querría hablar con el señor don Miguel Medina.

—Un momento.

—Sí.

—Entre la documentación no había ningún informe de la señorita Isabel que ponga en entredicho el buen proceder de su padre, tampoco había ningún objeto de valor. Aquí aparece como un objetivo, como una posible víctima de una banda violenta y fuera de la ley. Si como usted dice que encontró en el diario de su padre, el comando se desarticuló cuando su señor padre contrató a unos matones entre las juventudes exaltadas falangistas, de eso no hay ningún dato. No se desprende de la lectura de los escritos que la filosofía de los falangistas, y por ende, la de su padre, fuese acabar con las hordas marxistas. Eso no se ha confirmado. Tampoco, lo que usted dice que Isabel huyera de allí estando embarazada. De todos modos, esté usted tranquilo porque voy a destruir todos los documentos.

—Le agradezco sus servicios, me han sido de gran ayuda.

—Me pasaré por su residencia para saldar cuentas.

—Aquí estaré.

Clara apenas tuvo tiempo de desvestirse cuando cayó profundamente dormida.

Tuvo el mismo sueño recurrente, pero esta vez también reconoció entre las parejas de baile a su tía, y al igual que no pudo ver a su acompañante, tampoco pudo ver a su *partenaire*. La alegría del baile se iba tornando poco a poco en desasosiego, y de este, a la angustia. Estaba empeñada en descubrir quiénes eran los personajes masculinos, y por más que lo deseaba, no lo conseguía.

El pescador

Esa noche, Esteban aprovechó la agradable brisa marina para acercarse a su barca, recostarse boca arriba sobre ella y admirar el firmamento pleno de estrellas. Rememoraba el momento en que colgó de la pared del salón el retrato de Isabel. Su amor platónico. Sabía que la misión encargada a Isabel por sus colegas superiores era incuestionable, pero no podía reprimir sus celos cuando imaginaba los encuentros de ella con el señor Medina, siempre en la *suite* nupcial del Miramar.

«Isabel era hermosa, inteligente, seductora. El señor don Salvador Medina cayó en sus redes, y yo también. Y aunque yo era el pescador, solo ella tenía las redes y el timón. Sus aspiraciones eran otras muy distintas.

»Cuando llegaron los jóvenes uniformados con sus camisas azules y el emblema de las flechas y el yugo bordados en rojo, nos echaron de la casa de malos modos e intentaron llevarse a la fuerza a Isabel. Sospeché que las órdenes del señor Medina eran eliminarnos a todos. Ella les dijo que estaba embarazada. Ante esta nueva noticia, sabiendo que Isabel era la amante de don Salvador, dejaron que se escapase.

Luis solo tuvo que decir su verdadera identidad para que no le tocaran ni un pelo. Su padre, el duque de Osorio se vengaría de ellos. Y yo, un pobre pescador, les prometí que a cambio de mi vida les daría mi única posesión, mi casa. Así se hizo, y el señor don Salvador legalizó, con notario y todo, una venta que le salió gratis Después de varios años deambulando por aquí y por allí, volví a mi tierra a seguir siendo lo que siempre fui, pescador. Vivo en una chabola presentable comparándola con las otras cercanas, pero todos los días me paso por la calle Mar para ver mi antigua casa, cerrada y muerta de risa. Me pregunto qué motivo fue el que impulsó a ese cabrón estirado a arrebatarme lo que era mío. Podía haber acabado con nosotros, pero para evitar problemas de conciencia con varias muertes a sus espaldas, prefirió obligarnos a huir. Total, tarde o temprano acabaríamos bajo tierra.

»Me gustaría saber qué ha sido de Fernando y sobre todo, de mi querida Isabel.

»Pero debo dejar de recordar. Ya mismo estarán aquí mis pescadores para salir a la mar. Soy un hombre sencillo, siempre lo fui, pero ahora me conformo con muy poco. El copo, con sus dorados pescados, me da la vida. Y aunque sigo siendo un idealista, he madurado. No reniego de mi pasado, pero sé que de nada sirvió».

El diario

Miguel Medina, después de colgar el teléfono, fue hasta el despacho de su padre y abrió la caja fuerte que se encontraba escondida detrás de una gran fotografía de la portada del hotel Miramar. «Mi padre siempre estuvo obsesionado con ese hotel», pensó Miguel.

Sacó el diario de don Salvador y se puso a leerlo como tantas veces había hecho desde que su padre murió. Pero esta relectura de algunas páginas relevantes fue mucho más fructífera y pudo entenderlo todo.

Málaga, 14 de marzo de 1936

Querido diario:

He recibido una llamada telefónica de la sede falangista de Madrid. Me comunican que José Antonio Primo de Rivera, nuestro más querido patriota, ha sido detenido y se encuentra en la cárcel Modelo.

Descubro horrorizado que Isabel me ha estado engañando y que en realidad se trata de una despreciable espía anarquista. Me ha robado los documentos secretos que habíamos redactado el propio José Antonio y yo. Lo sé porque el motivo de su detención ha sido dicho informe, al que solo mi persona tenía acceso. He dado orden de interrumpir nuestros planes logísticos de ayuda a la gloriosa causa de salvar España. Queda suspendido el desfile triunfal previsto en el que las juventudes falangistas desfilarían por las calles de todas las ciudades de España al unísono. Sin duda, habría sido un mazazo para el Gobierno. Ahora, solo me queda lamentar mi desatino. Por mi culpa, nuestro líder no podrá encabezar la esperada insurrección que España necesita.

Al día siguiente, el diario continúa:

Compruebo con indignación que los jóvenes falangistas que deberían salvar nuestra nación carecen de organización, y son en su mayoría estudiantes impulsivos e irreflexivos. Han dejado escapar al comando anarquista. Dicen que Isabel está embarazada y que ellos no eran ningunos asesinos de niños. En fin, son unos niñatos, no sé qué esperaba de ellos. Menos mal que he conseguido cerrar su garito. He decidido conservarlo intacto, no se sabe si en un futuro nuestro líder podrá cumplir su destino como salvador de España, o quizá sus seguidores, conmigo al frente, tomen las riendas de tan loable objetivo.

Que así sea, por los siglos de los siglos. Amén.

Después de reflexionar sobre esto, pensó en la locura que iba a protagonizar su padre y en el fanatismo que se desprendía de sus escritos. Realmente, no conocía esta faceta de su personalidad. Tampoco podía comprender cómo su padre podía ordenar la eliminación del comando anarquista con Isabel incluida. Era algo inhumano, hasta los pobres jóvenes falangistas fueron más compasivos. También le disgustó que los verdaderos motivos de conservar cerrada la vivienda fuesen los aires de grandeza y el egoísmo personal.

Se quedó pensando en el embarazo de Isabel. ¿Y si ella esperaba un hijo de su padre? Esto mismo podría haber pensado él cuando los jóvenes falangistas se lo comunicaron; entonces, ¿por qué quería eliminarla y con su muerte también acabar con la vida de su propio hijo?

No quería ser mal pensado, pero solo se le ocurrían razones perversas y mal intencionadas. «Le dejó la casa de la playa a Clara Estévez porque en realidad, es su hija. Pero, siendo su hija, le ha dejado en herencia un cuchitril sin ningún valor económico. Su intención ha sido en todo momento que Clara descubra quién fue su madre: una puta al servicio de un comando terrorista».

Otra supuesta teoría sería que su padre supiera, por alguna razón, que él era estéril. Nunca tuvo hijos propios. «Se casó con mi madre para adoptarme como suyo y aunque mi madre todavía era joven, no tuvieron hijos propios».

Tal vez, cuando los jóvenes falangistas le dijeron que Isabel estaba embarazada, supo que ella estaba mintiendo para salvar su vida.

TERCER DÍA

La marcha

Clara hizo su equipaje y llena de dudas, decidió dejar todo en manos de Walter para que le vendiese a buen precio la casa.

Se quedaría solo con lo bonito. Esa había sido su intención desde el principio, su estancia en este precioso hotel y en esta maravillosa ciudad estaría impregnada de energía positiva.

Ya cuando volviera a Madrid intentaría aclarar todo este embrollo. No podía creer que sus padres le hubiesen mentido. Tampoco que la que ella creía era su tía, fuese en realidad, su verdadera madre.

Luego, cambió de opinión. No iba a dejar en manos de un desconocido la venta de su propiedad por más que Walter pareciera un hombre honrado que solo pretendía ayudarla. Aunque su casa no tuviese demasiado valor, era suya y solo suya. Tampoco estaba muy segura de que esta historia fuese tal y como parecía ser.

En el desayuno le comunicó a Walter que había decidido quedarse con la propiedad.

—Walter, has sido muy amable conmigo y te agradezco todo lo que me has ayudado, pero he decidido quedarme con mi casa. Te libero de dos cargas pesadas: la carga de la llave que pesa lo suyo y la carga de tener que ocuparte de organizar la venta; además, habría que adecentar ese cuchitril y hacerle bastantes reformas. Y es que creo que en unos años, esta propiedad multiplicará su valor. Málaga tiene visos de que será muy turística, ¿no crees?

—Por supuesto que Málaga tiene un enorme potencial para invertir en el turismo. Y si estás tan segura de que no quieres vender, toma la llave. ¡Cómo pesa! Supongo que ya llegó la hora de la despedida. Permíteme acompañarte. ¿A qué hora tomas tu tren?

—Sale a las doce.

—Tenemos tiempo todavía. Tengo que contarte algunas cosas. Para empezar, te diré que yo también te he mentido y mi embuste es mucho mayor que el tuyo. No soy empresario textil. En realidad, tengo una agencia especial que se dedica a realizar encargos a clientes selectos. Por supuesto, no acepto casos que supongan quebrantar las leyes, pero a veces, son poco honestos y en algunas ocasiones, están rozando la ilegalidad. Trabajo con total discreción y mis clientes siempre quedan muy satisfechos con los resultados. Este caso ha sido para mí uno de los más sustanciosos económicamente hablando. Me han contratado tres clientes a la vez, el señor Luis Osorio, antes revolucionario anarquista y hoy duque, ya que heredó el título por la muerte prematura de su hermano primogénito. Quería que no dejase rastro alguno de su inconfesable pasado. El señor Miguel Molina, hijo adoptivo del señor don Salvador Medina y muy preocupado por limpiar la memoria de su señor padre destruyendo cualquier documento que demuestre que usted es hija suya. Y el más importante, el Gobierno británico.

—¿Cómo dices? No estarás bromeando, ¿no?

—Para nada. Pero es complicado y necesito que pongas atención. Verás: el Gobierno británico tiene servicios secretos por todo el mundo. Más, si su nación tiene intereses en ese país en concreto.

»Ya sabían del pasado falangista del señor don Salvador Medina y de su posible implicación en algunos de los intentos fallidos de golpe de Estado. Los británicos siempre hemos preferido mantenernos al margen de las intrigas políticas de cada país, pero tenemos costumbre de investigar a todos los que trabajen en nuestro suelo.

»Con la dictadura de Franco somos neutrales y no queremos hacer ningún tipo de injerencias; no obstante, desde el 1951 tenemos de embajador español en nuestro país al hermano de José Antonio, al señor don Miguel Primo de Rivera, II duque de Primo de Rivera y marqués de Estella, viviendo con su señora doña Margarita Larios, en un precioso edificio de la embajada española en Londres.

»Mi Gobierno sabe que Miguel fue acusado por los mismos delitos que José Antonio, pero a José Antonio se le condenó a muerte y fue fusilado. A Miguel se le condenó a 30 años de cárcel que luego, con la victoria de Franco, se le conmutó. Nada que decir a esta decisión, pero sí nos opondríamos a que siguiese de embajador en nuestro país, si se demostrasen en él, delitos de sangre.

»En los documentos que hemos encontrado en tu casa, nada aparece en este sentido, con lo que mi gobierno queda satisfecho y con lo que yo me ingreso una bonita cantidad en libras esterlinas; esto, unido a otra bonita cantidad en pesetas, hacen un total de un buen partido para una preciosa señorita española».

—Walter, eres detestablemente adorable. No creas que te voy a perdonar tan fácilmente, antes tendrás que prometerme una cosa.

—Lo que quieras.

—Eres un granuja, un pícaro, un pillo… pero tan encantador. Tienes que prometerme que seguirás ayudándome para averiguar la verdadera historia de mi tía.

—Hecho.

Luego, Walter contrató un coche de caballos y, al suave trote, pasearon por la avenida del parque. Clara adornó su pelo con un clavel blanco y colocó otro rojo en el ojal de la chaqueta de su inglés.

La despedida en la estación fue breve. Walter le ayudó a subir el equipaje e intercambiaron direcciones y teléfonos. Acudiría desde Londres cuando Clara se lo solicitase para continuar con las indagaciones. Se dieron un efusivo y largo abrazo y se besaron en las mejillas. Clara disimuló como pudo unas incipientes lágrimas que pugnaban por salir de sus húmedos y enrojecidos ojos. Desde el andén, se despidieron lanzándose besos y agitando las manos. Clara ya no pudo más y dejó que las lágrimas vertieran por sus sonrosadas mejillas.

CUARTO DÍA

El bibliotecario

Sus padres la recibieron con alegría y aceptaron de buen grado la propuesta de Clara de reformar la casa de la playa de Málaga.

Para la madre de Clara, el portarretrato de su hermana Isabel fue el mejor regalo que podían hacerle y lo colgó en un lugar preferente del salón. La increíble historia protagonizada por Isabel constituyó su tema de conversación favorito. Su hermana fue una matahari, bella y arrebatadora. El señorito estaba locamente enamorado de ella y dejó que escapara, aun sabiendo que ella era una espía... lo contaba como una historia de cine.

Clara sabía que la verdadera historia no era tan bonita y estaba llena de intrigas políticas, pero qué importaba, todo podía ser diferente según cómo se contase. Y contada de esta manera, podía ser hasta de novela rosa. Para su madre prefería esta versión.

Tanto su padre como su madre negaron tajantemente que Clara fuese hija de Isabel. Ella era su tía.

—Cuando en el invierno de 1936 se presentó en nuestra casa, tu madre ya estaba embarazada. Nosotros la acogimos cuando quiso salirse del internado de monjas en el que estaba estudiando después de quedarse huérfana. La tía Isabel era más pequeña que tu madre y tuvo que quedarse allí, tu madre era mayor y pudo marcharse, entonces se colocó de modista en el taller en el que todavía trabaja.

Clara decidió hacerle una visita a su amigo, el bibliotecario de la Biblioteca Nacional. Conocía a Ricardo desde que era muy pequeña. Su tía Isabel la llevaba frecuentemente allí.

Su tía era muy amiga de él y cuando ella murió, Clara siguió contando con la amistad de Ricardo. Ellos tenían sus secretos, de los cuales, nunca hicieron partícipe a Clara. Ahora Clara estaba dispuesta a descubrirlos.

Clara entró en la gran sala de la biblioteca, estaba casi vacía, como era habitual. Esperó unos minutos hasta que el bibliotecario apareció.

—Hola, preciosa, ¡cuánto tiempo sin verte! ¿Qué te trae por aquí?

—Hola, Ricardo. He venido para que me aclares unas cuantas cuestiones acerca de mi tía.

—¿Ha pasado algo?

—Pues en realidad, sí. Hace unos meses recibí una carta desde Málaga en la que se me invitaba a asistir a la lectura de una herencia. El señor don Salvador Medina me había dejado una casa pequeña en la playa del Palo de Málaga. El caso es que mi tía tiene mucho que ver en este asunto y creo que, como tú eras su confidente y amigo, tal vez sepas algo de todo esto.

—Algo sé. Isabel me hizo jurar que no te dijera nada si tú no me preguntabas. Pero ahora que eres tú la que sacas el tema, te contaré todo lo que sé.

»Isabel se hacía pasar por una entusiasta de la falange y así poder atraer el interés de don Salvador Medina. Tuvo que representar el papel de su amante porque las mujeres no podían asistir a las reuniones privadas que se celebraban en la propia mansión del señor Medina. En la *suite* nupcial se reunía con él y ambos comentaban los planes previstos para la insurrección. Era allí mismo, en una caja fuerte, y no en su mansión, donde el señor Medina guardaba documentos, planos y fotografías comprometedoras. Isabel era su secretaria y su fiel y leal conspiradora. En numerosas ocasiones, don Salvador intentó propasarse con ella. Pero ella, aludiendo al discurso propio de José Antonio y de la Falange, "tradición y religión", en el que el catolicismo está presente en todo momento, siempre lograba zafarse. Ella anteponía la misión encomendada a su reputación y aunque le molestaban los cuchicheos y miraditas hacia su persona, no iba a inmutarse por eso, pero a lo que nunca iba a acceder, era a ser su amante de verdad.

»Cuando fueron descubiertos, tuvieron que huir. Ella escapó junto con Fernando y llegaron a Madrid, allí se separaron por una temporada para no levantar sospechas. Sus planes eran reunirse pasado un tiempo y fundar una familia. Tu tía se dedicó a cuidarte esperando poder reunirse con Fernando. Entonces ocurrió algo inesperado que truncaba toda su vida.

»Se enteró de que Fernando fue acusado de participar en el asesinato del director de la fábrica de cemento de Málaga donde él trabajaba, don Jaime Fonrodona, en el 36. Estuvo escondiéndose hasta que lo capturaron en el 39 y fue condenado a cadena perpetua. Desde 1941 trabajó en la construcción del Valle de los Caídos a cambio de una reducción de su condena. Las pésimas condiciones a las que era sometido, trabajos forzados transportando enormes piedras sin apenas alimentos ni descanso, supusieron su muerte en 1946, un año antes de que muriese tu tía. Ella siempre defendió la inocencia de Fernando, dijo que él no podía haber participado en el asesinato porque ambos huían a pie desde Málaga el 14 de marzo y tardaron en llegar a Madrid casi una semana. El asesinato se cometió según ella, dos días después de comenzar su huida. Ricardo le entregó a Clara un recorte de periódico que tenía guardado en el que se veía una foto de la cara de Fernando. La noticia anunciaba que Fernando era muy peligroso y que se encontraba en busca y captura, solicitándose la colaboración ciudadana para su localización.

»Cuando comenzó la construcción de la basílica en 1940 se dijo que sería para los "Héroes y mártires de la Cruzada" que "legaron una España mejor", a los que lucharon y murieron por Franco durante la Guerra Civil. Ahora, poco antes de que se inaugure, que está previsto para el año que viene, se le quiere dar otra significación como el monumento a la "Reconciliación". Eso va a ser muy difícil porque a diario hay accidentes, muchos con resultados de muerte. Pensarán enterrar allí a estos muertos del bando perdedor, así también lograrán que haya enterrados muertos republicanos.

»Tu tía y Fernando se amaron de verdad, y cuando decidieron cambiar de vida alejándose de la política, no se lo permitieron. Ella murió con la pena de no ver a Fernando ni una sola vez, no se lo permitieron. Eso fue lo que poco a poco le fue debilitando hasta que se extinguió.

El sueño

Esa misma noche Walter llamó por teléfono a Clara. Tenía algo muy importante que contarle.

—Buenas noches, Clara. Después de nuestra despedida fui de nuevo a ver la barca con el nombre de Isabel y me quedé un buen rato sentado en su quilla. Un señor se me acercó y empezamos a entablar conversación. Era Esteban, del comando anarquista. Lo supe en seguida porque me contó que su barca llevaba el nombre de la mujer que más había admirado en su vida, aunque ella nunca lo supo. Que él vivía en una pequeña casita en la calle Mar antes de la Guerra Civil, que estaba muy cerca de allí y todos los días pasaba cerca de ella, simplemente para verla.

»Seguí indagando y supe que el señor don Salvador Medina se la arrebató redactando un contrato de compra venta, pero sin ninguna compensación económica. Todo esto se atrevió a contármelo porque yo antes le dije que había estado dentro de esa casa que ahora era propiedad de la señorita Clara Estévez. Me preguntó quién era esa señorita y yo le dije que la sobrina de Isabel. Él se emocionó y comenzó a llorar.

—Creo que después de oír esto, no tengo derecho a tener en propiedad esa casa. Se la devolveré aunque con todo el dolor de mi alma. Ya me había hecho a la idea de veranear en Málaga.

—¿Y qué te impide que veranees en esta ciudad? He decidido no aceptar ofertas particulares y trabajar únicamente para el Estado británico. Viviremos en Londres, pasaremos las Navidades en Madrid y los veranos en Málaga. ¿Te parece bien el plan?

—Con un par de años de noviazgo por lo menos, y con boda, ¿no?

—Por supuesto, en la España del nacionalcatolicismo no me queda otra.

Decidieron seguir indagando para descubrir la implicación de Fernando en la muerte del que entonces era su jefe, y las circunstancias que rodearon dicho asesinato. Lo harían de forma rigurosa, aceptando la verdad y fuese la que fuese. Ya estaban hartos de oír relatos de la historia desde el punto de vista del vencedor. La historia la escriben los ganadores —decía siempre Ricardo, recordaba Clara—. Ya va siendo hora de que la historia la escriban los historiadores entendidos como personas competentes e independientes.

Esa noche, Clara volvió a soñar con el mismo sueño de las noches anteriores, pero ahora ya pudo distinguir las caras de los acompañantes masculinos. Fernando bailaba con Isabel y Walter bailaba con Clara el vals *El lago de los Cisnes*.

También reconoció el lugar. El salón de baile del hotel Miramar. Tanto ella como su tía habían estado en ese hotel, en otras circunstancias bien distintas y en otros tiempos más revueltos, pero en su sueño estaban las dos alegres junto al hombre que amaban. De nuevo, su hotel favorito, El Miramar de Málaga, se convierte en el escenario ideal para sentirse plenamente feliz.

¿Entiendes?

JAVIER CARRILLO HERMOSILLA

«Sirenas. Ya vienen a por mí. Están ahí abajo. Tengo que saltar. ¿Qué te he hecho Shelly? Soy un maldito borracho. No pude hacerlo yo, ¿o sí? ¡Maldito borracho! Su sonrisa esta noche tras la barra, todas las noches. Yo le gustaba, ¿le gustaba? No debí seguirla a casa. Las luces en la barra del bar, en los charcos. El olor de su perfume tras de sí. El olor oxidado de su sangre. Sus tacones, mis pasos, ¿más pasos? Tenía que haberla llamado. ¡Maldito cobarde! Su sonrisa tras la barra. Sus tripas sobre el suelo del portal, sus ojos muertos, mis manos pegajosas, el olor de su sangre. ¿Por qué tuve que esperarla en el aparcamiento? Su sonrisa tras la barra. ¿Yo le gustaba? Las miradas de su jefe. Los vi desde el aparcamiento del bar, discutían, ¿por mí? Las sirenas, ya llegan, tengo que saltar. La oscuridad en el portal. Ella no pudo empujarme así. Pasos. ¿Contra qué me golpeé? ¿Cómo coño llegó esa navaja a mi bolsillo? Maldito borracho. No es mía. Es suya. Tiene que ser suya. Su sonrisa. Su sangre en mis manos. Vienen a por mí. Tengo que saltar.»

La puerta de la azotea reventó en mil astillas, desplazando con violencia el silencio de la noche. Dos hombres uniformados se abalanzaron sobre Mike, apartándolo del borde del edificio en el último segundo. Los tres rodaron aparatosamente por el suelo de grava. Mike, desconcertado, apenas opuso resistencia cuando sintió el frío de las esposas en sus muñecas.

—¿Es él? —preguntó el comisario atravesando lo que quedaba de puerta e intentando vislumbrar la escena bajo la escasa luz que proyectaba la luna.

—Se ajusta a la descripción que hicieron la otra camarera y el propietario del club… y no había nadie más en la azotea, señor —respondió jadeante uno de los agentes.

—Llévenlo a comisaría. Nos espera una larga noche.

En la soledad de una celda cochambrosa y con algo menos de alcohol embotando su cerebro, Mike luchaba por entender cómo había llegado allí. Lo sucedido en las últimas horas se entremezclaba en su cabeza como una madeja a los pies de un gato. De entre la confusión de imágenes y sensaciones que lo invadía emergió con claridad la memoria del perfume de Shelly, pero repentinamente tornó en sus recuerdos al olor acre de la sangre en sus manos, provocándole náuseas.

Aquella noche, como las últimas noches, Mike fue al club ilegal de su barrio para ver a la nueva camarera. Shelly irradiaba una luz que lo atraía como un neón a una polilla. Su brillo despejaba a manotazos la bruma negra que lo rodeaba desde hacía meses. A pesar de su aspecto descuidado y de su habitual embriaguez, ella lo escuchaba y era amable con él. Hacía mucho tiempo que ninguna mujer le dedicaba un poco de atención.

Por fin logró alcanzar la barra, tras superar los habituales controles de seguridad del club, convertido en uno más de los numerosos *speakeasy* clandestinos que poblaban la gran ciudad desde el establecimiento de la ley seca.

—Hola Mike, ¿lo de siempre? —le preguntó Shelly con una sonrisa infantil, que lucía en el rostro como una bandera blanca izada al final de su largo cuello, atalayado sobre un escote generoso. Los rizos dorados de su cabello enmarcaban el conjunto de un modo abrumador.

—Sí. —Apenas conseguía dirigirle algo más que monosílabos hasta la tercera copa.

Al fondo, el *Empty Bed Blues* de Bessie Smith luchaba por hacerse escuchar desde la gramola entre las voces de los tipos del billar discutiendo por una jugada. La penumbra redondeaba los rincones del local, engañando sobre sus reducidas dimensiones. De un modo extraño, casi onírico, el sonido del piano y la trompeta quedaban amortiguados por el terciopelo de las paredes y la madera del suelo. Las nubes de humo de los cigarrillos, rasgadas por las luces ambarinas que descendían desde el techo, disimulaban a duras penas el olor almizcleño del lugar, a prueba de detergentes.

—¿Has hablado con tu hija últimamente? —le preguntó Shelly con interés sincero mientras le servía su bebida habitual, *whisky* solo con hielo.

—No... ya sabes que mi ex hace lo imposible para que no pueda verla —respondió él con amargura. Intentó aplacar el dolor con un trago largo, que lo reconfortó de inmediato.

Estaba a punto de contarle que pronto sería su décimo cumpleaños y cuánto la echaba de menos, cuando su conversación fue bruscamente interrumpida por el dueño del club. Era un tipo grande y huesudo, aunque ingrávido en sus ademanes, casi felinos.

—Tienes clientes desatendidos al fondo de la barra —le dijo asiéndola del brazo con fuerza—, así que mueve tu culito inmediatamente si no quieres que te eche a patadas.

Shelly trastabilló unos pasos sobre sus tacones de vértigo y abandonó la conversación con Mike mucho antes de lo que él hubiera querido. Ambos hombres cruzaron sus miradas por un instante. No era la primera vez que recibía esas miradas inquisitivas del dueño del bar cuando Shelly le prestaba demasiada atención. Quizás hubiera algo entre ellos, pensó, aunque no le encajaba el desprecio con el que la trataba. De hecho, a pesar de la inquina que ahora también mostraba hacia Mike, aquel tipo se había comportado con él de modo muy amigable hasta que Shelly empezó a trabajar en el club, unas semanas atrás. Escuchaba sus confesiones con paciencia y, como buen vicario de barra, le daba la absolución en vaso alto.

Poco a poco, Mike se dejó mecer por el alcohol y el murmullo del local, embargado por aquella sensación ya familiar de irrealidad; sin cargas, sin miedos, sin tiempo, sin norte ni sur. Jazz, risotadas, gritos y luces que entretejen una mullida red sobre la que, por fin, descansar. Brillos que danzan burlones sobre la larga y encerada barra.

Al cabo de media docena de copas, todas servidas por otra camarera siguiendo las órdenes del jefe, Mike decidió salir al aparcamiento que se encontraba tras el club a esperar a que Shelly terminara su servicio. Tras arrastrar sus pies unos metros, logró apoyarse en un Cadillac Town Sedan de 1928, encendió con parsimonia un cigarrillo y comenzó a ensayar mentalmente lo que quería decirle. Su estado de embriaguez, el olor a vómito y a orín de aquel sórdido lugar, y los ladridos de un perro en el callejón de al lado, no le hacían fácil construir el discurso. Además, nunca había sido hombre de muchas palabras, y menos cuando una mujer le gustaba de verdad. Porque eso era lo que le sucedía con Shelly; apenas conseguía sacarla de sus pensamientos desde que la vio por primera vez unos días atrás.

Su obsesión por ella era proporcional a la desesperación con la que había vivido los últimos meses, desde que lo perdió todo. Shelly era su única tabla de salvación, concluyó en un razonamiento que se le antojaba evidente.

Unos gritos le hicieron regresar a la realidad de aquel aparcamiento inmundo; a través de las nieblas del alcohol y de los sucios cristales del bar le pareció ver a Shelly forcejeando con su jefe y cómo este la cruzaba la cara con la fluidez de los gestos cotidianos. Sin tiempo para reaccionar, Mike los vio salir por la puerta trasera del establecimiento y emprender sus respectivos caminos bajo la lluvia. Con las piernas entumecidas por la humedad y el frío de la noche, Mike dio unos pasos tras Shelly, sin conseguir arrancar una sola palabra de su garganta, también entumecida. Ella desapareció tras una esquina y Mike aceleró el paso de modo automático, mientras intentaba recuperar el discurso que apenas había llegado a elaborar. Como un ratón de Hamelin, la siguió agazapado en la noche por un tiempo indefinido, hipnotizado por el compás de sus tacones y la estela de perfume que dejaba tras de sí, incapaz de llamarla. Las escasas luces de la ciudad y su reflejo en los charcos, ayudadas por el *whisky* que inundaba su cerebro, le hacían sentirse como si caminara dentro de un caleidoscopio. Sin embargo, a pesar de su abotargamiento, tenía la sensación de que no estaban solos en aquella oscura calle.

Por fin ella llegó al portal de su casa. A Mike le chocó sobremanera el contraste entre la belleza de Shelly y la fealdad del lugar en que vivía. Uno de esos edificios grises en los que habitan perdedores anónimos, pensó.

—¡Maldita sea! —rezongó Shelly al caérsele las llaves frente a la puerta. Mike casi pudo oír, o al menos eso creyó, el roce de sus medias al agacharse.

Después de forcejear durante un tiempo con la cerradura, al fin logró abrir. Mike, todavía desesperadamente mudo, entró con rapidez tras ella a la oscuridad del portal. Shelly se alarmó al sentir una presencia a sus espaldas y se giró lanzando un grito ahogado. Casi al tiempo, Mike sintió un fuerte empujón en el pecho y, desequilibrado como se encontraba, cayó hacia atrás. Escuchó el seco golpe de su cabeza contra un escalón, con una nitidez que no le había acompañado durante el resto de la noche, y perdió la consciencia.

Un extraño olor acre, oxidado, lo despertó tendido sobre el suelo del portal. Dolorido y desorientado por la oscuridad, alargó las manos buscando un lugar en el que apoyarse. A su lado encontró lo que parecía una barandilla de escalera. Al aferrarse a ella con fuerza sintió sus manos resbalar, como untadas en mantequilla caliente. Cuando por fin consiguió incorporarse, tanteó las paredes hasta dar con un interruptor. El parpadeo de los fluorescentes del portal se prolongó durante unas décimas de segundo interminables, hiriendo sus pupilas con sucesivos fotogramas y fundidos a negro de una escena dantesca que finalmente se le mostró en toda su crudeza: el cuerpo sin vida de Shelly se extendía desmadejado en el suelo del portal, sus piernas y brazos en una posición imposible, su mirada muerta hacia el techo, su vientre rajado y sus vísceras desparramadas alrededor. Mike se llevó las manos a la cara y descubrió horrorizado que estaban cubiertas de sangre, la cálida sangre de Shelly. Notó un objeto pesado y con aristas en su bolsillo trasero; al sacarlo vio con desconcierto que se trataba de una navaja de grandes dimensiones que no recordaba poseer. Le pareció escuchar que alguien se acercaba y, llevado por el instinto, emprendió la huida escaleras arriba, hacia la azotea del edificio.

—Tienes una visita. —La voz de un agente al otro lado de las rejas lo arrancó de sus pensamientos, de regreso a aquella celda inmunda.

—¿Una visita? —No tenía la más remota idea sobre quién podría preocuparse por él en esas circunstancias. Quién podía, además, saber de su detención, si apenas habían transcurrido unas horas.

La puerta de la estancia aneja a la celda se abrió con un chirrido. Mike, sorprendido, reconoció al instante la mirada fría de su visitante, grande y huesudo; sus felinos andares y ademanes. Acostumbrado a verlo tras la barra, su presencia allí le resultaba chocante, fuera de lugar.

—Hola, Mike.

—¡Fuiste tú! —disparó a bocajarro Mike, con una lucidez deductiva de la que él mismo se sorprendió.

—Sí —respondió de manera igualmente directa el dueño del bar, confiado en que nadie los escuchaba.

—Lo contaré todo, contaré que la mataste porque tenías celos de mí.

—Todavía no entiendes nada, ¿verdad, estúpido? No entiendes nada. Lástima que solo tuvieras ojos para esa zorrita. Yo podría haber sido tu gran historia.

Se giró y dejó allí a Mike, intentando entender.

...Y LA NOCHE SE ILUMINÓ DE ROJO

JOSÉ ANTONIO MAZA PÉREZ

A pesar de ser una cálida noche de verano, de las hermosas fragancias de la sierra que la brisa traía, a pesar de las escandalosas risas de alguno de los pasajeros del coche… aquella era una noche sombría.

Mientras notaba en su cuerpo magullado las sacudidas de cada bache, a medida que el, en otro tiempo, lujoso vehículo ascendía por la sierra de la Alfaguara, aquel hombre, más cercano a la ancianidad que a la juventud, con muchos más recuerdos que esperanzas, permanecía ensimismado en sus pensamientos, reviviendo con tristeza ocasiones pasadas en que había disfrutado de aquellos mismos parajes celebrando la vida, mientras que ahora…

Junto a él, otro hombre, bastante más joven, lloraba en silencio, derrotado, sin comprender por qué le obligaban a emprender ese viaje, ese paseo. Compartiendo asiento, un soldado vigilante, cuya cara anunciaba el vómito inminente, quizás porque le repugnaba lo que estaba haciendo, quizás por el intenso traqueteo del trayecto.

Quienes no dejaban lugar a dudas eran los dos ocupantes de la parte delantera. El conductor y su acompañante disfrutaban ostentosamente de la sensación de poder que les otorgaba el sentir en sus manos la vida de otras personas. Con absoluto desenfado, el acompañante dijo al conductor:

—¡Mira este! ¡A sus años! ¿Qué necesidad tenía de meterse en estos jaleos si lo que ya está es «para sopitas y buen vino»? ¿No, abuelo? —exclamó mientras se giraba hacia el pasajero de más edad.

El interpelado no se inmutó, él ya sabía que llevaba años sentenciado. Tenía enemigos muy poderosos desde mucho antes de que cualquiera de los otros ocupantes del coche hubiera nacido. Permaneció absorto en sus pensamientos, pero el carcelero, llamando su atención con la culata del fusil continuó burlándose:

—¿Qué? ¿Esperando el porvenir?

Próximo a la setentena y dadas las circunstancias, el hombre concluyó que no tenía nada que hablar con aquel verdugo. El matón, maniobrando con habilidad, le asestó un fuerte culatazo en la cara mientras le gritaba:

—¡Contesta cuando se te hable, rojo!

El conductor estalló en risotadas y exclamó divertido:

—¿El porvenir? ¿Qué porvenir, si el de este es más negro que Chorrojumo?

¡Chorrojumo! ¡Cuántos años sin escuchar ese dicho! Lástima de las circunstancias. De haber sido otras, habría celebrado de buen grado la ocurrencia… ¡después de tanto tiempo! Y el hombre poblado de canas comenzó a rememorar la época en que conoció a Chorrojumo. Entonces él era un joven que aspiraba a hacerse un nombre en el cuerpo de vigilancia y era Chorrojumo quien rondaría los setenta. ¡Cuánto habían cambiado las cosas!

Gonzalo Palmer pisó Granada por primera vez cuando llegó hasta allí destinado como agente y, aunque ya nunca prestaría servicio como policía en ningún otro lugar, lo cierto era que, en aquel momento, estaba convencido de la provisionalidad de su estancia en esa ciudad.

Aquel día de principios de 1893 ni siquiera estaba de servicio. Estaba empleando su tiempo en conocer la ciudad; paseaba por el Zacatín cuando su vista se topó con dos damas de aspecto distinguido que caminaban admirando los bellos rincones que tanta historia rezumaban. Una de ellas, muy alta y delgada, captó especialmente su atención, parecía bastante mayor que él, incluso como para ser su madre. La encontró increíblemente bella, pero percibió en ella un gran halo de tristeza imposible de ocultar…, como también se apercibió de inmediato de la presencia de un descuidero que, disimuladamente, se iba aproximando a las dos mujeres, aunque fue el propio Palmer quien primero las sobresaltó al acercárseles de forma apresurada.

No se había equivocado el agente, el ladronzuelo, al verse descubierto giró bruscamente sobre sus pasos perdiéndose por la Alcaicería. Las señoras, manteniendo una absoluta serenidad, casi indiferencia, miraban a Gonzalo con cierta curiosidad y sin decir palabra, mientras que un hombre, elegantemente vestido, en el que no había reparado hasta ese momento, se le acercó para preguntar:

—Caballero. ¿Podría decirnos qué acaba de suceder?

Las damas no carecían de protección. Palmer acababa de darse cuenta de la presencia de otros dos hombres que, discretamente, caminaban unos pasos por detrás de ellas, tan discretamente que su presencia había pasado desapercibida hasta ese momento para el policía, quien se identificó ante el autor de la pregunta y le explicó que acababa de espantarles a un ratero. El desconocido se excusó y comenzó a hablar al grupo, que ya se había compactado; lo hizo en otro idioma, Palmer no lo entendía, pero juraría que se estaba explicando en alemán. La dama alta de expresión triste le respondió con un tono de voz muy suave, tras lo cual obsequió a Gonzalo con una sonrisa de agradecimiento. El hombre tradujo para el agente:

—La señora condesa le está muy agradecida por su providencial intervención.

—Es mi obligación. No se dejen influir por el incidente y disfruten de esta hermosa ciudad. No tienen nada que temer.

—Por supuesto que sí, para eso hemos venido. Un placer, caballero. Y ahora, con su permiso, hemos de continuar nuestro camino.

Y diciendo eso, el pequeño grupo continuó en dirección a Bib-Rambla. Gonzalo les siguió con la vista, aún estaba fascinado por la belleza de los tristes ojos de aquella dama. Se sentía herido en su amor propio por no haberse dado cuenta de la presencia de los otros acompañantes; precisamente, su trabajo requería de un gran sentido de la observación. Entonces se fijó en otro individuo que también parecía seguir a la comitiva, un gitano de fuerte complexión; por su aspecto, bien podría tratarse de un herrero de alguna de las fraguas que existían en el Sacromonte, pero el agente Palmer sabía distinguir perfectamente la diferencia entre coincidir y acechar, así que no dudó en volver a intervenir. Se dirigió hacia el individuo con la intención de identificarle, pero el «herrero» lo vio venir desde el primer momento y cambió bruscamente de calle tratando de desaparecer.

¡Otra vez no! Había dejado marchar al descuidero para detenerse con el grupo y no causarles mayor alarma, pero este tipo no se le iba a escapar.

Si dudarlo, emprendió su persecución, y entonces, al doblar la esquina, tuvo un encontronazo con alguien que también pretendía girarla, pero en dirección contraria a él. Sintió la dureza de sus huesos y escuchó su lamento de dolor por el choque. Le sujetó para que no cayera y al ir a disculparse contempló al individuo más peculiar con el que se había topado —nunca mejor dicho— desde su llegada a Granada. Tenía ante sí un hombre mayor, también de raza gitana, vestido a la usanza goyesca, en una curiosa mezcla entre majo y bandolero romántico, tocado con un gorro troncocónico —más tarde supo que era un catite— adornado por un borlón. Sostenía una vara de patriarca. De mirada muy penetrante, dos grandes patillas le recorrían el rostro. Acababa de tener su primer encuentro con Chorrojumo.

—¡Válgame la Virgen! ¡Me ha debido de romper todos los huesos! ¡Hay que mirar por dónde se anda, hombre! —protestó airadamente el curioso personaje.

—¡No sabe usted cuánto lo siento! —se disculpó Palmer—. ¡Ahora mismo vamos a buscar un médico!

—No hace falta, caballero. Ya voy estando mejor. ¡Uno ya está hecho a todo tipo de palos! ¡Los que da la vida, hombre! ¿Es usted un turista? Lo menos que puede hacer es comprarme un retrato.

Y diciendo esto, se sacó de alguna parte bajo su chaqueta varias fotografías de sí mismo, posando solemne en lugares emblemáticos de la ciudad, y se las mostró al policía, que, un tanto perplejo, preguntó:

—Pero... ¿quién es usted, buen hombre?

—Mariano Fernández Santiago, para servirle, caballero. Por cuatro chavos le enseño *Graná* entera y le cuento lo que nadie sabe.

—Me alegro mucho de que se haya restablecido tan pronto, amigo, pero ahora no puedo pararme.

—¿Y el retrato?

—Claro. Deme ese —respondió Gonzalo señalando una fotografía del tal Mariano en una sala de la Alhambra desde la cual, a través de la ventana, se divisaba una espléndida panorámica del Albaicín.

Palmer pagó generosamente el retrato sin preguntar precio y, despidiéndose cortésmente de su «encontronazo», decidió reanudar la búsqueda del otro individuo, aun a sabiendas de que había perdido un tiempo valioso, pero su nuevo «amigo» estaba resultando ser un tanto pertinaz:

—Si cambia de opinión, pregunte por mí. Aquí me conoce todo el mundo. ¡Pregunte usted por Chorrojumo! ¡Lo que necesite, amigo! ¡Cualquier cosa!

Cuando, por fin, pudo reanudar la búsqueda, no encontró rastro alguno del desconocido que, momentos antes, le había inquietado.

Continuó caminando por las principales calles de Granada, pero ahora, más que nada, para asegurarse de que no se había producido ningún incidente, comprobado lo cual, se quedó más tranquilo, aunque
con el amor propio por los suelos. En pocos minutos se le habían
escapado dos tipos sospechosos. ¡Valiente policía estaba resultando
ser!

En esas disquisiciones andaba cuando un niño de unos diez años,
con la ropa llena de remiendos y la cara de churretes, se le acercó y,
dándole un tímido tirón del abrigo, le dijo:

—Señor, tengo que darle esto…

El crío le ofreció un periódico con aspecto de muy manoseado, que
un sorprendido Gonzalo tomó con un gesto casi automático. Lo miró
con curiosidad, se trataba de un ejemplar de *El Defensor*. Cuando
quiso preguntar al chico qué significaba eso, este se había volatili-
zado. El agente estaba profundamente contrariado: «¡tres!, ¡yo me
compro un burro y me meto a aguador!»

Con cierta curiosidad, Palmer comenzó a ojear el periódico. Alguien había subrayado con carboncillo un titular de noticia: «Un
hombre se suicida de tres disparos en la cabeza».

¿Qué clase de broma era esa? ¿Es posible dispararse a uno mismo
tres veces en la cabeza? Palmer leyó el texto completo de la noticia.
El individuo en cuestión, un pobre hombre sin oficio ni beneficio,
había sido encontrado muerto en su cama, en la habitación que ocupaba como inquilino en la cuesta de la Victoria, con tres disparos en
la cabeza y una pistola junto a su mano.

¿Alguien le había hecho llegar la noticia de forma intencionada, o
se trataba solo del juego de un chiquillo? En cualquier caso, era de
suponer que esa muerte habría sido investigada… ¡o no! Y entonces
sintió un pellizco en el estómago cuando, por pura casualidad, se
encontró con otra noticia: la emperatriz de Austria se encontraba de
incógnito en Granada, viajando bajo la identidad de condesa de July.
¿De verdad habría estado frente a la mismísima emperatriz Elisabeth?

Al día siguiente, nada más comenzar su jornada, Gonzalo Palmer
se interesó por el extraño suicidio de los tres disparos. La investigación había sido de lo más rutinario, ningún agente había detectado
anomalía alguna en el escenario y el juez había archivado el caso sin

mayores trámites. Como mostrase insistencia, sus superiores le prohibieron expresamente que molestara a su señoría: un simple agente no iba a cuestionar una instrucción y, de todas maneras, el juez había sido convocado a Madrid por algún funcionario del ministerio.

Un rato después, Gonzalo hizo que su ruta de vigilancia callejera pasara por la redacción de *El Defensor*. Con toda naturalidad pidió entrevistarse con el periodista que había redactado la noticia del suicidio. Se encontró con un hombre de entre treinta y cuarenta años que parecía molesto porque alguien le hubiera sacado de su concentración. Su nombre era Luís Mairena. Ante el interés que mostraba el agente por esa noticia en concreto, le respondió con indiferencia que se había limitado a cubrir un suceso de poca importancia. Mairena era perro viejo en el oficio y le extrañaba mucho que el cuerpo de vigilancia fiscalizase la actuación de un juez. El tipo que tenía delante se había presentado por iniciativa propia, hasta dudaba de que fuera un auténtico policía.

—Lo que me ha llamado la atención —puntualizó Gonzalo— es que se haya asegurado de que constase que fueron tres los disparos realizados. Me va a perdonar, pero no creo que usted escribiese eso inadvertidamente, sin valorar lo disparatado del hecho.

—¿Le importa enseñarme de nuevo su identificación?

Palmer le entregó su placa y el periodista la examinó minuciosamente, no le cupo duda de que era auténtica. Mairena se puso serio y dijo:

—¡Vale! Usted será policía, pero esto no es una investigación oficial. Dígame qué está pasando si de verdad quiere que esta conversación continúe.

Gonzalo mostró al periodista el ejemplar del diario con la noticia marcada que el niño le entregara en la calle el día anterior.

—Creo que alguien me ha hecho llegar este periódico con la intención de que ahonde más en el asunto. No puedo decirle más porque nada más sé. Eso, precisamente, es lo que pretendo, saber más.

—Lo poco que puedo contarle no creo que le ayude mucho, pero necesito que me dé su palabra de honor de que no ha de salir de entre estas cuatro paredes.

—Ya la tiene.

—Alguien a quien debo muchos favores me pidió que lo mencionase expresamente. Por supuesto que, antes de hacerlo, me aseguré de la veracidad de tal afirmación. También me hizo prometerle que el tema quedaría entre nosotros, y lo que yo prometo, lo cumplo. Confórmese con conocer el pecado y olvídese del pecador.

—¿Y ya está?

—Ya está. Eso es todo cuanto puedo decirle.

—Pues ya no le robo más tiempo —concluyó Gonzalo mientras tendía su mano al periodista.

—No ha sido nada. Puede venir cuando quiera si necesita alguna otra información… quizás la próxima vez haya más suerte.

—Pues ahora que lo dice… y en otro orden de cosas… solo por curiosidad personal, ¿no deberían haber respetado el deseo de anonimato de la emperatriz de Austria en su visita a Granada?

—Nuestra obligación es informar, amigo Palmer. La confidencialidad, en cambio, es obligación de los cercanos a esa señora. ¿Quién diría usted que ha faltado a la ética?

—Usted maneja muy bien las palabras y no está en mi ánimo iniciar un debate, ni mucho menos, efectuarle un reproche… o sí, no sé. Pero es que me imagino a esa señora en busca de un poco de paz y soledad, y a ustedes, los periodistas, acosándola, o a la gente alrededor, movidos por la curiosidad… Sinceramente, no lo apruebo.

—Creo que usted exagera… ¡Mire, si acepta, se lo voy a demostrar! Dentro de unas horas hay prevista una visita de su alteza imperial a la Alhambra y he recibido de mi periódico el encargo de asistir. Le ofrezco la posibilidad de acompañarme y ser testigo de cómo lo hago sin que la dama en cuestión experimente la más mínima molestia. ¿Qué me dice?

—No tiene por qué invitarme, pero ya que lo hace, se lo acepto. ¿Quién podría rechazar algo así?

—Un pequeño matiz; coincide que hoy llega un conocido mío de Madrid, ya debe estar en la pensión, que también nos acompañará. Le caerá bien. Es un joven escritor.

—Estaré encantado de conocerle, así, si se hace famoso podré presumir de este día.

—Pues no hay más que hablar. Nos vemos dentro de tres horas en la puerta de la pensión Alhambra. ¿Sabe dónde es? Está muy cerca del palacio de Carlos V. No tiene pérdida.

—Allí estaré.

De esta forma finalizó el encuentro entre policía y periodista. Tras la misma, el agente Palmer decidió extender su ronda hasta la cuesta de la Victoria, algo se le ocurriría una vez allí.

Cuando llegó al lugar del suceso, se encontró con una antigua casa morisca a la que el paso de los siglos y los deterioros no habían ocultado su esplendor. En la puerta coincidió con una vecina del inmueble que lo miró con descaro, sin ocultar su curiosidad, lo que facilitó a Gonzalo el inicio de la conversación.

—¡Muy buenas, señora! ¿Es usted vecina de aquí?

—¡Desde hace más de treinta años! ¿Qué se le ofrece, señor?

—Soy el agente Palmer, del cuerpo de vigilancia. Aquí fue donde un individuo se mató de tres tiros en la cabeza, ¿verdad?

—Aquí fue, señor. ¡El pobre Matías! Un desgraciado que no tenía dónde caerse muerto. ¡Ya ve si no tenía el pobre dónde caerse muerto, que debía, desde sabe Dios cuándo, hasta la cama donde se lo encontraron!

—¿De qué vivía? ¿Era un mendigo?

—Casi a diario. Aunque, de vez en cuando alguien le encargaba alguna chapucilla, el otro día le oí decir que lo iban a llamar para el alumbrado de la Alhambra, total para qué, si luego, en vez de pagar lo que debía, se lo gastaba en vino… ¡el pobre!

—Entonces, ¿tenía muchas deudas?

—Le debía a todo el que le fiaba, pero claro, ya no le fiaba nadie, porque todo el mundo lo conocía y sabía el percal.

—¿Y deudas de juego?

—¿Ese? Si solo se juntaba con otros *enmayaos* como él. ¿Qué se iban a jugar?

—La gente miente. Si todos jugaban sin tener y a él le tocó perder, quien sea, le ha podido reclamar por las malas. ¿Sabe si le visitó alguien en los últimos días?

—Por aquí no venía nadie. Alguna vez una de sus mujeres… pero ya hacía mucho que por aquí no aparecía nadie.

—¿Sus mujeres? ¿Qué quiere decir con eso?

—Sus mujeres… cuando tenía para pagarles…

—Comprendo. ¿Sabe si es posible entrar en la habitación donde vivía?

—No creo. Cuando el juez lo autorizó, el dueño lo mandó limpiar todo y la cerró. De momento no se atreve a volver a alquilarla. Creo que ahora está de viaje, se trata de un marchante que vive de sus negocios.

—¿Le importa que dé un vistazo por el patio?

—¿No es usted policía? ¡Pues adelante, hombre!

Gonzalo recorrió el patio sabiéndose observado por los vecinos desde detrás de las persianas y las cortinas. Allí no había nada fuera de lo común. Cuando entendió que no iba a obtener ninguna otra información, se despidió de la vecina.

—Muchas gracias por su ayuda… ¿cuál es su nombre, señora?

—María López, para servirle.

—Pues María, aquí le dejo mi tarjeta. Si vuelve el dueño o ve que pasa algo raro por aquí, puede buscarme en la comisaría. Le quedaré muy agradecido.

—¡Pero si yo no sé leer ni escribir! ¿Qué voy a hacer yo con esta tarjeta?

—Usted guárdela. Por si acaso.

Y, diciendo esto, abandonó la casa y bajó la cuesta para dirigirse al Rey Chico.

En la plaza, vio cómo un grupo de personas se arremolinaba en torno a un individuo al que reconoció de inmediato. Chorrojumo, ataviado con su peculiar indumentaria, con gran seriedad, se dejaba fotografiar junto a forasteros que deseaban llevarse un recuerdo gráfico de su visita a Granada. Se detuvo a cierta distancia y se recreó durante un rato, divertido y curioso, en la escena, ¡se le daban bien al hombre las relaciones públicas!

Palmer, que ya había decidido marcharse, reparó en otro gitano que llegó y saludó amistosamente a Chorrojumo. Se trataba del tipo con pinta de herrero que, el día anterior, huyó de él cuando se disponía a identificarle. De repente dejó de parecerle tan casual su encontronazo y el tiempo que Chorrojumo le hizo perder con su verborrea. No sabía qué se traían esos dos entre manos, pero iba a averiguarlo.

Se mezcló con un grupo de personas que paseaban contemplando las imponentes vistas de la Alhambra; manteniéndose en un segundo plano, se acercó discretamente con la intención de escuchar, sin ser visto, la conversación entre ambos hombres. Cuando estuvo lo suficientemente cerca como para percibir algo, cuál no fue su sorpresa al constatar que no se enteraba absolutamente de nada. Estaban hablando en un idioma que le resultaba completamente desconocido. Palmer nunca lo había oído, pero todo le hacía pensar que se trataba de romaní.

Su primer impulso fue el de acercarse, efectuar la identificación pendiente y, si hiciera falta, llevarse detenidos a los dos hombres al calabozo, pero, enseguida cayó en la cuenta de que así no iba a averiguar tanto como siguiéndoles discretamente hasta ver qué tramaban. Retrocedió sobre sus pasos y esperó pacientemente a que iniciaran algún camino. Tras un rato de animada conversación se dirigieron a la cuesta llamada del Rey Chico, que llevaba hasta la Alhambra, lo que, dada la ocupación de Chorrojumo tampoco tenía mucho de particular, pero claro, Gonzalo no tenía ninguna duda de que, el día antes, el otro sujeto acechaba de forma muy sospechosa al aristocrático grupo y que huyó al verse descubierto. ¿Por qué Chorrojumo lo estaba protegiendo?

Los siguió a suficiente distancia como para, a su entender, pasar inadvertido. Conforme se adentraban en el entorno del conjunto nazarí, más curiosa era la mezcla entre visitantes, la mayoría extranjeros, y moradores de los alrededores. A Gonzalo Palmer le pareció que, tanto unos como otros, pululaban en torno a Chorrojumo; los primeros, atraídos por el pintoresco personaje; los segundos, le saludaban mostrando gran afecto y respeto. Todo cuanto pudo ver el policía fue cómo Mariano Fernández se ganaba unos cuartos, eso sí, permanentemente acompañado por el extraño individuo, que parecía vigilar en todas direcciones. Cuando quiso darse cuenta, había llegado la hora en que se había citado con el periodista Luís Mairena; un poco a desgana, abandonó aquella observación para dirigirse al punto de encuentro acordado.

Solo tuvo que caminar unos metros hasta llegar a la puerta de la pensión, junto a la cual ya se encontraba Mairena, que le recibió con una sonrisa.

—Me alegro de que haya venido. No quiero que tenga una mala opinión de mi oficio, tan necesario como el suyo en estos tiempos que corren.

—En absoluto la tengo, amigo Mairena, pero todo es susceptible de crítica en esta vida. Y de eso ustedes, los periodistas, entienden bastante.

—Eso es verdad, para qué vamos a negarlo. Por cierto, mi amigo está a punto de bajar, enseguida nos ponemos en marcha.

—Y hablando de amigos, usted que debe conocer a casi todo el mundo en Granada, ¿le suena un tal Chorrojumo?

—¡Hombre! —exclamó entre risas—. ¿Quién no conoce en *Graná* a Chorrojumo? Todo un personaje el bueno de Mariano. ¿Por qué lo pregunta?

—Porque ayer, cuando me disponía a identificar a un individuo, me choqué con él en el Zacatín. Una casualidad que permitió al tipo escabullirse, y ahora, me los encuentro a los dos juntos como buenos amigos.

—¿Cómo era el otro hombre?

—Como de unos treinta años, un gitano alto y corpulento, parecía muy fuerte. Su aspecto era desgarbado y, no sé por qué, me recordó la estampa típica de un herrero harto machacar el yunque.

—¡Pues ya está, hombre! Antes de ser modelo, Mariano Fernández había trabajado toda su vida en una fragua. ¡Si, de ahí le viene lo de Chorrojumo! Es normal que se relacione con colegas.

En ese instante, salieron de la pensión dos hombres jóvenes, uno de los cuales saludó de inmediato al periodista:

—¡Qué gusto volver a verte, Luís! ¡Y qué ganas tenía de conocer Granada!

—Yo también me alegro de verte, Jacinto. Además, quería felicitarte en persona por tus recientes éxitos.

—Luís, quiero presentarte a mi buen amigo Enrique de los Ríos…, Enrique, él es el periodista Luís Mairena, gran amigo de mi familia.

—Tanto gusto —dijo el recién llegado mientras estrechaba la mano a Mairena, quien, a su vez continuó las presentaciones.

—Ellos son mi buen amigo, Jacinto Benavente, escritor con un gran futuro por delante, créame, y el señor Enrique de los Ríos, a quien acabo de conocer. Él es Gonzalo Palmer, policía del cuerpo de vigilancia y recién llegado a Granada.

Tras los correspondientes apretones de manos, Benavente, un joven de mirada sagaz y sonrisa socarrona, le protestó a Mairena:

—¡Ay, Luís! El futuro siempre es incierto. Y el presente… Cierto, he conseguido publicar mi *Teatro fantástico;* más cierto aún, nadie quiere estrenarlo.

—Te conozco, Jacinto —insistió Mairena—. Te metes en los mayores berenjenales, y de todos sales…, magullado, pero nunca derrotado. ¡Bueno, señores!, hemos de llegar puntuales a nuestra cita con la realeza.

—¿Qué cita con qué realeza? —preguntó Benavente.

—Sorpresa, amigo mío. Lo sabrás en su momento.

Y señalando hacia un elegante edificio añadió:

—Palmer, si mis fuentes son ciertas, que lo son, allí se aloja la dama.

—¡No me digas que está aquí la reina regente! —exclamó Benavente.

—No —respondió Mairena—. Todo a su tiempo. ¡Un poco de paciencia, hombre! Y ahora, ¡pongámonos en marcha!

Los cuatro hombres se encaminaron hacia la entrada del conjunto de palacios. A Gonzalo le pareció detectar un punto de impaciencia en el periodista.

Era un día frío y el número de visitantes era menor al habitual, sin embargo, junto a varios turistas más, tuvieron que esperar cierto tiempo antes de iniciar su visita; al parecer era necesario que el grupo que les precedía abandonase una estancia antes de que accedieran otras personas a la misma. Estaba claro que la privacidad de tan ilustres visitantes quedaba salvaguardada. Solo Palmer detectó que el nerviosismo del periodista se estaba convirtiendo en ansiedad.

Junto a varias personas más de diferentes nacionalidades, comenzaron la visita por la zona puramente defensiva. En medio de aquel conjunto de torres y murallas, abstrayéndose de los comentarios del guía, Luís Mairena buscaba afanosamente algún atisbo del grupo que quería controlar, esporádicamente les veía a lo lejos y parecía tranquilizarse. Todo eso, sin descuidar en ningún momento la debida atención hacia sus amigos de Madrid.

Donde se complicó más el control a distancia fue en la visita a los palacios al ser más notoria la separación entre los diferentes recintos, así que Mairena se mostró pragmático y se concentró en admirar la belleza de cada estancia. Ninguno de sus tres acompañantes había visitado antes aquel lugar mágico y aunque a él le resultaba más familiar, siempre estaba dispuesto a contemplarlo de nuevo. De vez en cuando, bajando la voz, se dirigía a ellos para añadir a las explicaciones del guía algún comentario interesante, cuidando con exquisitez de que el hombre no se sintiera menoscabado.

Palmer descubrió en Luís Mairena al mejor de los anfitriones, máxime sabiendo, como sabía, que estaba centrando simultáneamente su atención en dos frentes, aunque también llegó a la conclusión de que, visto lo visto, poco material había obtenido para su crónica sobre la visita imperial. No le faltaba razón cuando afirmó que nadie iba a sentirse acosado por su labor como periodista, aunque se iba a abstener de manifestar esto último en voz alta.

Cuando más tarde fueron invitados a firmar en el libro de visitas, les indicaron en qué página hacerlo, así pudieron constatar que en la anterior solo quedaba reflejado, con sencilla rúbrica, un nombre: 'Elisabeth'. Las firmas que precedían a las de los cuatro probablemente se correspondían con las de las personas que integraban el regio séquito. Benavente y De los Ríos, tras estampar las suyas, dirigieron una mirada interrogante a Mairena, que este hizo como si ignorara.

Ahí concluía ese intento de acercamiento a la emperatriz por parte del periodista, que no ignoraba que su alteza ya había visitado, horas antes, el Generalife, y sus instrucciones eran de no seguirla más allá de la visita al conjunto monumental.

Cuando el grupo de cuatro hombres concluyó su visita al último recinto, Mairena, que ya tenía comprometida una comida con sus dos invitados, animó a Palmer a unirse a ellos.

Era una hora tardía para el almuerzo, pero el periodista mantenía una buena amistad con el dueño de un mesón cercano a la pensión Alhambra que, mientras despedía a los últimos parroquianos, les acomodó en una discreta mesa y les sirvió copiosamente. Gonzalo continuaba preguntándose qué estarían tramando Chorrojumo y el «herrero», quienes después de la visita se habían esfumado. Al periodista no se le escapó el detalle y no dudó en decírselo:

—¿Sigue con lo mismo, Gonzalo? Chorrojumo es un tío muy de ley. Hágame caso, puede estar tranquilo en lo que a él se refiere.

—Pero el otro tío me inquieta, Mairena… ¡qué le vamos a hacer! Cosas de policías. Y hablando de estar tranquilo, franqueza por franqueza, le he notado agitado en exceso cuando recorríamos la Alhambra. ¿Tan relevante era cubrir de cerca la visita real?

—Lo que lo tenía nervioso era la responsabilidad de atender como se merece la visita de unos amigos —terció Benavente—. Por cierto, Luís, que tienes nuestro aplauso. Nos estás tratando como a reyes… y eso me recuerda que todavía nos debes una explicación. ¿Es esa firma del libro, de la Elisabeth que estoy imaginando?

—Ni más ni menos que la emperatriz de Austria —respondió Mairena—. Está en Granada de incógnito, aunque los periódicos, incluido

El Defensor, no han dejado de divulgar el hecho; como ha comentado Gonzalo, me habían encargado cubrir su visita a la Alhambra, pero no era exactamente eso lo que tanto me alteraba. Agente Palmer, le debo una explicación...

El periodista hizo una pausa, pero nadie rompió el silencio que se produjo. Los tres hombres esperaban curiosos la explicación de Mairena. Este, tomando aire, comenzó a hablar de nuevo, ahora lentamente, como midiendo cada palabra:

—Esto es muy grande para mí solo. Me he metido en un berenjenal con toda la buena fe del mundo y necesito apoyo, porque siento que se me va de las manos. Pero antes de romper una parte de mi compromiso de confidencialidad, he de rogar total reserva a todos los presentes. ¿Cuento con ella?

Los tres interpelados contestaron, sin dudarlo, afirmativamente. Mairena continuó:

—Hace dos días, alguien de mi total confianza, a quien, además, debo numerosos favores, vino a la redacción a pedirme que no dejara de incluir, en la noticia de un suicidio, el dato de que la muerte se había producido por tres disparos en la cabeza, lo que, por otra parte, es rigurosamente cierto, como pude verificar después.

—Lo que podría no ser tan cierto es que se tratara de un suicidio —comentó Benavente—. Igual por eso lo silenciaron.

—El juez ya había dictaminado suicidio —respondió Mairena—, pero no lo silenciaron, más bien lo omitieron, prueba de ello es que no tuve ningún problema en confirmar la información. De todos modos, no se trataba de reabrir la investigación, solo de incluir el matiz en la crónica. Como es natural, pregunté el porqué de aquello y la única respuesta que pude obtener fue que eso podría salvar la vida de alguien muy importante.

—En ese momento debió usted acudir a la policía —interrumpió Gonzalo.

—¿Cree que no lo pensé? Usted ha recibido parte de la respuesta. No se cuestiona el dictamen de un juez ni tampoco puedo ir diciendo «es que una persona importante corre peligro, no sé quién, ni por qué, pero tienen que hacer algo». Mi único margen de maniobra era publicar lo que habría publicado en cualquier caso y estar pendiente a los acontecimientos. Pero esta mañana, cuando usted se ha referido a la visita de la emperatriz Elisabeth, no sé por qué, se me ha venido a la cabeza la expresión «alguien muy importante» y no se me ha ocurrido otra cosa que invitarle a venir por si se producía algún percance, de ahí mi angustia al ver que nunca coincidíamos con la comitiva real.

—A ese respecto —respondió Gonzalo— sí me atrevo a afirmar que, si no han solicitado protección oficial, es porque se siente segura con su escolta personal… y porque desean absoluta privacidad.

—¿Y cuántos días está previsto que dure su estancia aquí? —preguntó Benavente.

—Dos días más —respondió Mairena—. Mañana hay programada una visita nocturna a la Alhambra, pero esta vez las estancias estarán iluminadas por cuatrocientas bengalas. Un espectáculo que muy pocas personas han tenido el privilegio de contemplar.

—¡Dios mío! —exclamó Palmer— ¡Se refería a iluminar la Alhambra para la visita de la emperatriz!

Dos «qués» y un «cómo» sonaron al unísono. El agente Palmer se explicó:

—El hombre que se «suicidó» de tres disparos en la cabeza era un pobre muerto de hambre que acababa de conseguir una peonada para iluminar la Alhambra. Si lo han quitado de en medio ha sido con la intención de sustituirlo mañana noche y tener una inmejorable oportunidad para atentar contra su majestad. Así sí encajan las cosas.

—¿Y qué iban a conseguir con esa muerte, aparte de causar dolor a muchas personas? —intervino Enrique—. Ella no es pieza clave en ningún juego político. El emperador continuaría en su trono y prácticamente todo continuaría igual. Los pobres, pobres y los ricos, ricos.

—Ahí discrepo contigo, querido Enrique —intervino Benavente—. El objetivo no tiene por qué ser la vida de esa señora en sí misma. Pueden existir multitud de intereses entrelazados entre sí, todos los cuales se beneficiarían con un hecho tan simple como la pérdida de una vida humana. Este mundo actual en que vivimos está sustentado por innumerables alianzas que han parido un equilibrio muy precario. Imperios hambrientos de mayor poder, reyes, aristócratas, políticos y militares hambrientos de mayor influencia o gloria; todos aspiran a robar las posesiones coloniales, con sus riquezas, de los otros… y grandes fortunas, emergidas a costa de la mal llamada revolución industrial, esperando a que se peleen para venderles armas a todos. Y todo puede comenzar, por ejemplo, solo con que esta buena señora deje de respirar.

Tras aquellas palabras se hizo un silencio incómodo. La reflexión de Benavente era lúcida, pero la hipótesis de Palmer, aunque factible, también podía ser fruto de un exceso de imaginación, y aun así... ¿cómo ignorarla? Gonzalo fue el primero en hablar.

—Puedo intentar convencer a mis superiores para que pongan la mayor vigilancia posible mañana noche en todo el recinto, pero siempre, partiendo de un hecho, un no suicidio, que rechazan admitir.

—Me consta —puntualizó Mairena— que allí estarán el alcalde y el gobernador. Vigilancia sí que habrá, pero supongo que la estrictamente protocolaria.

—También yo estaré allí esa noche —afirmó Gonzalo.

—Allí estaremos —añadió, contundente, Mairena.

—¿Nos lo vamos a perder, Enrique? —preguntó Benavente a su amigo.

—No. Obviamente, no.

—Jacinto —continuó Mairena—, tú puedes asistir en calidad de ayudante mío, en cuanto a ti, Enrique...

—Yo manejo bien el lápiz. Puedo pasar perfectamente por ilustrador de prensa.

—¿Qué más sabe usted de la visita, Mairena? —preguntó Palmer—. ¿Cómo es eso de la iluminación nocturna?

—Me dicen que el director de la Alhambra ha contratado ochenta y tantos obreros para garantizar los efectos más espectaculares al paso de la real dama por cada estancia. Está previsto quemar, por lo menos, cuatrocientas bengalas.

—Es imposible vigilar a tantos individuos —se lamentó Palmer—. No sabemos cómo de numeroso es el grupo al que nos enfrentamos. Al menos un facineroso se habrá infiltrado entre los de las bengalas, pero puede haber un montón más dándole cobertura y asegurando la huida.

—Para eso —intervino Mairena— yo puedo conseguir algo de refuerzos. Nada de preguntas por ahora, por favor. Podemos disponer de gente que averigüe cosas y ayude a crear confusión para estorbar a los malhechores.

—Es muy difícil no hacer preguntas —dijo Gonzalo—. Nuestra mayor oportunidad de éxito reside en localizar al malhechor emboscado justo cuando vaya a pasar cerca de él la emperatriz, que será el momento en que algún movimiento fuera de lugar lo delate. Pero es que tampoco podemos detener el paso de la comitiva sin más.

—No, sin un buen golpe de efecto —respondió Mairena—, y creo poder contar con el golpe y la persona adecuados, pero para que funcione haría falta una puesta en escena muy teatral… ¿Jacinto?

—Estás hablando con la persona adecuada. ¿De qué se trata?

Faltaba poco para que la oscuridad llegara, a las puertas del patio de la Alberca, Gonzalo Palmer y Luís Mairena, bastante nerviosos, ultimaban detalles de su loco plan.

—Mis contactos han conseguido colocar en el interior de los palacios solo a personas conocidas, gente de bien —explicaba Mairena—. Si existe un asesino al acecho ha quedado entre los del bosque. Eso nos permite actuar de acuerdo a lo previsto.

—Aún me debe una explicación sobre la inesperada participación de cierta persona. No hemos debido consentir que *ella* ponga su vida en peligro. Estoy muy arrepentido y me avergüenza no haber sabido evitarlo —se lamentó Gonzalo.

—Ya está hecho, Palmer. Ni había otra forma, ni ha sido posible disuadirla ni todavía tengo una respuesta. Ahora hemos de cumplir con nuestra parte.

Un repentino murmullo les advirtió de que la real comitiva estaba llegando a las puertas del recinto. El director de la Alhambra les dio la bienvenida y todos accedieron al patio de los Arrayanes. Luís Mairena y Enrique de los Ríos lo hicieron acreditados como periodistas y el agente Palmer mostrando su placa a un desconcertado empleado del monumento.

Justo en el momento en que los visitantes hacían su aparición, los encargados de encender las bengalas, con total sincronización, cumplieron con su cometido. El efecto fue impresionante, unos murmullos de admiración y todos enmudecieron ante el increíble espectáculo de luces y la hermosa estampa que agua y columnas combinaban. Nadie se movió de aquel lugar hasta que la última bengala dejó de brillar. Entonces se dirigieron al recinto del patio de los Leones. A la entrada de la comitiva se produjo un nuevo alarde de iluminación multicolor que captó todas las miradas excepto, muy a su pesar, las de Palmer, Mairena y De los Ríos; quiso la suerte que, además, en ese momento, llegaran el alcalde y el gobernador ofreciendo sus respetos a la comitiva, lo que facilitó la discreta salida de los tres hombres hacia el bosque, donde quedaba por llegar la parte más delicada y peligrosa de aquella locura.

Poco a poco, en el patio de los Leones, las bengalas fueron apagando su brillo. Fue el momento en que alguien hizo una señal y el bosque de la Alhambra se iluminó ante la inminente salida de la emperatriz, pero en el interior del patio sucedió algo completamente inesperado.

Cuando todos se disponían a abandonar el recinto, unas guitarras comenzaron a sonar. Un pequeño número de bengalas fueron encendidas, las suficientes para alumbrar una espesa humareda de colores de la que aparecieron dos bailaoras que, al son de las guitarras y un cante jondo que alguien entonaba desde un invisible rincón, contoneaban apasionadamente sus cuerpos. Nadie sabía quién había preparado ese espectáculo no previsto, pero nadie se atrevió a interrumpirlo. La emperatriz parecía estar disfrutándolo.

Detrás del humo multicolor fue creciendo una nueva cortina de luz producida por multitud de bengalas. Las bailaoras concluyeron el baile de forma inversa a como lo iniciaron, desapareciendo tras la nube de humo que, poco a poco, se iba deshaciendo. Cuando lo hizo del todo, dejó al descubierto una figura que, con pose orgullosa, se erguía ante los ilustres visitantes. Allí estaba, inmóvil, ataviado con sus mejores galas y sosteniendo majestuoso su vara de patriarca. Las guitarras volvieron a sonar y una voz grave exclamó solemne:

—¡Serenísima e ilustrísima alteza imperial!

»De un pueblo orgulloso, noble y soberano,

»por rendirle pleitesía, en *Graná,*

»aquí se postra Chorrojumo, ¡el rey de sus gitanos!

Y diciendo esto, hincó su rodilla en tierra y, con la cabeza gacha, extendió los brazos ofreciendo su vara de patriarca mientras el tono de las guitarras subía de intensidad. Con una sonrisa, Elisabeth comenzó a aplaudir y el gesto fue seguido por todos los presentes. Un miembro de su séquito se acercó a Chorrojumo y tomó la vara que este le ofrecía.

Unos minutos antes de este «agasajo entre reyes», cuando a la señal convenida las bengalas comenzaron a iluminar de rojo el bosque de la Alhambra, del recinto salió una elegante dama que, con porte majestuoso y paso lento inició el camino seguida de cerca por su séquito. La iluminación no resultó tan espectacular como en los lugares anteriores, diríase que hacían falta más bengalas.

Tras las líneas de luminarias, un poco por delante de la comitiva, avanzaban, atentos a cualquier movimiento extraño, Mairena y De los Ríos detrás de una, Palmer detrás de la otra. Fueron momentos muy tensos. De repente, Palmer se fijó en un tipo que sacaba una bengala de una especie de morral y se disponía a encenderla. Por muy incapaces que fueran los responsables de la seguridad, a Palmer le constaba que ninguno de aquellos hombres portaba un arma. Lo más fácil de llevar hasta allí debía ser un cartucho explosivo que pudiera asemejarse a las inofensivas bengalas. Con la oscuridad no era fácil distinguir una cosa de otra y darle un susto a un inocente constituía un mal menor. El agente, sin dudarlo, sorprendió por detrás al individuo y sujetándole la mano le hizo soltar lo que quiera que fuese que sujetaba, al tiempo que lo conminaba:

—¡Quieto! ¡Policía! ¿Qué va usted a hacer con ese cartucho?

El interpelado se mostró dócil y sorprendido, mirando a Gonzalo como sin comprender a qué se debía la actitud de ese policía que le asustaba mientras realizaba su trabajo. Palmer se compadeció del pobre hombre, lamentando el sobresalto que acababa de llevarse. Solo fue medio segundo, pero más que suficiente para que el sujeto se sacudiese del agente y corriese como alma que lleva el diablo. El agente emprendió su persecución.

El fugitivo se alejaba velozmente de la zona iluminada, descendiendo entre la arboleda. Era cuestión de tiempo que uno de los dos se rompiese la crisma con una rama en la oscuridad, pero Palmer no podía dejar que aquel tipo escapara con su nefasto morral a cuestas. En un intento a la desesperada, el policía saltó hacia el individuo, consiguiendo agarrarle por una pierna y ambos rodaron por el pedregoso camino. Palmer consiguió, por fin, reducirlo y se dispuso a esposarlo. Pero aquel hombre no había seguido aquel camino de huida por casualidad; en ese instante, el agente recibió un fuerte golpe en la cabeza que lo dejó completamente aturdido. Dos segundos después, un tipo corpulento le sujetaba los brazos por la espalda, mientras el que había corrido delante de él, abriendo una enorme navaja, se le acercaba con intenciones que no dejaban lugar a duda. Algo más atrás, un tercer individuo contemplaba la escena sujetando un grueso palo en su mano.

Pero, otra vez, en un instante, la situación dio un vuelco. Sin saber de dónde había aparecido, un hombre se abalanzó contra el de la navaja, y lanzándole contra un árbol, le hizo perder el conocimiento. Palmer aprovechó el desconcierto del que le sujetaba y, zafándose de su presa, le asestó un fuerte puñetazo, el tipo se rindió levantando las manos; el del palo se dio a la fuga. En ese momento llegaron Mairena y De los Ríos acompañados por varios agentes de los que acompañaban a las autoridades locales, que se hicieron cargo de los dos maleantes. La luz que portaba uno de los agentes iluminó algo el rostro del que había sido salvador providencial del agente Palmer; Gonzalo se llevó la mayor de las sorpresas. El hombre que acababa de salvarle la vida no era otro que el «herrero».

Todavía no era momento para explicaciones. Elisabeth estaba a punto de salir del recinto del patio de los Leones. Manos veloces repartieron entre los hombres situados a ambos lados del camino las bengalas que un rato antes habían escamoteado y lo hicieron justo a tiempo para que fueran encendidas a una nueva señal precedente del palacio. La misteriosa dama que había recorrido el camino, y su escolta, volvieron discretamente sobre sus pasos.

Ajena a cuanto acababa de suceder, la emperatriz del Imperio austrohúngaro, acompañada de su séquito, del director de la Alhambra, el alcalde y el gobernador, inició el trayecto por el bosque de la Alhambra iluminado. No era lo que esperaba. Con unas cuantas bengalas más habría lucido mucho mejor, pero nada en el gesto de la soberana dio a entender el más mínimo atisbo de decepción. Las autoridades locales se miraron entre sí; al día siguiente, a alguien se le iba a caer el pelo.

El camino a través del bosque, hasta el hotel en que se alojaba la visita regia, se concluyó sin más sobresaltos, si bien durante todo el trayecto había estado discretamente cubierto por Palmer y el «herrero» en una margen, y Mairena y De los Ríos en la otra, además de algunos escoltas de las autoridades presentes.

Mientras el alcalde y el gobernador se despedían con todos los honores de sus ilustres visitantes, unos metros más allá, a las puertas del hotel llegaban Benavente y Chorrojumo, que se unían al grupo formado por Palmer, Mairena, De los Ríos, y el «herrero». Luís

Mairena, hombre muy bien relacionado a causa de su oficio, obtuvo de la dirección del establecimiento el uso de un discreto salón donde el improvisado y heterogéneo grupo pudiese hablar con calma. Minutos después, el periodista fue el primero en hacerlo:

—Caballeros, creo que lo primero es que todos nos conozcamos. Jacinto, Enrique, os presento a don Mariano Fernández Santiago, más conocido en Granada como Chorrojumo, rey de los gitanos. Ellos son —le dijo a Chorrojumo— Jacinto Benavente y Enrique de los Ríos, unos amigos de Madrid.

Chorrojumo parecía traducir para el «herrero» lo que se iba diciendo. Mairena se dirigió nuevamente a él:

—Mariano, ¿tiene usted la bondad de presentarnos al caballero que le acompaña?

Chorrojumo tradujo la pregunta y comenzó a decir lo que su acompañante le fue dictando:

—Les presento al coronel Akos Katona, oficial de la Guardia Real y miembro del servicio secreto del Imperio austrohúngaro, con la misión de velar por la vida de su alteza imperial la emperatriz Elisabeth… Les pide disculpas, especialmente a usted, agente Palmer, por todos los quebraderos de cabeza que le ha traído durante estos días.

El oficial se cuadró agachando la cabeza en señal de respeto hacia los presentes. Uno por uno, los demás hombres fueron estrechándole la mano y diciendo su nombre. Palmer se dirigió directamente al soldado húngaro:

—Coronel, ¿tendría la bondad de explicarnos cómo hemos llegado a vernos envueltos en esta trama los aquí presentes?

Katona, asintiendo, comenzó a hablar y Chorrojumo continuó traduciendo:

—Desde hace tiempo, tenemos conocimiento de que una siniestra organización trata de acabar con la vida de la emperatriz Elisabeth, pero su alteza se niega a incrementar su pequeña escolta, cuando la usa. Tengo el honor de ser uno de los pocos oficiales autorizados por la emperatriz para velar por su seguridad. Unos días antes de que su alteza llegara a Granada hice amistad con un buen hombre de mi raza. Un caballero con el que no tuve ningún problema para entenderme; en las palabras, con el lenguaje universal de los gitanos; en los valores, porque ambos somos personas de principios. Gracias a este gran hombre —Chorrojumo lo miró sonrojado— y a sus muchos amigos y conocidos, me integré entre la gente sin llamar la atención y en muy poco tiempo me hice con la identidad y la vida cotidiana de Granada.

»Así, me llegó la noticia del hombre que se disparó tres veces en la cabeza. ¡Eso es muy raro! Olía mal. Mi trabajo es tomar nota de cualquier cosa que se salga de lo corriente, aunque al final no sea nada. No podía acudir por la vía oficial a su Policía ¿cómo iba un extranjero a corregirles? De una cosa sí estaba seguro, si detrás del curioso suicidio estaba alguien de «mi mundo», hacerle llegar el mensaje de que alguien se había dado cuenta le pondría en alerta y podría hacer algo fuera de lugar que llamase mi atención, y pensé en la prensa como un posible vía. Mariano me dijo que conocía a cierto periodista...

—Un servidor —interrumpió Luís Mairena—, pero el favor me lo hizo él a mí al aportarme un interesante dato desconocido. Lo que me llamó mucho la atención fue el que me pidiera confidencialidad.

Chorrojumo había continuado traduciendo para su amigo el coronel y ya no dejó de hacerlo para unos y otros mientras duró la conversación.

—Quise investigar sobre ese hecho por mi cuenta —continuó Katona— y, entonces, me fijé en usted, agente Palmer. No me habría descubierto de no ser un policía con olfato, con gran intuición. Le hice llegar el periódico con la noticia subrayada y no me equivoqué. Gracias a usted se ha evitado una tragedia de consecuencias incalculables.

—En realidad —respondió Gonzalo—, ha sido gracias al señor Mairena, que pidió ayuda a Mariano para lo de esta noche, y a este y sus muchos amigos que se la han prestado con gran generosidad; y a Benavente, por crear la distracción de forma tan magistral y a su amigo Enrique, que se ha jugado la vida sin pensarlo dos veces. Lo único que sigo lamentando es que una dama de su séquito haya corrido un riesgo tan grande. Jamás admitiré que una vida sea más importante que otra y no me perdono haberlo consentido.

—La dama —interrumpió Katona— ha actuado movida por un profundo y anticuado sentimiento de patriotismo. Cuando Mariano me propuso el plan que ustedes habían trazado, encontré imprescindible que su alteza apareciera al iluminarse el bosque. Estudié con un oficial del séquito la posibilidad de que uno de nosotros vistiera ropas de mujer, quizás la oscuridad ayudase. Lo que juro que no esperaba es que, muy poco tiempo después, la esposa de este oficial me amenazase con desvelar todo a su alteza si no se le permitía asumir personalmente el riesgo. No nos ha quedado otra opción. Su esposo era uno de los escoltas que la acompañaban hace un momento. La señora ha pedido que su nombre no sea mencionado.

Un repentino toque de llamada a la puerta interrumpió la conversación. Un segundo después, un oficial extranjero la abría y una mujer de esbelta figura penetró en la estancia. El coronel Katona, hincando la rodilla, le presentó sus respetos en un idioma desconocido para el resto de los presentes —lo hacía en húngaro—. Su alteza imperial Elisabeth le respondió afectuosamente en el mismo idioma. A una señal de la soberana, el traductor que la acompañaba durante el viaje accedió a la sala. A través de él, Elisabeth, se dirigió a los presentes.

—Por muchos años que viva, no olvidaré la belleza de estos lugares ni la nobleza de este puñado de valientes que se han arriesgado por mí. Siempre os llevaré en mi corazón.

Y diciendo esto, se marchó con la misma majestad que se había presentado. Gonzalo Palmer jamás olvidaría la tristeza de aquellos bellos ojos.

La prensa nunca refirió nada de lo sucedido aquella noche. Algunos de aquellos hombres tampoco volverían a coincidir en lugar alguno durante el resto de su vida.

Gonzalo Palmer acababa de rememorar el día en que pudo evitarse una muerte y, probablemente, una guerra.

Desgraciadamente, pocos años después no fue posible evitar esa muerte, aunque sí la guerra. Al final, otro magnicidio consiguió que la humanidad padeciera una época de destrucción como no se había conocido jamás.

El agente Palmer, del cuerpo de vigilancia, fue señalado por algunas personas, de cuya existencia no había ni oído hablar, como responsable de haber frustrado el atentado, algo que, de alguna manera se encargaron de hacerle saber. Durante el resto de su vida se supo bajo un siniestro punto de mira.

Pronto amanecería, pero dudaba mucho que él llegara a verlo. En breve se detendrían a la salida de una curva y… ¡se acabó! Entonces notó un fuerte frenazo.

—¡Quietos, rojos! ¡Ni un movimiento u os frío aquí mismo!

—¿Qué ha sido eso?

—Parecen disparos.

—¡¡¡Que os calléis, coño!!!

—¿Oís esas voces? Creo que se trata de…

Asesinato en Alesia

Sandra Monteverde Ghuisolfi

—Abuelo, por favor cuéntame una de tus historias de cuando luchabas con el gran Julio César.

—Deja en paz tu abuelo, Cayo Trebonio Metelo —le interrumpió su madre.

—Querida Claudia, no te preocupes. Mi nieto no me molesta jamás y menos cuando me pide que le narre mis cuentos de viejo, porque… por si no te has dado cuenta, es el único que me escucha.

Dirigiéndose al niño de seis años, que lo miraba con manifiesta adoración le dijo:

—Ven Cayo, siéntate a mi lado y te relataré un suceso que aconteció hace mucho, mucho tiempo, cuando yo, Marco Trebonio Pulcher era legado del gran Julio César, quien ahora ocupa su lugar entre los dioses.

En el año 52 a. C.[1], Alesia era una ciudad sitiada. Enclavada en un monte al que los bárbaros llamaban Auxois, la protegían dos ríos bastante caudalosos, que corrían uno a cada lado, abrazándola. Era la fortaleza de los mandubios, una de las tantas tribus galas a las que César terminó por vencer y estaba situada en la Galia Comata o el país de las cabelleras largas, pues sus habitantes nunca se cortaban el pelo.

En esa época, los galos, que eran un cúmulo de varios pueblos diferentes con un origen y un territorio común, habían decidido que la única forma de resistirse al creciente poder de Roma, era presentar un frente unido. Y no estaban muy equivocados, pero habían peleado

---

1 En época romana había diferentes sistemas para fijar los años, entre ellos el que partía de la fundación de Roma, llamado *ab Urbe condita* (753 a. C.), siendo en época de César cuando se realiza uno de los primeros ajustes del llamado calendario de Rómulo. Para evitar confusiones se ha preferido mantener la fecha adaptada al nuestro calendario vigente. (N. del E.)

entre ellos durante tanto tiempo, que les era prácticamente imposible olvidar las viejas rencillas y rivalidades, a veces centenarias.

Decidieron darle el mando de todos los galos a un arverno llamado Vercingétorix, que contaba con el apoyo de la mayoría de las tribus, aunque algunas permanecieron fieles a Roma y otras se limitaron a ver qué sucedía, antes de unirse a los que siempre habían sido sus más acérrimos enemigos.

Hubo varias escaramuzas y enfrentamientos previos; algunos los ganaron los galos y otros nosotros. Pero en Vinngeanne, Julio César les infringió una sonada derrota. Mandó por delante a sus jinetes germanos y estos destrozaron a la caballería gala. Vercingétorix huyó y se atrincheró en Alesia con todos sus hombres y caballos, sabiendo que era un bastión imposible de atacar frontalmente.

Cesar decidió entonces vencer a los galos por hambre y sed y construyó una empalizada que rodeaba completamente la ciudad. Tenía dieciocho metros de largo y cuatro de altura. Mandó colocar fortificaciones a intervalos regulares, equipadas con artillería: escorpiones y catapultas, de tal modo que dejó a la ciudad completamente aislada.

Antes de la culminación de las obras de fortificación, unos pocos jinetes pudieran escapar de Alesia para pedir refuerzos a las demás tribus galas. El golpe magistral de nuestro general fue mandar edificar otra muralla, esta vez para protegernos de los que vinieran a socorrer la ciudad, de tal suerte que el ejército romano quedó entre los sitiados y los defensores, que no tardaron en llegar. Toda la construcción se llevó a cabo exactamente en treinta y cuatro días.

Mientras las tropas romanas se afanaban en la construcción de los muros, dentro de la ciudad reinaba el terror. Los casi cien mil guerreros que habían llegado con Vercingétorix se sumaban a los locales y tras un somero cálculo se percataron de una triste realidad: puesto que los romanos impedíamos el reabastecimiento, en poco tiempo no habría comida para todos.

Para no tener que sacrificar a los más de diez mil caballos, que sin dudas necesitarían para luchar contra nosotros, Vercingétorix, que a esas alturas ya había sido proclamado rey de todos los galos, decidió expulsar de la ciudad a las mujeres, los niños y los ancianos, pues las consideraba bocas inútiles a las que alimentar. Cuando llegaron a nuestro lado de la empalizada, también fueron rechazados por César y finalmente, quedaron en tierra de nadie, fuera de las fortificaciones, condenados a morir de hambre.

Te he explicado todo esto, para que entiendas cómo era el ambiente en Alesia en esos momentos. De la historia que voy a contarte, que ocurrió murallas adentro de la ciudad y durante el transcurso de asedio, me enteré cuando todo había acabado. Al conocer los hechos, intercedí ante el gran Julio Cesar y logré que oyera personalmente a los protagonistas. Escucha y comprenderás el porqué de mi actitud.

Cuando llegaron a Alesia los que se autodenominaban «libertadores», vivía allí un mandubio llamado Garazi. Él y su mujer eran los panaderos del pueblo, oficio que había pasado de generación en generación. Fue justamente este hombre, de naturaleza pacífica y bonachona, quien se vio de pronto envuelto en un incidente, que jamás hubiese imaginado: un asesinato.

La víctima era Catbath, un soldado arverno del mismo pueblo que Vercingétorix, que apareció una madrugada con una puñalada en el pecho y las manos llenas de harina. Todo apuntaba directamente al panadero, pues el cadáver fue encontrado dentro de su comercio, junto a la puerta que comunicaba el negocio con su casa. Del arma homicida no había ningún indicio.

Aunque los arvernos quisieron ejecutar a Garazi de inmediato, Dáderax, rey de los mandubios y regidor de la ciudad, impuso su autoridad y su criterio y lo impidió. Era legendario su concepto de la justicia, pero también había otra razón para su proceder y era que necesitarían a cada uno de los hombres disponibles para luchar. Matar a uno de los suyos era un lujo que, en esas circunstancias, no se podían permitir, adujo el monarca para calmar a la soldadesca sedienta de sangre a causa de la tensión, el hambre incipiente y la inactividad forzosa.

Para apaciguar los ánimos, el rey sugirió que el panadero fuera acompañado día y noche por alguien confiable, propuesta que fue aceptada por Vercingétorix, quien dijo tener cosas más importantes de las que ocuparse. Con la venia del jefe supremo galo, el monarca designó a Terimax, uno de sus guardias personales, que además era un gran observador y gustaba de los acertijos y desafíos.

Dáderax le llamó aparte y le dijo que la vigilancia de Garazi no era lo más preocupante, puesto que obviamente le sería imposible escapar, dado el sitio al que los romanos sometían la ciudad. Lo que realmente le inquietaba era que le parecía imposible pensar en él como en un asesino; lo conocía desde que era un niño y no lo creía capaz ni de matar una mosca. Le sugirió aprovechar el tiempo para investigar discretamente lo que en realidad había sucedido. Ya llegaría el momento de hacer justicia cuando expulsaran a los romanos de sus territorios.

Terimax se trasladó a la vivienda adosada a la panadería y comenzó sus pesquisas. En primer lugar, habló con el ayudante del panadero, que era quien había descubierto el cadáver. Bórbex, un chico de 15 años avispado y despierto, que se había salvado de ser expulsado de la ciudad gracias a una artimaña de Garazi.

Este adujo ante Vercingétorix y su consejo que Bórbex cumpliría los 18 en pocos días. Era un mocetón enorme y bondadoso y el resto de sus conciudadanos se apresuraron a secundar la mentira del panadero para que tuviera una oportunidad de sobrevivir, pues todos le apreciaban sinceramente. El muchacho era consciente de que le debía la vida a su patrón y sería capaz de morir por él.

Esta circunstancia también era conocida por Terimax, por lo que le pidió que se limitara a relatarle los hechos tal cual habían sucedido, dándole detalles del suceso y de lo que aconteció inmediatamente después. Aparentemente, el escenario del crimen estaba tal cual, porque luego de apresar al panadero, los soldados de Vercingétorix cerraron la casa y solo les habían permitido volver hacía apenas unos minutos, coincidiendo con la llegada de Terimax.

El muchacho le explicó que aquella noche había llegado a su trabajo a eso de las cuatro de la mañana como hacía todos los días, inmediatamente después del campanazo que indicaba el cambio de guardia; su primera misión era prender el horno. Los panes que habían dejado preparados la noche anterior se debían poner a cocinar en cuanto este estuviera a la temperatura adecuada.

Nunca llevaba luz, pues conocía el lugar de memoria. Cogía los utensilios para hacer fuego, que siempre guardaba en el mismo sitio y tenía algo de iluminación cuando conseguía encender los primeros trozos de leña. Esa noche, en cuanto prendió la lumbre, vio el cadáver del soldado junto a la puerta, sobre un enorme charco de sangre. Las bolsas de harina, que solían estar apiladas en un rincón estaban esparcidas por doquier y algunas tenían roturas, como si las hubieran cortado. Cuando se repuso del susto, salió corriendo a avisar a las autoridades de su descubrimiento.

A Terimax le sorprendió que Bórbex no le comunicara lo sucedido a su patrón de inmediato y sospechó algo raro, pero optó por no preguntar nada, todavía. Le pidió que le mostrara el lugar del suceso: sobre el suelo de tierra apisonada se veía claramente la mancha de sangre y comprobó que los sacos no solo estaban sajados por varios sitios, sino que habían estado revolviendo dentro de ellos, como si buscaran algo. La puerta solo tenía un sencillo pasador, así que cualquiera podía haber entrado y salido de la panadería amparándose en la oscuridad de la noche. El muchacho juraba que la encontró cerrada por fuera.

Mientras Terimax lo revisaba todo, el panadero trabajaba sin levantar la vista. Parecía tener miedo de cruzar la mirada con su ayudante. El chico sabía muy bien que el panadero no estuvo en casa esa madrugada y también el porqué; y Garazi no podía contar dónde había estado la noche anterior sin delatar a su amigo Cornimax, uno de los guardias nocturnos, que le había permitido acercarse a las murallas (justo donde el cerco romano era más estrecho) para tirar pan a su mujer y a los demás que habían sido desterrados de la ciudad, empleando hondas con las que burlaban las empalizadas. Bórbex le había ayudado a prepararlos y a hornearlos, eludiendo los estrictos controles de alimentos que reinaban en la ciudad. Si alguien se enteraba de este suceso, podían darse por muertos los tres.

Cuando maestro y ayudante retiraron del horno los panes humeantes y los dispusieron para la venta, bajo el pequeño tenderete que armaban en la calle, Terimax se quedó solo en la cocina. Su instinto le decía que allí había más de lo que se veía a simple vista y se dispuso a remover los sacos de harina y a revisarlos uno por uno. Algunos tenían cortes manchados de sangre. Dedujo entonces que, una vez muerto Catbath, el homicida se dispuso a buscar lo que fuera que creía escondido en los sacos, usando el arma del crimen para abrirlos.

Su sorpresa fue mayúscula cuando al cargar el penúltimo de los sacos, notó que pesaba mucho más que el resto. Al abrirlo, descubrió en el fondo un medallón de oro macizo y cuatro cálices del mismo material, todos primorosamente tallados y cuajados de piedras preciosas, con el sello inconfundible de los druidas. Los ocultó en su morral y apiló las bolsas apresuradamente, tratando de disimular sus andanzas.

Ahora sí que había un móvil, pero se le hacía muy difícil creer que el panadero tuviera algo que ver con ese tesoro. Los soldados eran muy afectos al pillaje y si esos objetos eran el producto de alguna fechoría, que no estaba en conocimiento de sus superiores, era comprensible que el culpable hubiera querido ocultarlos en cuanto tuviese oportunidad; una humilde panadería no era un mal sitio para ello.

Con la excusa de ir a buscar algunos efectos personales, dejó al panadero y a su ayudante trabajando y se fue a ver al jefe de la caballería arverna, que era el oficial bajo cuyo mando servía el fallecido Catbath. Lo encontró revisando las monturas y lo saludó con la confianza que dan los años de amistad. Se conocían desde hacía tiempo e incluso estaban emparentados por el casamiento de sus respectivos primos.

De su conversación con él, sacó en limpio que el occiso no era un soldado modélico, ni mucho menos: era agresivo, poco dispuesto a la colaboración y la disciplina y solía jactarse de que la guerra, para él, era solo un medio para enriquecerse, a como diera lugar. No tenía amigos en la tropa y nadie había sentido su pérdida. Se limitaron a repartirse las pertenencias que el difunto guardaba en su rincón de la tienda común y se olvidaron de él.

Su superior recordaba que últimamente se lo había visto muy interesado en las actividades del grupo de caballeros que solían acompañar a Vercingétorix. Él lo sorprendió varias veces merodeando en los alrededores de la casa cercana al palacio de Dáderax, donde estos pernoctaban y siempre que lo cogía *in fraganti,* se excusaba con evasivas poco convincentes. Terimax le dio las gracias y se retiró.

Pasó por la panadería a recoger su bolsa y unos panecillos, pues apretaba el hambre y corrió a darle cuenta al rey Dáderax de sus progresos. Los guardias tenían órdenes expresas de no hacerle esperar, así que en pocos minutos estaba frente al monarca. Al mostrarle su descubrimiento, este le explicó que él mismo había tenido oportunidad de verlos cuando se reunieron para la elección de Vercingétorix como comandante de todos los galos, en el bosque cercano a la ciudad de Autricum, centro religioso de los carnutos. Sin dudas habían sido saqueados, pues eran elementos ceremoniales muy valiosos y apreciados. Robarlos no solo era osado, sino altamente peligroso, puesto que se cometía sacrilegio solo con tocarlos.

Al salir, Terimax notó que alguien le seguía. Cuando llegó a la panadería, le preguntó a Bórbex, que vendía los últimos panes en esos momentos, quién era el hombre que venía detrás de él. El muchacho miró por encima de su hombro y se rio, diciendo que era Cornimax, un soldado cuyo cometido consistía en vigilar las murallas y del que nada debía temer, puesto que era gran amigo de su patrón.

Terimax sumó mentalmente dos más dos, no tuvo que elucubrar mucho para concluir donde estaba Garazi la noche anterior, así que le soltó a Bórbex que él ya conocía la historia de los panes para los exiliados. El muchacho se echó a llorar y le explicó que su madre y sus dos hermanas se morían de hambre fuera de las murallas, al igual que la mujer de Garazi y que por eso lo había ayudado y encubierto.

Terimax se comprometió a ocultar el hecho, pues también su mujer estaba allí, pero le transmitió sus recelos acerca de la amistad que Cornimax decía profesar por su patrón. ¿No lo habría visto él por casualidad, reunido con el muerto en alguna ocasión? Bórbex recordó entonces que el rostro del fallecido le resultaba familiar y cayó en la cuenta del porqué. Más de una vez vio a Catbath y a Cornimax cuchicheando y gesticulando, cerca del negocio de Garazi. Y ahora que lo pensaba, la idea de tirar panes desde la muralla había sido del soldado, no de su amo, que temía más a los arvernos que habían echado a su mujer que a los demonios romanos.

Sus reflexiones lo llevaron a concluir que el asesino del soldado no podía ser el ladrón de las reliquias, dado que, si quien mató a Catbath tuvo que revisar las bolsas de harina, no era el mismo que escondió el tesoro o habría ido a por él sin titubear. Terimax quería descubrir al homicida y al saqueador, para entregarlos a los druidas y que sufrieran el justo castigo por asesinato, latrocinio y sacrilegio. Cornimax le había dejado el camino expedito a la panadería a Catbath, mientras se cercioraba que Garazi estaba en la muralla intentando mitigar al hambre de los desterrados. Solo le restaba ingeniárselas para hacer hablar al soldado, que estaba tan interesado en sus pesquisas.

La ocasión se le presentó esa misma noche, cuando comenzaba el turno de vigilancia de Cornimax. Esta vez era él quien le espiaba. Al comprobar que las rondas las hacía en solitario, se encaramó en la muralla y lo increpó diciéndole que sabía muy bien lo que había sucedido en la panadería. Cornimax se echó a temblar.

Le contó que una vez que Garazi subió a la muralla, él se escabulló para sorprender a Catbath. Al entrar en la panadería, lo halló removiendo sacos de harina. Cuando le pidió el dinero que le había prometido a cambio de su colaboración, este se negó a dárselo. Seguramente llevado por la codicia, el arverno no solo se había negado, sino que, riéndosele en la cara, lo había amenazado con denunciarlo a los esbirros de Vercingétorix por haber permitido que se desperdiciaran alimentos en los desterrados. Eso estaba penado con la muerte y nadie podría hacer nada por él.

Cornimax reconoció que la furia se había apoderado de él y por eso lo mató. Pero como no sabía en qué consistía el tesoro ni donde estaba escondido, revisó rápidamente las bolsas, porque era lo que hacía el pérfido soldado cuando él entró a increparlo; pero en cuanto oyó la señal del cambio de guardia huyó, sabiendo que Bórbex estaba al llegar.

Terimax le preguntó entonces quién era el ladrón y el soldado le dijo que Catbath nunca se lo había dicho. Sospechaba que le había contado lo del tesoro, puesto que conocía la amistad que le unía al panadero y solo quería utilizarlo para hacer salir a Garazi del negocio. Lo único que le dijo fue que, días atrás, había visto pasar a un individuo que se movía muy sigilosamente vigilando los comercios y por instinto lo siguió. Espiando por una rendija de la puerta lo vio, brevemente, esconder algo muy valioso. Pero el nombre del saqueador se lo había llevado a la tumba. Por lo poco que había logrado sonsacarle, suponía que el botín lo trajo alguien cercano a Vercingétorix.

Para Terimax era impensable acceder al círculo íntimo del rey de los galos, pero Dáderax convivía a diario con todos ellos, muy a su pesar. A primera hora de la mañana fue a verlo y le sugirió un plan que al soberano le pareció excelente y se comprometió a cumplir sus instrucciones al pie de la letra. Luego fue a ver al panadero y le ordenó que pasara esa noche en casa de Bórbex y que dejara en sus manos el demostrar su inocencia, de la que estaba plenamente convencido. Una vez concluidos los preparativos, prendió el horno, se acostó en la cama del panadero y se dispuso a esperar los acontecimientos.

Pasada la medianoche, oyó el inconfundible ruido del pasador externo de la puerta de entrada del comercio. Entreabrió el portillo interno y logró vislumbrar una figura que apartaba los sacos de harina, buscando uno en particular. Cuando no encontró lo que buscaba se volvió loco y comenzó a vaciar los demás, presa del frenesí. Lo dejó hacer durante un rato y luego entró preguntándole qué hacia allí y qué buscaba. Parnimox, la mano derecha del rey de todos los galos, titubeó un momento al verse sorprendido, pero se repuso de inmediato; estaba acostumbrado a dar órdenes y a ser obedecido sin rechistar.

Le increpó duramente su actitud diciéndole que allí había muerto un soldado arverno y él quería saber por qué y no tenía que darle cuentas de sus actos a un simple panadero que, para peor, era reo de la justicia. Terimax sacó entonces de su bolsa uno de los cálices, preguntándole mientras los exhibía a la luz de la lumbre, si eso tenía algo que ver con su frenética búsqueda entre los sacos de harina.

En ese instante, el hombre perdió todo cuidado y se echó encima de Terimax. Fue el momento que aprovecharon los guardias de Dáderax para entrar y prenderlo. Alertados por este, habían seguido a Parnimox desde el momento en que saliera furtivamente del palacio. Era de esperar que alguien mordiera el anzuelo, puesto que durante la cena, el rey de Alesia comentó que el asunto del panadero estaba solucionado: ya no ejercía más como tal, pues había sido confinado a las mazmorras esa misma tarde y su negocio permanecería cerrado.

Cuando el ladrón aún se debatía y vociferaba contra los soldados que lo tenían fuertemente cogido, entró en la humilde panadería Vercingétorix en persona. Parnimox no tuvo coraje para negar los hechos y confesó que la codicia se había apoderado de su alma cuando vio los cálices y el medallón en el bosque. Contó que, una vez terminada la ceremonia de coronación, se demoró a propósito y se apoderó de los preciados objetos. Al llegar a Alesia, buscó desesperadamente un sitio donde ocultarlos y eligió el modesto negocio de Garazi para ello.

Creía que nadie lo sabía, pero cuando Catbath, a quien vio muchas veces merodeando por los alrededores de su casa, apareció muerto entre sacos de harina rotos, le pareció una coincidencia demasiado obvia. La declaración de Dáderax, de que el panadero no ejercería más y por tanto el local estaría vacío, le dio la oportunidad de ir a buscar su botín.

Vercingétorix lo mandó ejecutar en el acto y se negó a oír a Terimax y al rey de Alesia, que alegaban que debía ser juzgado por los druidas. Le hizo cortar la cabeza en la puerta de la panadería y ordenó tirar su cadáver a los hambrientos perros. Dáderax decidió que Cornimax había actuado en defensa propia, pero igualmente debía ser castigado, por lo que, si bien le perdonó la vida, lo despojó de su ciudadanía y su libertad, condenándolo a ser esclavo.

Al día siguiente se produjo el choque entre las fuerzas galas y las nuestras. Terminada la batalla, Vercingétorix se rindió y fue llevado a nuestro campamento. Con algunos de sus lugartenientes viajó a Roma a esperar el desfile triunfal del gran César. Una vez culminado este, fue decapitado como es nuestra costumbre.

Yo fui uno de los primeros en entrar en la ciudad y oí por casualidad a alguien que se lamentaba de haberse salvado de ser ejecutado por un asesinato que no había cometido, para morir a manos de los romanos. Me intrigó el comentario e indagué acerca de lo sucedido.

Garazi estaba abrazado a su mujer, que junto a los demás sobrevivientes del destierro se habían apresurado a correr hacia sus hogares en cuanto los romanos abrimos las puertas. Cuando le pedí que me contara a qué se refería, me indicó a un hombretón que volvía de la lucha, ensangrentado y sucio: se llamaba Terimax.

Entramos en la panadería y entre todos me fueron relatando los hechos que te he narrado. Me impresionó tanto la historia, que les prometí hablar con César de ello. Sabía que tomaría cartas en el asunto y su decisión sería la más acertada. Como contaba con su confianza, me atreví a sugerirle clemencia para los involucrados.

El gran Julio Cesar tenía la habilidad de atender y resolver varios asuntos a la vez, por lo que mientras daba órdenes precisas de lo que se debía hacer con los muertos, los vencidos y las disposiciones a tomar dentro de la ciudad, le relaté los sucesos que habían acontecido en Alesia. Cuando terminé de hacerlo, pidió ver de inmediato a Terimax, a Garazi y a Bórbex.

Estos llegaron escoltados por los lictores y cuando los tuvo frente a él, les dijo que admiraba a la gente que luchaba por causas justas y que, no solo no serían esclavizados (según la tradición, a los vencidos se los vende en el mercado de esclavos), sino que nadie tocaría ninguna de sus propiedades y recibirían, de su propio peculio, cien mil sestercios cada uno. Agregó que le resultaba sorprendente que, conociendo la fama de crueldad de los arvernos, el panadero y su empleado hubieran arriesgado sus vidas para salvar la de sus familiares y que la investigación de Terimax había sido absolutamente brillante.

En cuanto a los tesoros, ordenó que fueran restituidos de inmediato a los druidas de Autricum, para lo que dispuso que partiera sin dilación una comitiva integrada por romanos y mandubios, encabezada por Terimax y por mí mismo, para que nos cerciorásemos de su devolución y de dar a los sacerdotes las explicaciones que el caso mereciera. Este viaje cimentó una amistad entre el galo y yo, que a pesar de nuestras diferencias, duró el resto de nuestras vidas.

A nuestra vuelta, la ciudad estaba ya en proceso de reconstrucción. Dáderax seguía como rey, con el título de «amigo y aliado del pueblo romano» que le había concedido César a cambio de su sumisión a Roma y Terimax fue ascendido a jefe de la guardia personal del monarca. He mantenido con él correspondencia durante todos estos años y sé que está retirado de la vida pública y que tanto Garazi como Bórbex son hombres de provecho y siguen ejerciendo su oficio de panaderos.

Espero haber satisfecho tu curiosidad, querido nieto. Y nunca olvides que las grandes historias son las que componen las memorias de los pueblos, pero estas se tejen con miles de pequeños sucesos, que muchas veces cambian la vida de algunas personas. Eso fue exactamente los que nos pasó a todos nosotros, aquella vez, en la lejana Alesia.

Las joyas de la reina

Ricardo Aller Hernández

Palacio Arzobispal de Murcia, 13 de enero de 1873

Al escuchar el séptimo repique de las campanas de la catedral, el obispo Francisco Landeira se despertó sobresaltado. Tumbado boca arriba, abrió lentamente los ojos, reflejándose en sus pupilas un hilo de luz grisácea que, al filtrarse entre las cortinas, dibujaba un ángulo de claridad entre la cama y el enorme crucifijo que presidía su habitación. Sumido aún en un estado de duermevela, volvió a cerrar los párpados, buscando cualquier excusa para no tener que levantarse; algo en su interior parecía querer advertirle que lo mejor era arrebujarse entre las sábanas y perderse en el dulce sopor del sueño, aunque el eco del rumor de conversaciones que se escuchaba detrás de la puerta le hizo abandonar cualquier esperanza.

—Gracias Señor por mandar tantas ovejas madrugadoras a este pobre pastor —farfulló mientras se persignaba.

Ayudándose de la barandilla que había ordenado colocar a la altura de la cama, se incorporó con lentitud mientras se llevaba la mano al estómago, el mayor punto débil de su ya de por sí delicada salud, recuerdo permanente de la epidemia de cólera que sufrió la ciudad de Teruel cuando él era obispo de aquella diócesis. Afuera tronó el reloj de la catedral tocando los cuartos, indicando que le quedaban apenas quince minutos para asearse antes de que le trajeran el desayuno, ni un minuto más ni uno menos gracias al estricto horario que le marcaba su secretario Paco Riquelme, un hombre con todos los atributos que cualquier obispo podría desear: era puntual como un reloj suizo, metódico como cualquier alemán y con un temperamento típicamente español, cualidades todas ellas que dejaban en un segundo plano una ligera tartamudez que se acentuaba sobre todo cuando se ponía nervioso.

Fiel a sus costumbres, se dispuso a usar el orinal a pesar de sus habituales problemas de estreñimiento que combatía con fruta y mucho esfuerzo. En un intento por relajarse para dejar que todo fluyera cerró los ojos, centrando la atención en las tres voces, dos hombres y una mujer, que seguían resonando detrás de la puerta. Enseguida identificó la de la hermana Teresa, la monja que le traía el desayuno todos los días, y la de Riquelme, al que imaginaba repeinado, con su portafolios en una mano y recado de escribir siempre preparado. La que no supo identificar era a la tercera persona que era sin lugar a dudas la que más hablaba y que más agitada parecía.

No había terminado de anunciar el reloj las siete y media cuando escuchó el primer golpe de nudillos a la puerta. El hambre ya había empezado a azuzar, así que fue raudo a la mesa diciendo «¡Pase!» con una ilusión que se difuminó de inmediato al ver entrar a Riquelme y no a la hermana Teresa.

—Su... su... su emi... su eminencia...

Bufó el obispo, incapaz de decidir qué era lo que más le preocupaba, si el gesto desencajado de su secretario o que hubiese entrado tartamudeando como nunca lo había visto antes.

—¿Qué sucede? Sabes que no despacho nada hasta que sor Teresa no ha recogido el desayuno.

El secretario tragó saliva despacio y con dificultad, creando un estado de agitación en el obispo que lo puso de muy mal humor.

—Es... es... es...

—¿Es, qué? —preguntó impaciente Landeira, levantándose de un salto de la silla.

—La Vir... la Virgen de... la... la Fu... Fuensanta, su... su... su eminen...

—¡Habla ya, Paco, por caridad, que me estás asustando! ¿Qué le ha pasado a la Virgen?

—Pues que le... le... le... le han robado las joyas.

Palideció Landeira, ligeramente mareado de la impresión. Después de unos segundos en los que pareció detenerse el tiempo, pidió a Riquelme que repitiera lo que había dicho.

—Un r-r-robo —aclaró el secretario—. A nu... nu... nuestra reina.

Al cabo, el incrédulo obispo regresó al asiento, tratando de asumir todas las desgracias que en los últimos meses estaban asolando España, tantas como para que hacerle comprender al rey Amadeo la proverbial ingobernabilidad de los españoles —*Ah, per Bacco, io non capisco niente. Siamo una gabbia di pazzi,* afirmaban los mentideros que decía a quien lo quisiera escuchar—. Y es que a los sucesivos gobiernos caídos, seis en apenas dos años, había que sumarle el recrudecimiento de la tercera guerra carlista en Navarra, las Vascongadas, Cataluña y el Levante, el creciente desasosiego colonial de Cuba, Puerto Rico y Filipinas, así como el aumento masivo de nuevos levantamientos reclamando la República, sobre todo en Murcia, ya que en Jumilla hacía tiempo que se estaba caldeando un inquietante aire revolucionario, mientras que en Cartagena, el diputado Antonio Gálvez llevaba tiempo formando mucho revuelo republicano. Y para rematar, estaba lloviendo, el estómago le dolía horrores y acababa de saber que alguien había cometido un sacrilegio.

Definitivamente, pensó Landeira mientras se pasaba la mano por la cara, tenía que haber hecho caso a su instinto y no levantarse de la cama.

Comandancia de la Guardia Civil de Murcia

A Fulgencio Cabrera le gustaba el libro que tenía entre las manos, *El ingenioso hidalgo don Quijote de La Mancha,* no tanto por el contenido —la España del XIX no solía dejar tiempo ni ganas para leer— sino por el continente. Mientras se arremangaba de nuevo la camisa, sintió el tacto áspero de aquel grueso volumen editado por Hartzenburg en 1863 y sonrió. Era un magnífico ejemplar, lo suficientemente duro como para confirmarle lo que siempre había creído: que lo mejor de los libros eran sus picos.

—Te lo preguntaré una última vez, ¿dónde está tu compañero?

El pertinaz silencio del detenido llevó al teniente Cabrera a soltar un chasquido de pereza antes de abalanzarse sobre él y atizarle en la cara con el libro una y otra vez, así hasta dejarle el rostro teñido de un velo de sangre que se le vertía por un oído. Al terminar, arrastró la silla en la que había permanecido sentado durante el interrogatorio, se sentó frente a él y comenzó a chasquear los dedos para llamar su atención, clavándole en la mirada en el único ojo sano que le quedaba mientras contenía una sonrisa. No me obligues a seguir, parecía decir con aquella mueca. Aunque me divierta.

Un cura secuestrado, un capacho de piedras y tres guardias civiles camuflados. Así podía titularse alguna de esas obras de teatro que tanto gustaban a su esposa Enriqueta, pero aquello no era ficción, sino la vida real. Antes de Navidad, en la vecina localidad de Totana, dos encapuchados asaltaron bajo el arco de los Frailes al párroco, don Andrés Legaz, reclamando a sus familiares un rescate de hasta 12 000 de los antiguos reales a pagar al día siguiente en el mismo lugar. Avisado el 4.º Tercio de la Guardia Civil, Cabrera y otros dos compañeros de la comandancia de Murcia acudieron de inmediato al lugar de los hechos con un plan tan previsible —dejar en el lugar acordado un capacho de pedruscos que simulaban el rescate para luego esconderse en una cueva próxima y abalanzarse sobre ellos— como efectivo, ya que la redada acabó con un captor detenido, ese al que la pluma de don Miguel de Cervantes acababa de soltarle la lengua para confesar al son de los librazos de Cabrera el nombre de su compinche, el lugar donde podría encontrarlo, sus rasgos físicos más característicos y hasta la talla de zapato le hubiese dicho de haberlo sabido.

Aquello ya era cosa hecha, así que el teniente cedió libro y declaración a dos jóvenes *polillas* que en los diez minutos que había durado el interrogatorio acababan de aprender más que en toda su corta carrera como guardias civiles, abandonó la sala, enfilando el pasillo que conducía a su despacho, situado en una esquina del edificio de la comandancia que daba a la plaza de Santa Eulalia y a la muralla de la puerta de las Siete Puertas. Nada más llegar a su habitáculo, dejó sobre la silla la casaca de paño azul tina, se dirigió a su mesa, abrió la cajonera de su despacho y sacó un magnífico habano dispuesto a celebrar un nuevo caso resuelto. No le había dado tiempo ni a cortar la perilla cuando la abrupta aparición del sargento Peláez entrando sin llamar interrumpió su particular liturgia.

—¿Se puede saber para qué están los modales, Peláez?

—Perdone, mi teniente, pero el capitán García lo reclama de inmediato.

Bufó Cabrera mientras regresaba con evidente fastidio el puro intacto a la cajonera. Seguido con la mirada por Peláez, se puso la casaca y se caló el sombrero de tres picos de fieltro negro antes de tomar el estrecho pasillo que le conducía al despacho del capitán. Al llegar, llamó hasta tres veces, aguardando pacientemente el permiso para entrar.

Al abrir la puerta, un fogonazo de luz procedente de la ventana situada a la espalda del escritorio del capitán García lo deslumbró, aunque trató de disimularlo mientras se colocaba en posición de firmes ante su superior, quien permanecía junto a la mesa al lado de otro hombre vestido con mitra que permanecía sentado en un cómodo sillón, en cuyo reposabrazos descansaba una mano en la que destacaba un gran anillo episcopal.

—Imagino que conoces a monseñor Francisco Landeira —dijo García.

Cabrera miró primero al capitán para luego fijar su atención en Landeira. A diferencia de García, el obispo era bajo y rechoncho, con aspecto de ser un anciano bonachón y una mirada astuta que no podía ocultar una evidente preocupación.

—Por supuesto —respondió Cabrera mientras se acercaba a besarle el anillo episcopal—. ¿A qué debemos este honor?

—Esta mañana han robado las joyas de nuestra Señora la Virgen de la Fuensanta —resumió el capitán García, tajante.

Por primera vez en mucho tiempo, Cabrera no supo qué decir. Llevaba en la Guardia Civil tantos años como tiempo tenía el cuerpo desde su creación en 1844 y creía que ya lo había visto todo, desde discusiones vecinales hasta robos en sagrado, pero robarle a la patrona era superar un límite que ni siquiera él mismo, tan aficionado a la relajación moral a cambio de unas pesetas, se atrevía a traspasar.

—Los ladrones —continuó García— hicieron un butrón bajo la ventana de la sacristía, entraron en el camarín de la Virgen de la Fuensanta y sustrajeron la corona, el rostrillo, dos cadenas, parte del cetro y varias sortijas, una de diamantes. De la sacristía se llevaron un cáliz y una patena de plata.

Un silencio invadió por unos instantes el despacho de García. Afuera, en la plaza, varios vendedores ambulantes ofertaban a voz en grito tomates, lechugas y limones.

—El caso es tuyo —concluyó García con gesto serio—. Ni que decir tiene lo que nos estamos jugando, así que dispón de todos los medios que necesites.

Asintió el teniente con gesto circunspecto. Aquel robo no era más que el reflejo del siglo que le había tocado vivir. Hijo de uno de tantos españoles que por defender a la patria de la invasión francesa obtuvieron como recompensa el absolutismo del rey Fernando y, de propina, a su hija Isabel, Fulgencio Cabrera había visto ampliar y reducir libertades de un día para otro, casi al mismo ritmo con el que se promulgaban constituciones y se producían alzamientos que iban forjando la historia de una España cansada del presente, que sentía añoranza de un pasado glorioso y que miraba de reojo a un futuro que se presentaba más negro que el traje del obispo Landeira, quien al verle perdido en sus pensamientos carraspeó levemente para llamar su atención.

—Cuento con su especial dedicación e interés en resolver este asunto, teniente...

La leve insinuación sobre un trato de favor le escoció a Cabrera, aunque no especialmente en la conciencia. Los favores siempre los había cobrado a real por hora y de aquello barruntaba que poco metálico iba a sacar.

—Cabrera, eminencia, Fulgencio Cabrera, guardia civil de profesión y mal cristiano de vocación, pero eso es lo de menos. Cuente usted con toda mi pericia, que no sé si es mucha o es poca, más que nada porque mi labor es proteger a cualquier persona y propiedad dentro y fuera de las poblaciones, tarea que, todo hay que decirlo, no siempre es bien recompensada por los poderes públicos.

Asintió Landeira, entornando los ojos a la vez que amagaba una sonrisa. Por un momento, el guardia civil se sintió estudiado de arriba abajo, incomodándolo.

—Si lo resuelve, Dios se lo pagará, teniente.

—Dios no me da de comer.

Al denotar cierto matiz despectivo en aquella respuesta, el capitán García intercedió con presteza.

—Lo que quiere decir el teniente, su eminencia, es que no descansará hasta que la Virgen vuelva a lucir sus joyas, ¿verdad, Cabrera?

El teniente se limitó a un leve encogimiento de hombros mientras mantenía la mirada de Landeira, que seguía estudiándolo con interés.

—Eso es lo que he dicho.

Los siguientes minutos no fueron más que ruido de palabras vacías por parte del capitán y promesas de esas que no siempre se pueden cumplir. Allí estaba todo hecho, así que se limitó a mantener la cortesía y en cuanto pudo se despidió con un taconazo de su capitán y con un beso en el anillo del obispo, quien se empeñó en darle la bendición.

—Toda ayuda es poca —concluyó Landeira al percibir cierta reticencia—, favor ese que no logró apartarle de la cabeza la idea que ya le rondaba antes de entrar en el despacho del capitán: que por muy grave que fuera lo que reclamaba su presencia nada había que no pudiera esperar a que se fumara el habano que le esperaba en su despacho.

Las primeras luces del amanecer teñían de malva la maleza que rodeaba el zigzagueante discurrir del río Segura entre la frondosa huerta por la que caminaba Fulgencio Cabrera al abrigo de unos limoneros, reflejándose en sus tranquilas aguas la torre campanario de la catedral de Santa María. El rocío de la primera mañana potenciaba el frío del invierno, clavándose la humedad en los envejecidos huesos del teniente, pero qué podía esperarse. Cincuenta años eran muchos para alguien que desde joven había convertido en costumbre diaria apurar vicios y disfrutar de malas compañías con gente de todo pelaje y condición con los que Cabrera había forjado una camaradería tan extraña como rentable a base de cadenas de favores. Un ejemplo de ello era Manuel Flores, un patriarca gitano propenso a los excesos en todas las facetas de la vida: tres condenas capitales que no llegaron a cumplirse por intercesión directa de Cabrera, quince hijos, sesenta nietos, una red de informadores más extensa que la de la misma Guardia Civil y una barriga de proporciones siderales, esculpida a base de comer mucho, beber más y trabajar muy poco.

—Chungo.

Eso fue lo primero que dijo el gitano Flores cuando el teniente le informó sobre el robo de las joyas a la Virgen al amparo de tres botellas de Jumilla y un plato de migas en la mesa que Cabrera tenía reservada habitualmente en la taberna de Los Camachos gracias a una fidelidad inquebrantable durante los últimos veinte años por disponer aquella de todas las condiciones necesarias para realizar la parte más oscura de su trabajo —allí había obtenido más información y cerrado más acuerdos de los que podía recordar, no siempre dentro de la ley—: una carne decente, buen vino y reservados con paredes capaces de olvidar todo lo que sucedía en su interior.

—¿Has oído algo sobre el asunto?

Flores dio un largo tiento al jarro. Mientras se pasaba el dorso de la mano por la boca para secarse el bigote, miró el plato vacío de migas con lástima y luego al teniente.

—¿Qué día fue ayer?

—Jueves.

—Pues si fue *cascañé[1]*, mis primos estarían en la *cambroquia* de la Fuensanta con el *cangalló* para tratar de vender *carbés, conel* y *corrallá* de la buena.

—Nada robado, imagino.

Bufó Flores mientras rebañaba el plato con un poco de pan.

—Que uno es gitano, *pestañí*, pero no ladrón.

Riendo aún su propia broma, Cabrera llamó a la tabernera para pedir otro plato de migas, momento que aprovechó Flores para pedir más vino, un poco de zarangollo y unos michirones. Cuando se quedaron de nuevo solos, el teniente deslizó una bolsa de monedas de un lado al otro de la mesa. Después de que el obispo se hubiera marchado, Cabrera había regresado al despacho del capitán García para solicitarle el suficiente dinero con el que poder aflojar voluntades y recabar incondicionales a la causa, petición a la que García accedió tras recordarle que el dinero público no podía malgastarse, una orden que Cabrera, fiel al principio de que la mejor caridad comienza por uno mismo, se disponía a cumplir a rajatabla quedándose con la mitad de lo entregado.

—A lo mejor vieron algo.

Flores cogió la bolsa y comenzó a tintinearla al lado del oído. El resultado le dejó visiblemente decepcionado.

—Por este *calé* ni me molesto ni en preguntar, *jingalé*.

Chasqueó la lengua Cabrera con fingido fastidio. El dinero que tendría que darle de más ya estaba descontado, pero disfrutaba mucho con toda aquella liturgia.

—Vaya gitano estás hecho —dijo mientras sacaba unas cuantas monedas más.

El resto de la noche transcurrió entre risas, vino y muchos recuerdos. La amistad entre Cabrera y Flores venía de antiguo, cuando en el 56 se produjo en la iglesia del Hospital de la Caridad de Totana

---

1 Voces del habla caló: *cascañé*, 'jueves'; *cambroquia*, 'parroquia'; *cangalló*, 'carro'; *carbés*, 'chalecos'; *conel*, 'túnica'; *corrallá*, 'collar'; *pestañí*, 'becerro'; *calé*, 'moneda'; *jingalé*, 'cabrón'.

el robo de un cuadro de los santos médicos Cosme y Damián. Las sospechas del por entonces sargento Cabrera se centraron en primer lugar en Flores debido a su pública enemistad con el párroco de la iglesia, quien por lo visto se había negado a darle la absolución por robar unos jamones por considerar el cura que no había muestras de verdadero arrepentimiento cuando lo vio entrar en el confesionario comiéndose un bocadillo hecho con el objeto mismo del pecado, aunque pronto se descubrió su inocencia. Los ladrones resultaron ser unos extranjeros contratados por un coleccionista que, incapaz de resistir la tentación, se fue de la lengua en una cena de gala en el Casino en la que, cosas de la vida, se encontraba el capitán García. Para celebrarlo, Cabrera invitó a Flores a las tabernas de El Alcázar y Las Tinajas, compensando el mal rato a base de vino y una buena pelea por culpa de un dado trucado que acabó con el gitano brindando unos versos por aquel guardia civil que Dios —o el diablo, que en asuntos de amistades peligrosas e interesadas no sabía quién influía más— quiso poner en su camino con todas sus virtudes, que eran buenas, y sus defectos, que eran mejores.

> Si por estar yo de prisa,
> y sin intención dañada,
> delante de esta criada
> me quitara la camisa,
> y ella lo viese con risa
> y delectación morosa;
> y se enredara la cosa,
> interviniendo el demonio...
> dígame usted, don Antonio,
> ¿fuera acción pecaminosa?

Después de la comilona, Flores mandó a uno de sus nietos, un muchacho enjuto de pelo ensortijado que respondía al nombre de Manuelín, a buscar a los primos de los que le había hablado para poder preguntarles si habían visto algo durante su ruta ambulante por Algezares. No pasó una hora cuando aparecieron en la taberna tres gitanos de barba cerrada y con las uñas negras y largas para tocar la guitarra, preguntando a voz en grito por el primo Manué.

—Para servir a Dios y a *usté* —respondió el otro, alzando el cayado con el que se ayudaba para moverse.

Tras los correspondientes saludos y una nueva ronda de vino jumillano, los primos de don Manuel confirmaron que, mientras instalaban el puesto ambulante en la entrada del santuario, seis hombres embozados salieron picando espuela con grandes fardos en las manos.

—¿Pudisteis verlos? —preguntó Cabrera. Hasta ese momento había preferido mantenerse al margen, consciente de que su indumentaria y una bien ganada reputación de hombre peligroso con exclusiva lealtad a sí mismo solía acortar lenguas y memorias.

—Iban tapados con pañuelo y sombrero —dijo el más alto de los tres, un joven de ojos verdes y permanente sonrisa que dejaba al trasluz varias oquedades en la dentadura—, pero mi Susana es muy observadora y se dio cuenta de que a uno le faltaba un ojo.

El trino de los pájaros que revoloteaban a su alrededor le hizo olvidarse de los gitanos y volver al presente. La mañana avanzaba inexorablemente, acompañada de una suave brisa que minoraba el incómodo dolor de cabeza que se le estaba levantando, síntoma de que se había excedido con el vino. O a lo mejor eran los años, pero eso ahora no importaba. Al fin y al cabo, se dijo, la noche había resultado fructífera: sabía que tenía que buscar a seis hombres, a uno de los cuales le faltaba un ojo; tenía el estómago lleno, un plan urdido para recuperar las joyas y encima le sonaban en el bolsillo de la casaca la mitad de las pesetas que le había entregado García, motivos más que suficientes como para volver a casa con una sonrisa y una idea: la de contactar con Lorenzo Buendía.

Afueras de Librilla, 17 de enero

Cuando Fulgencio Cabrera y Lorenzo Buendía llegaron cabalgando a la venta propiedad del marqués de los Vélez, la silueta de casas bajas de Librilla se perfilaba en la paleta de colores ocres que ofrecía el atardecer sobre la sierra de Carrascoy. Envueltos en el contraluz, los dos hombres entraron por el establo, dejando los caballos a un mozo que, confundido por los elegantes atuendos que llevaban los jinetes, les ofreció la mejor paja que tenía con la esperanza de recibir alguna propina, ilusión que se difuminó de golpe cuando Cabrera se limitó a revolverle el pelo antes de acceder a la venta.

—Qué pinta llevarás que el muchacho te ha creído con posibles.

La puya de Lorenzo Buendía provocó en Cabrera una mueca parecida a una sonrisa. Los dos se conocían desde la adolescencia, cuando compartían largas jornadas en los puestos de venta que sus padres tenían en la plaza de abastos de Murcia. Allí Cabrera vendía frutas y verduras con una mano mientras que con la otra sisaba para sus vicios a las incautas que se quedaban embobadas con su facilidad de palabra, mientras Buendía, siempre dispuesto a ir un punto más allá que su compañero, vendía botellas de leche recién ordeñada; así lo publicitaba él, obviando que previamente había rellenado un cuarto de la cantidad con su propia orina.

—No todos llegamos a tu nivel, compañero —dijo Cabrera mientras se miraba al espejo. Iba vestido con levita de siete botones, botín por encima de la rodilla, polaina, corbatín, guantes, borceguí, camisa y sombrero que le ocultaba el rostro. Pegado al cuerpo como una segunda piel llevaba un pequeño maletín con el dinero que le había dado el capitán García.

Sonrió el otro. La vida le había ido muy bien al contrabandista Lorenzo Buendía al otro lado de la ley, desde que con apenas 14 años se escapó de casa de sus padres para incorporarse en la banda del contrabandista alhameño Miguel Muñoz, demostrando desde su primer robo mucha destreza y pocos escrúpulos con la navaja y la pistola, tal y como lo atestiguaban los doce muertos que llevaba a sus espaldas. No sería hasta pasados los años de juventud cuando se volverían a ver. Qué mal te queda el uniforme, Cabrera, le dijo una voz inconfundible a su espalda. Tuvieron que pasar unos segundos interminables antes de que al fin pudiera reconocer a Buendía: ya nada quedaba de aquel imberbe y pordiosero niño que rellenaba las botellas de leche con su orina; ahora era todo un hombre de barba rala al que su ascenso como hombre más poderoso de los bajos fondos le había dejado una mirada carente de humanidad y una fea cicatriz en la frente.

—Un mal lance —dijo Buendía como toda respuesta a la mirada inquisitiva de Cabrera—, pero peor parado acabó el otro.

Accedieron al interior de la posada por un estrecho pasillo y tras dejar atrás una cocina llena de humo llegaron al comedor, una amplia estancia con una chimenea encendida, pocas ventanas y muchas sillas, todas vacías salvo las ocupadas por los dos únicos clientes que, bajo el juego de luces ambarinas de unos faroles de aceite, bebían en silencio en una mesa sin más compañía que un intenso olor a fritanga y suciedad.

Al entrar, Cabrera se quitó el sombrero para ponérselo de nuevo, a lo que respondió una de las sombras realizando el gesto a la inversa.

—Es la señal convenida —apuntó el teniente—. Vamos.

Se acercaron hasta ellos despacio, dejando las manos bien a la vista. La noche siguiente a su encuentro con el gitano Flores el teniente contactó con Buendía para que este hiciera correr la voz sobre la existencia de un rico terrateniente muy interesado en hacerse con las joyas de la Fuensanta, tanto como para triplicar cualquier oferta que tuvieran los ladrones. Tres días después, el contrabandista mandó un telegrama a la comandancia: «Mañana en la taberna de Librilla. A medianoche», decía el escueto mensaje.

—Buenas noches —dijo Cabrera, señalando las dos sillas—, ¿está libre?

Farfullaron algo los dos hombres sin mucho afán. Sin preguntar, el que estaba situado más a la izquierda, un hombre de edad mediana, delgado, de color moreno y frente estrecha, vestido con pantalón a cuadros menudos, chaleco claro con broches de plata y chaqueta de paño color café, cogió dos vasos de la mesa más cercana, sopló en su interior y los llenó de vino, mientras el otro, más bajo, moreno y de pelo rizado, con pantalón de paño a listas y chaleco blanco, se llevaba disimuladamente la mano bajo la faja encarnada, gesto que no pasó desapercibido a nadie.

—Somos hombres de negocios —musitó Cabrera, alzando lentamente las manos—, así que las navajas, para los de Albacete.

—Es que me pica —arguyó el otro con un marcado acento del norte, vascongado o navarro. Al inclinarse ligeramente sobre la mesa el farol le iluminó el único ojo que tenía—. ¿Algún problema?

—Solo los que me buscan —respondió Cabrera con temple—. Usted mismo.

Intuyendo los pensamientos de su compañero, el más desgarbado lo agarró del brazo, reclamando tranquilidad.

—Al grano, señores —concluyó—, ¿qué quieren?

Buendía se llevó la mano a la boca y carraspeó antes de hablar.

—Cierto amigo común me hizo llegar la noticia de que ustedes se habían apropiado de unas joyas hace unos días en Algezares, ¿es así?

—Puede que sí o puede que no.

—Claro, claro. El caso es que este caballero —continuó Buendía, señalando al teniente— me buscó para preguntarme si por casualidad le podía organizar una cita con los caballeros que se apropiaron de las joyas.

—Con los ladrones —puntualizó Cabrera, cosa que le valió una mirada asesina de Buendía.

—El caso es que este señor está muy interesado en adquirirlas a un precio que, de mí para usted, me parece muy razonable. Mediación aparte.

Antes de responder, los dos ladrones se miraron de reojo el uno al otro, intercambiándose silenciosas impresiones.

—Aparte, por supuesto —apuntilló el tuerto.

—Doy por hecho que ustedes tienen las joyas de la Fuensanta, entonces.

El más delgado bebió un largo trago de vino, mirando alternativamente a Buendía y Cabrera, cuyos rostros parecían perderse en los reflejos metálicos de las llamas de los faroles.

—Me resulta curioso que alguien le haya podido decir que hemos podido ser nosotros.

—Pregúntele aquí a Polifemo, que se dejó ver a base de bien —espetó Cabrera, impaciente.

Harto de tanta impertinencia, el tuerto hizo amago de levantarse para sacar el arma que llevaba escondido en la faja, pero la rápida intervención de su compañero y de Buendía llamando a la calma evitó que la cosa fuera a mayores. Mientras, Cabrera lo observaba todo sin moverse de su asiento y una mano fija en el sombrero donde llevaba oculta una navaja con mango de cuerno de toro que se moría por utilizar. Una vez regresada la concordia, el más delgado retomó la conversación, inclinándose sobre la mesa.

—¿Y se puede saber para qué quiere alguien como usted las joyas de una Virgen?

Imitando su gesto, Cabrera se acodó en la mesa, situándose a menos de una cuarta del rostro del otro. Olía a sudor, a arrogancia y a huevos con chorizo.

—¿Y se puede saber qué carajo le importa a usted lo que colecciono?

Aquello se estaba yendo de madre, así que Buendía optó por terminar la conversación arrancando el maletín de la mano de Cabrera y poniéndolo en la mesa.

—Como verán, este señor es más rico que diplomático, que al final es lo que nos interesa a ustedes y a mí.

El contrabandista abrió la maleta y, al girarla hacia los ladrones, la luz de los faroles reverberó sobre el cobre y la plata de centenares de pesetas.

—Esto es otra cosa —exclamó el tuerto, deslumbrado por la avaricia, a diferencia de su compañero, mucho más templado.

—Hay muchas más de estas esperando a quien tenga las joyas —dijo Buendía antes de cerrar el maletín.

—Suponiendo que supiéramos quién las tiene —espetó el más desgarbado.

—Supongamos.

—¿De cuánto dinero estamos hablando? —preguntó el tuerto—. Y dígamelo en reales, que todavía no me he acostumbrado a la peseta.

—Doscientos mil —respondió de inmediato Cabrera, seco.

La cifra provocó en los ladrones el impacto que esperaba. Por primera vez en toda la noche, los dos ladrones parecían dudar.

—¿Tienen ustedes las joyas o no?

A un momento de tenso silencio le siguió finalmente un leve asentimiento por parte de ambos.

—En ese caso, ¿hay trato?

Los dos ladrones comenzaron a cuchichear entre sí. Al observarlos, Cabrera concluyó que el tuerto parecía decidido a aceptar la oferta pero el otro aún seguía sin mostrarse muy conforme.

—¿A qué viene tantas dudas? —insistió para meter más presión—. Esto es sí o no.

El más delgado se giró hacia él y se quedó observándolo unos segundos, luego se pasó la mano por la cara, cavilando en silencio. Antes de hablar, cogió el vaso de su compañero y lo apuró de un trago.

—La verdad es que nuestra intención era entregar las joyas a la Federal y su revolución —confesó al cabo.

—¿La Federal? —preguntó Buendía, visiblemente sorprendido—. ¿A los partidarios de Gálvez?

Antonio Gálvez era un diputado partidario de la República que al promulgarse la Constitución de 1869 se levantó en armas a favor de la República junto a sus seguidores de Beniaján y Torreagüera y con el respaldo desde Madrid de políticos de renombre como Figueras, Pi y Margall, Salmerón y Castelar. Como respuesta a aquel acto de rebelión, se produjeron diversos enfrentamientos que terminaron con Gálvez condenado al garrote vil, pena de la que se libró al escapar a Argel, donde residió hasta que al año siguiente una amnistía general le permitió regresar a España. A partir de ese momento, Gálvez permaneció desaparecido del panorama público hasta 1872, cuando volvió a aparecer en Cartagena con la intención de acaudillar una insurrección republicana en contra de las quintas decretadas por el gobierno para mantener las posesiones coloniales y luchar en las guerras carlistas.

—Y para una revolución se necesita mucho dinero —sentenció el ladrón.

—Las revoluciones son cosas de pobres —objetó Cabrera con muy mala idea.

El otro se limitó a encogerse de hombros.

—Supongo —dijo al cabo. Se le notaba que seguía sin estar convencido del todo. Era como si siguiera sopesando qué valía más, si la causa o la peseta.

—Mejor lo supondrá cuando nade en dinero —remachó Buendía, quien también había advertido aquel debate interno.

—Bueno, ya está bien. Si hay negocio, bien —amenazó Cabrera, haciendo el ademán de levantarse—. Si no, me voy.

Se volvieron a cruzar miradas los dos ladrones. Los gestos del tuerto presionando al otro para que se decantara por el dinero eran obvios. Al poco, el otro terminó por claudicar, dejando escapar un suspiro en el que se mezclaba el alivio de sentir el bolsillo lleno con la decepción de olvidar sus principios.

—Está bien, trato hecho.

—¿Tienen las joyas aquí? —preguntó Buendía.

Ahora fue el tuerto el que tomó la palabra. Reclinado en el asiento, el otro parecía haber caído en una especie de desánimo, como si el sentimiento de culpabilidad de haber vendido la ideología revolucionaria por dinero le comenzara a pesar en el ánimo.

—Por supuesto que no. Están en un lugar seguro.

—¿Entonces?

—Quedamos mañana en la presa de la Contraparada, a medianoche, y cerramos el negocio.

Y dicho esto, los dos ladrones se intercambiaron sendas miradas, levantándose al unísono. Una vez solos, Cabrera y Buendía optaron por quedarse y apurar el vino que quedaba en la botella, bebiendo en silencio y sin más compañía en el comedor que el débil crepitar de las llamas de la chimenea, cada uno perdido en sus propios pensamientos. El teniente sorbía ruidosamente de su vaso pensando en cómo iba a detener a los ladrones; Buendía, por su parte, mantenía la mirada vidriosa fija en el vaso vacío, como si estuviera buscando respuestas en su interior. Así estuvieron un buen rato, hasta que al filo de las dos de la mañana apareció la hija de la ventera con la escoba en la mano, quien al verlos ocultos bajo la penumbra dejó escapar un gritito de sorpresa.

—Perdonen los señores, creía que no había nadie.

Amagó Cabrera un gesto de disculpa mientras la devoraba con los ojos. Hacía unos años no habría dudado en abalanzarse sobre aquella joven de tez morena y curvas sinuosas para galantearla, pero con la vejez se había visto obligado a asumir, más mal que bien, su invisibilidad para el sexo contrario. Antes no sucedía eso, se dijo con lástima. Antes de ser nadie.

—Que me aspen —dijo mientras se levantaba en un tono burlón con el que trató de ocultar la melancolía— si no es cierto que hacía tiempo que nadie me describía mejor.

Contraparada, madrugada del 18 de enero

Envuelto en la polvareda que levantaban los cascos de los caballos por el camino de piedra que llevaba hacia el lugar de La Ñora, villa próxima al azud situado en el Segura a su paso por el Lugarico, Fulgencio Cabrera disfrutaba del intenso olor a azahar que inundaba aquella parte de la huerta custodiada por molinos que, como si de gigantes se trataran, emergían en la cabecera de las acequias desde las que se regaban los limoneros que alfombraban la ribera norte de Murcia.

—Arrea, Cabrera, que llegamos tarde.

Aún con el eco de la voz de Buendía resonando en el aire fresco de la noche, el teniente azuzó al caballo, enfilando el estrecho sendero que moría a los pocos metros en la Contraparada, un complejo hidráulico de origen árabe en el que se aprovechaba un estrechamiento natural entre conglomerados de roca para repartir el caudal a través de dos grandes acequias: la Aljufía, que la distribuía por la zona norte y la Alquibla, que lo hacía por la zona sur.

Mientras avanzaban entre una fina capa de humedad y bajo el permanente murmullo del agua corriendo, Cabrera fue estudiando el terreno con ojo profesional: distancias, lugares donde poder protegerse si la cosa se ponía fea, posibilidades de huida… nada podía dejarse al azar en encuentros con gente peligrosa que seguro habrían tomado las mismas medidas de precaución. Y es que la Contraparada ofrecía todo lo que se precisaba para encuentros como el que se iba a producir; era un paraje apartado y con pocos lugares donde poder ocultarse, apenas unos matorrales salvajes rodeando la presa, por lo que se felicitó de nuevo por su prudencia al dejar a una docena de guardias civiles de refuerzo en Javalí Viejo, una villa lo suficientemente cerca para poder intervenir rápidamente, aunque no tanto como para evitar un conato de aprensión que solo logró contener al rozar el silbato oculto en el bolsillo del redingote con el que hacer sonar la señal de alarma. Al mirar a su lado, vio a Lorenzo Buendía cabalgando con una brizna de paja en la boca y tarareando alguna cantinela de burdel, relajado, aunque no le sorprendió. Por cómo lo conocía, apostaría a que estaba disfrutando de todo aquello. Lo único que le extrañaba era que aún no hubiera puesto precio a sus servicios.

—Qué oscuro está esto —se quejó Cabrera. El cielo estaba preñado de nubes, ocultando una luna en cuarto creciente que solo iluminaba ocasionalmente la presa, envolviendo el entorno bajo un halo enigmático que le recordaba aquella obra de teatro de José Zorrilla a la que su Enriqueta le llevaba a ver cada festividad de Todos los Santos, momento que, para desesperación de la mujer, solía aprovechar para dar una cabezada. Don Juan, creía recordar que se llamaba. O algo así.

—La verdad es que han elegido bien la noche, los canallas —respondió Buendía, cuyo rostro se ocultaba bajo las alas de un sombrero.

Al fondo ya comenzaba a dibujarse la silueta de la presa. Apenas quedaban unos minutos para llegar al lugar acordado, así que Cabrera se llevó la mano al cinto para asegurarse de que seguía allí el revólver

Lefaucheux de seis tiros, y luego a la espalda, donde llevaba oculta una afilada navaja que en más de una ocasión le había salvado la vida, como durante la sublevación del cuartel de San Gil en las calles aledañas de la Puerta del Sol, en Madrid, cuando él y otro centenar de guardias civiles recibieron las orden de detener el avance de los insurrectos mientras O'Donnell, Narváez, Serrano, Isidoro de Hoyos, Zabala y el resto de generales destinados en Madrid se distribuían por la capital ocupando las unidades de artillería que aún permanecían fieles. Aquella mañana Cabrera disparó mucho y bien hasta que se le agotaron las balas, viéndose obligado al final del día a luchar cuerpo a cuerpo contra uno de esos jóvenes sargentos a los que su poca edad hacía que todavía les doliera la patria, la corona y el gobierno. Fue precisamente ese ardor propio de los amotinados lo que hizo que el muchacho se descuidara al ver a Cabrera desarmado, momento que aprovechó el guardia civil para sacar la navaja y desbarrigarle de arriba a abajo, dejándolo en el suelo moribundo, boqueando y con los ojos muy abiertos, viendo cómo se le escapaba su vida, su revolución y sus sueños.

—Allí están.

Cabrera siguió con la mirada la dirección que marcaba el dedo de Buendía. Tras unos sillares de piedra caliza, seis hombres embozados y vestidos íntegramente de negro aguardaban en torno a un árbol. A primera vista se veía que iban bien artillados: cuatro portaban fusiles Minié y dos dejaban a la vista sendas pistolas. Manteniendo una distancia prudencial, Buendía y Cabrera detuvieron los caballos, desmontaron y, despacio, anduvieron los trescientos metros que los separaban del grupo, mostrando el contrabandista el maletín que llevaba en las manos.

—¿Han traído el dinero? —dijo uno de los embozados, un hombre alto y desgalichado al que Cabrera creyó identificar como uno con los que habían tratado en Librilla.

—Primero quiero ver las joyas —aclaró Buendía.

Tras una leve indecisión, el ladrón hizo un gesto a los dos compañeros que tenía al lado y estos se fueron hasta la parte de atrás del árbol, apartaron un montón de hojarasca que ocultaba un cofre y lo llevaron hasta ellos, abriéndolo durante unos segundos, los suficientes para comprobar que allí estaba todo: la corona, el rostrillo, dos cadenas, parte del cetro y varias sortijas, un cáliz y una patena de plata sobre la que, por un inesperado acto de presencia de la luna, reverberaron varios haces de luz.

—Ahora el dinero —dijo el ladrón que se encontraba más cerca de ellos, y cuyo fuerte acento le hizo deducir a Cabrera que aquel era el tuerto.

—Por supuesto.

A la orden de su compañero, Buendía se dispuso a lanzar el maletín. Lo hizo de forma pausada, iniciando un suave y lento vaivén que centró por completo la atención de los ladrones. Aprovechando la distracción, Cabrera se llevó rápidamente la mano al revólver y, sin mediar palabra —ya habría tiempo para decirles a los supervivientes aquello de «¡Alto a la guardia civil!»—, comenzó a disparar una y otra vez en todas direcciones. Con las primeras andanadas cayeron los dos ladrones que se encontraban más próximos, pero los últimos disparos, imprecisos, se perdieron en la noche, lo que permitió a los otros cuatro tomar fusiles y cargar pistolas, iniciándose un violento intercambio de disparos que dejó tras de sí una espesa cortina de humo que por momentos no dejaba ver nada a su alrededor.

Aprovechando la poca visibilidad, Cabrera buscó refugio por la explanada en dirección este. Bajo un intenso olor a pólvora, se arrodilló detrás de una roca que sobresalía entre la maleza y, mientras cargaba el revólver, se consoló al pensar que tras los dos abatidos la cosa ya andaba más igualada. Con cuidado, alzó la cabeza para echar un vistazo sobre la piedra y hacerse una idea de la situación, pero no le sirvió de mucho: apenas se veía nada, por lo que se vio obligado a usar el sentido de la orientación para deducir que se encontraba en el este, en dirección opuesta a Buendía, que debía encontrarse en el lado oeste. Y frente a ellos, cuatro ladrones bien armados.

Nunca un silencio le pareció tan atronador. Salvo el rugir del agua, no se escuchaba nada, aunque tampoco lo esperaba; allí solo había profesionales y gente que sabía lo que hacía, así que era evidente que nadie dispararía un tiro para no señalar su posición hasta que lo tuviera claro. Con el mayor sigilo del que fue capaz se deslizó hasta el árbol más cercano; a su izquierda, por el estrecho camino que separaba el agua de los árboles cercanos, le pareció escuchar el ruido de pasos pisando la maleza. Comenzó a calcular distancias y probabilidades de acertar el tiro cuando de repente se escuchó un pistoletazo al otro lado de la presa que iluminó brevemente la noche. De inmediato supuso que por allí debía andar Buendía peleando contra al menos un enemigo, lo que le dejaba a él una horquilla de dos-tres ladrones merodeando a su alrededor, y a uno ya lo tenía localizado: frente a él, a unos veinte metros. Con la mano colocada sobre el gatillo para reducir el ruido, levantó el revólver y apuntó a la oscuridad; aquello era literalmente un tiro a ciegas y era consciente de que el fogonazo lo delataría, pero quizás no tendría otra oportunidad de tener al ladrón tan cerca de él, así que se encomendó a la suerte y disparó a las sombras.

—¡Aghhh!

No había terminado de caer al suelo el tercer ladrón abatido cuando una ráfaga de balas comenzó a repiquetear por encima de su cabeza. Con la agilidad propia de la desesperación, se tiró al suelo y comenzó a reptar por el barro para regresar a la roca de donde había partido. Milagrosamente ileso, sacó un puñado de balas y comenzó a recargar el revólver mientras regresaba el silencio.

El teniente cerró los ojos, tratando de centrar su atención en cualquier ruido en torno: el suave movimiento de las hojas mecidas por la brisa, el rumor de las aguas, el ulular lejano de una lechuza. Al poco, creyó detectar a su espalda un débil chasquido de ramas que le hizo girarse: apenas a un metro de distancia se encontró con una sombra que, recortada al débil trasluz, dejaba entrever dos pistolas que al disparar iluminaron el rostro del tuerto. Por puro instinto, rodó por el suelo, sintiendo el silbar de las balas a su alrededor hasta que el zumbido cesó de repente. Si no se había equivocado, el otro tenía que haber disparado todos sus tiros, así que debería estar recargando, lo que le daba los segundos necesarios para incorporarse. Con la mente embutida, cogió el revólver con las dos manos y vació el cargador con tres tiros. Los dos primeros se perdieron en el aire pero el tercero pareció dar en hueso a tenor del quejido sordo que se pudo escuchar.

Un ruido a su derecha le hizo disparar en esa dirección y comenzó a correr con movimientos torpes, consecuencia del sobreesfuerzo, hasta alcanzar un árbol con el que poder protegerse la espalda. Si me matan, pensó mientras trataba de recuperar el aliento, que sea de frente. Sintiendo la resina pegarse en la nuca, comenzó a rodear el tronco. Un paso atrás, dos… no había concluido la vuelta cuando su hombro chocó contra un cuerpo que, al igual que él, dio un brinco al notar el contacto.

Todo sucedió muy rápido. Dejándose llevar por el instinto de supervivencia, Cabrera se abalanzó contra la sombra y apretó el gatillo a la misma vez que el otro, provocando un doble fogonazo en el que el teniente se llevó la peor parte al chamuscarse el rostro y quedar tendido en el suelo, ligeramente deslumbrado por los chispazos y con la pistola caída entre la maleza. Aunque no podía ver con claridad, sí pudo distinguir la silueta del ladrón acercarse hasta él para colocarle la pistola en la frente. Aquello era cosa hecha, así que cerró los ojos e intentó rezar pero no le salió; en lugar de eso, le vino a la boca reseca el recuerdo del sabor de un buen caldero del Mar Menor. Vaya forma de morir, se dijo: muerto por un tiro a bocajarro, embarrado de arriba abajo y encima con hambre.

Al sentir el calor de la boca de la pistola aposentarse en su cabeza alzó los ojos al cielo en un inesperado acto de búsqueda de clemencia divina. Cabrera siempre había sido poco aficionado a lo espiritual, limitándose durante toda su vida a mantener una sutil relación con Dios basado en un pacto de no agresión mutua, pero había llegado el momento de saldar cuentas, así que teniendo en cuenta su mala carta de presentación —siempre había imaginado como epitafio algo del tipo «Aquí yace Fulgencio Cabrera, al que los siete pecados capitales se le quedaban cortos»—, prometió a todo el que quisiera oírlo allí arriba que si se salvaba no se saltaría ni una misa.

Cuando escuchó el ruido del percutor vacío contra su cabeza, el sentido de supervivencia de Cabrera se reactivó. Sin pensar si el arcángel san Miguel o simplemente la buena suerte le estaban ofreciendo una nueva oportunidad, cogió un puñado de tierra mojada y se lo echó al ladrón a la cara, haciéndolo retroceder. Con nuevos bríos, trató de ponerse en pie, pero el otro fue más rápido y se abalanzó sobre él, agarrándolo del cuello con dos manos grandes y poderosas.

—¡Muérete de una vez, joputa!

Su último pensamiento lúcido fue para identificar el inconfundible acento vascongado de quien lo estaba estrangulando. Comenzó entonces Cabrera a revolverse con brazos y piernas, pero el tuerto, más fuerte, apretaba cada vez más, conteniendo unas patadas que iban perdiendo fuerza en la misma medida que sus pulmones comenzaban a arderle. Incapaz de respirar, trató de golpearle la cara, pero un velo rojizo comenzó a cubrirle la mirada, mientras pequeñas estrellas comenzaba a despuntar a su alrededor. Estaba a un paso de perder la consciencia cuando, al dejar caer la mano sobre la cadera, sintió el tacto de la navaja. Con un último poso de discernimiento la sacó con dedos temblorosos, la abrió y con las pocas fuerzas que le quedaban empezó a dar tajos al aire hasta que por fin encontró carne; lo supo por los gritos del tuerto y por el líquido viscoso y caliente que comenzó a caerle encima. Con un último hálito de esperanza, continuó tirando navajazos hasta que por fin el ladrón comenzó a ceder la presión en el cuello, dejando entrar un poco de aire que le supo a gloria.

Apenas podía moverse pero sabía que no podría aguantar una segunda embestida, así que, aprovechando que el tuerto estaba tratando de taponarse la herida en el costado, retrocedió arrastrándose en busca del árbol, se incorporó lo más rápido que pudo y se abalanzó al bulto, lanzando un navajazo que fue repelido por el otro con un certero golpe con una rama que le hizo perder el arma.

—¡Te voy a matar! —aulló el tuerto mientras saltaba sobre Cabrera.

Se enzarzaron en una pelea cuerpo a cuerpo que acabó con los dos en el suelo, intercambiándose una larga serie de dentelladas, puños y cabezazos en el que el otro fue tomando ventaja hasta que un providencial golpe en la entrepierna permitió a Cabrera zafarse. Prudente, gateó hacia atrás en busca de resuello, recuperó la navaja y antes de que el otro pudiera reaccionar, lo agarró del tobillo y comenzó a clavarle la faca desde el pie hacia arriba con un odio visceral, una y otra vez, hasta que el ladrón al fin dejó de moverse.

Aún con la mano puesta en el mango, como si temiera que el tuerto pudiera revivir, Cabrera cayó exhausto sobre el cadáver, empapándose de sangre. A medida que un incómodo latido en las sienes iba disminuyendo se dio cuenta de que el silencio había regresado de nuevo a la Contraparada. Según sus cuentas, habían caído cuatro ladrones, pero quedaba por saber qué había sucedido con Buendía. Dejándose llevar por la cautela, hundió una vez más la navaja en el pecho del tuerto por si acaso, extrajo la navaja, se levantó y comenzó a caminar despacio, una mano ante sí, tanteando en la oscuridad, y la otra junto a la cadera, apuntada la navaja hacia delante. A los pocos pasos detectó una sombra moviéndose frente a él, indecisa, andando con dificultad y ahogada la respiración por un quejido de dolor que se le escapaba a cada paso. Cabrera dedujo enseguida que aquel debía ser el primer ladrón al que había disparado, así que se lanzó sobre él y con ayuda de la navaja le segó el cuello de parte a parte.

—Ese era mío.

Al girarse, se encontró con el rostro de Lorenzo Buendía, vagamente iluminado por la brasa encendida de un cigarrillo.

—Creía que esos cigarros solo lo fumaban los ricos —bisbiseó el teniente, tirándose al suelo. Sobre él, el lucero del alba aparecía como el único punto luminoso del cielo.

El otro se limitó a responder con un gruñido mientras se sentaba a su lado.

—¿Cómo vas, Buendía?

A diferencia del sudoroso y embarrado Cabrera, el contrabandista lucía un aspecto lustroso. El único indicio de que había estado en una pelea era unas pequeñas manchas rojizas en la manga de la chaqueta.

—Un rasguño en el brazo, poca cosa —dijo a la vez que señalaba con el mentón a los cuatro cadáveres que los rodeaban—. La verdad es que eran mejores ladrones que matones.

—¿Supervivientes?

Buendía se encogió de hombros, el rostro envuelto en la vaharada de humo.

—Te vas a ahorrar mucho papeleo.

Suspiró Cabrera, satisfecho. Cuantos menos testigos, menos preguntas, aunque algo le decía que esta vez, a diferencia de otras ocasiones, el capitán García no iba a interesarse demasiado por los pormenores de la operación.

—Aquí ya está todo hecho. Cogemos el baúl y nos vamos.

A pesar de que le dolían todos los huesos, se levantó con dignidad y comenzó a andar. El cielo estaba comenzando a abrirse, dejando las nubes paso a una luna en cuarto creciente que teñía de una luz blanquecina las copas de los árboles. Al percatarse, Cabrera sonrió: la noche comenzaba a clarear, al igual que su futuro. Haber encontrado las joyas de la Virgen le aseguraban la intercesión del obispo Landeira a la hora de obtener alguna prebenda por parte de García; un ascenso, tal vez, o mejor, una recompensa. Estaba inmerso en esos pensamientos cuando de repente un golpe seco le impactó en el hombro. Ligeramente aturdido, se llevó la mano a la zona, pringándose con un líquido viscoso y caliente que comenzaba a verterse lentamente por el pecho. De repente, la oscuridad de la Contraparada comenzó a tornarse en un contorno rojizo de luces brillantes que le obligó a arrodillarse mientras se preguntaba qué sucedía. No sería hasta pasados unos segundos cuando por fin comprendió que le habían disparado.

Al caer al suelo, Lorenzo Buendía pasó por su lado con la pistola aún humeante en la mano en dirección al cofre. Buscando fuerzas que ya no tenía, Cabrera intentó sujetarlo de la pierna pero este se deshizo de él con una patada en la cara. Incapaz de moverse, se tuvo que conformar con ver al contrabandista metiendo las joyas en la gualdrapa antes de subirse a su caballo y perderse entre los árboles. Una vez solo, se tomó un momento para valorar la gravedad de la situación, resultando la conclusión aplastante: estaba perdiendo mucha sangre, así que si no hacía algo rápido le esperaba una muerte lenta. Aturdido por el dolor, rebuscó en el bolsillo del redingote hasta encontrar el silbato y con la poca fuerza que le quedaba comenzó a pitar con silbidos débiles e intermitentes, hasta que el sopor de la inconsciencia se apoderó de él.

Catedral de Murcia, 26 de enero de 1873

—*Ite, missa est.*

El obispo Francisco Landeira dio la bendición con una gran sonrisa mientras observaba desde su cátedra las decenas de cestas repletas de dinero que se acababa de recaudar en la colecta especial con la que se iba a reponer el ajuar de la Virgen de la Fuensanta.

—*Deo gratias.*

Desde que se conoció el robo de las joyas de la Reina del Cielo la ciudad de Murcia se había sumido en una conmoción espiritual que hizo que desde el primer momento todos los ciudadanos aportaran lo que podían. El Ayuntamiento entregó hasta mil de los antiguos reales, mientras los ciudadanos de a pie, entre vigilias al pie del santuario, romerías, suscripciones populares y misas multitudinarias como aquella, aportaban dinero y fe para la restauración de las joyas.

Confundido entre la multitud, el teniente Fulgencio Cabrera enfiló el camino hacia la puerta de los Apóstoles con cuidado de que nadie le golpeara el hombro que llevaba inmovilizado con un incómodo vendaje. Al salir, se cruzó con el capitán García, quien iba vestido para la ocasión: sombrero de tres picos de fieltro negro guarnecido de galón de algodón blanco, presilla de hilo, escarapela encarnada y barboquejo de charol negro. Al verlo, se dirigió hacia él con paso lento y gesto serio. Desde la noche en la Contraparada apenas se habían visto dos veces y en ambas ocasiones el capitán se había ido con más preguntas que respuestas.

—¿Cómo te encuentras, Cabrera?

—Aquí ando.

—¿Un paseo?

Los dos hombres anduvieron en silencio, sorteando a los feligreses que se quedaban alrededor de la plaza de Belluga para disfrutar del espléndido día, donde el sol reinaba en un cielo huérfano de nubes. Mirando de reojo a su superior, el teniente dejó escapar un suspiro. Salvo García y Cabrera, nadie sabía que un contrabandista al que habían pedido ayuda le había birlado a Cabrera las joyas de la Virgen en sus mismas narices, quedando como versión oficial para el obispo y la ciudad que las joyas nunca aparecieron. Y aunque el caso continuaba abierto, los dos eran conscientes de que las posibilidades de encontrar a Lorenzo Buendía eran más remotas a cada día que pasaba.

—¿Alguna pista de Buendía?

El capitán negó con la cabeza. Desde el primer momento quiso creerse a Cabrera y su historia, pero no podía evitar una ocasional punzada de desconfianza.

—Se ha desvanecido como el humo.

Iba a decir algo más Garcia cuando un niño se coló entre ellos. Los dos se quedaron mirándolo mientras se perdía su rastro entre el gentío.

—Aún sigo sin comprender por qué me traicionó, capitán.

—Hay gente de la que no te puedes fiar —sentenció García en un tono que no agradó a Cabrera.

—¿Y el obispo, sigue enfadado?

Dejó escapar el capitán una sonrisa sarcástica. Jamás hubiese imaginado la variada cantidad de improperios que se podían llegar a escuchar de boca de un obispo.

—Te aconsejo que durante un tiempo vayas a otra iglesia.

Un largo e incómodo silencio les acompañó desde los soportales hasta la plaza de la Cruz, donde comenzaban los puestos de plata y ropa.

—¿Cómo va la reposición? —preguntó Cabrera para romper el hielo.

—La verdad es que muy bien. Las nuevas coronas de la patrona y del niño están siendo diseñadas por los pintores Rosales y Marín Baldo.

Dejó escapar un silbido el teniente. Eduardo Rosales y José Marín Baldo eran dos de los pintores más reconocidos del país, al igual que el platero y diamantista José Gascón, al que también habían contratado para realizar la joyería.

—Y del rostrillo y el cetro se encargará el escultor Pedro Martínez Sureda —concluyó García.

La conversación terminó con una desangelada despedida en la que García sugirió a Cabrera que no tuviera prisa en regresar al trabajo. Las heridas cicatrizan mejor con el paso del tiempo, le dijo el capitán antes de perderse entre el gentío, dejándole solo y herido en su orgullo a la entrada de la calle Platería. Ensimismado en pensamientos furtivos donde se entremezclaba el pesar por su mala suerte con el vivo deseo de que, allá donde se encontrara, a Buendía le atacaran unas malas fiebres, continuó andando sin percatarse de cómo sus pies le dirigían a la taberna donde solía terminar sus jornadas de trabajo. Fue llegarle el olor a cabrito, a sudor y a vino rancio y de un golpe las penas quedaron relegadas en un segundo plano.

—Anda, guapa, ponme un gazpacho jumillano —le dijo a la chica que atendía la barra mientras se quitaba sombrero y chaqueta—. Y el suficiente vino para ahogar las penas.

—¿Qué barruntas, civil, es que no había nadie a quien detener? —preguntó la chica con una sonrisa al ver el gesto apagado de uno de sus mejores y más habituales clientes.

Cabrera contestó con una mueca, seco. A su espalda, un furtivo rayo de sol acariciaba el delicado rostro de la muchacha, vestida con falda cortada en cuñas que se ajustaba en las caderas, amplio vuelo en el ruedo y una blusa que sugería indecencias capaces de levantar el ánimo a un muerto.

—Que merece la pena vivir, aunque solo sea por ver tanta hermosura.

La joven se quedó mirándolo un instante con la vista fija en sus heridas. El vendaje del hombro, junto a las marcas en el cuello y las pequeñas heridas en la cara que le provocó el chamuscazo le daban un aspecto de un lobo herido que buscara refugio en el fondo de un vaso. Respirando profundamente, cerró los ojos. Poco importaba lo que hubiese sucedido en la Contraparada ni que el capitán García fuera incapaz de comprender el complejo código ético —«en temas de dinero y mujeres no hay acuerdos ni compadres»— que regía la relación entre Buendía y él. Las reglas del juego, de su juego. En ese momento lo único real era esa taberna, el vino y él: el presente más inmediato, en definitiva. Y por mucho que el hoy no fuera otra cosa que el principio del final, poder sentir sus pulsos implicaba que aún le quedaba un hálito de vida que disfrutar.

—No te queda cuerpo para más heridas —bromeó la chica.

—Recuerdos de una vida —filosofó el teniente, aferrándose al vaso.

Y mientras la tabernera se iba a atender a otros clientes, Fulgencio Cabrera volvió a felicitarse por seguir vivo un día más.

FARSA PARA LA MEDIANOCHE

RICARDO GIRALDEZ

Era una clientela de lo más selecta y elegante la que a diario se daba cita en la finca de Ville-Neuve-sur-Gravois, a medio camino de las fortificaciones y el barrio de Saint-Denis.

Se trataba en verdad de un fenómeno sin igual.

Fuese de día o de noche, con buen o mal tiempo, duquesas, marqueses, príncipes, damas y caballeros, mandaban detener allí sus carruajes, frente a la ruda vivienda, para echarse sobre los pastos altos del inhóspito terreno y convertir aquel apartado suburbio parisino en un nuevo y singularísimo retiro versallesco.

No había, de hecho, excursión más a la moda en ese mundo esclavo de la novedad. Y ya desde las primeras horas de la mañana, la orgullosa dueña del establecimiento, Catalina Deshayes, mejor conocida como *la Voisin,* podía congratularse de los muchos asiduos que se agolpaban a las puertas de su domicilio, todos ellos ávidos de ser objeto de examen y sabio consejo.

¡Cómo podría resultar de otro modo cuando a esta mujer se le adjudicaban prodigios sin igual! En efecto, todos lo afirmaban; a nadie dejaba de maravillar: sus acreditadas pociones tenían la virtud de levantar al caído; sanar al enfermo; hacer del último infeliz, el primer señor del reino.

¿El secreto de su éxito? Muchas especies se vertían al respecto. Por ejemplo: que la que pasaba por partera y adivinadora, más cerca estaba de oficiar de bruja, y que sus malas artes, de ser reveladas, bien podrían valerle la prisión, si no un viaje en carreta a la Place de Grève para ser afeitada allí por el verdugo.

¿Cuánto había de verdad o de falso chismorreo en tales imputaciones?

Un hombre se hallaba en pos de elucidar el misterio. Un hombre que no ha de ser confundido con otro cualquiera, ya que hablamos del más probo, serio y sagaz de los agentes del reino: nada menos que el teniente general de la Policía, consejero de Estado y persona de gran confianza de su majestad, a saber: Nicolás de La Reynie.

De hecho, es por mandato expreso del soberano que, a metros de distancia de la solitaria vivienda de la Voisin, encontramos a nuestro hombre la noche que da inicio a nuestro relato, precisamente haciendo señales a su cochero para detener el vehículo. Un rostro a medias embozado no tarda en asomar por la ventanilla de la portezuela. Y tras unos momentos de minuciosa inspección:

—Aquí es —indica el teniente a los dos oficiales que a cobijo de las sombras permanecen sentados a su lado—. Lo mejor será que me presente solo ante la adivina, tal y como acordamos, simulando ser un nuevo y distinguido cliente. Si la contraseña que nos ha procurado la Bosse es correcta, y las referencias ciertas, mi presencia no debería suscitar sospecha alguna, ni siquiera a tan altas horas de la noche. Por lo demás, una breve conversación con la bruja es todo lo que preciso para corroborar que las denuncias recibidas a su respecto son fundadas. En cuanto a vosotros, aguardaréis mi regreso en el coche. Y si pasada la hora no hay noticias de mí, irrumpid en la vivienda aunque para ello sea menester derribar la puerta y reducir a sus moradores por la fuerza.

Los oficiales asintieron con leve movimiento de cabeza, admirados como siempre del valor y prudencia del teniente. Y tan solo unos segundos después, alumbrado más por el sentido del deber que por la escasa luz que proyectaba una luna vaporosa, con sus altos, muy altos tacones, La Reynie trituraba las informes malezas que cubrían el terreno agreste.

Era una noche irreal. Todo semejaba diluirse en una bruma líquida, y la misma casa, hacia la cual se encaminaba La Reynie, no semejaba menos fantástica que los blancos vapores que difuminaban los contornos.

Abundante y rizada le caía la peluca sobre los hombros al teniente. Bajo la nariz aquilina, de trazo fino, se curvaba un bigote en busca del redondo mentón, acentuando, en su caída, la estrechez de la pequeña boca.

Llegado a la puerta principal, la Reynie sacudió el ruginoso aldabón. Dos, tres golpes metálicos que, en el silencio de la noche, se multiplicaron como si fantasmas desvelados se hicieran eco de ellos.

Pronto, inconexos cuchicheos y ruidos de pasos precipitados comenzaron a llegar del interior. El ventanillo no tardó en abrirse y dos ojos nerviosos e inquisitivos afloraron en la pequeña hendidura.

La voz del visitante se oyó entonces grave y enigmática:

—Astarot, Asmodeo, príncipes de la amistad, aceptadme en vuestro círculo de privilegio.

Un brusco tintineo de llaves, un fuerte chirrido de cerrojos. La puerta de madera que se abre y el visitante que se pierde en el misterio, siguiendo los pasos menudos de la criada.

Dentro, un pasillo angosto zigzagueando a través de laberínticas rondas y revueltas. El avance, que era tortuoso, hacía temer un no menos tortuoso retorno. En hilera, adosadas a los muros, diminutas antorchas los alumbraban. Cada tanto, desde alguna parte, llegaban olores mefíticos, como exhalaciones de cosas fermentadas, en estado de descomposición. Alguna risa rebotando en algún apartado escondrijo. Sombras escurriéndose entre las sombras.

Por fin, cuando arribaron a una amplia estancia en la que ardían infinidad de cirios, la criada se volvió hacia el teniente para solicitar, con la mayor muestra de cortesía de que fue capaz:

—Aguardad aquí, excelencia, mientras voy a dar noticia a mi ama de vuestra gentil visita.

El eco de esa voz áspera, que intentaba parecer sedosa, acompaño unos momentos a La Reynie mientras este iniciaba el reconocimiento de todo cuanto lo rodeaba. Sin embargo, un gesto de desagrado asomó pronto en su rostro. Nada había allí que no le resultase chocante e indigno de ser visto. Un par de sillones, con diminutas estrellas amarillas engastadas en el forro de terciopelo negro, se ubicaban a ambos lados del escritorio que dominaba la sala. Detrás, hacia el fondo, una suerte de altar, como de misa negra, coronado con un crucifijo de oro que se alzaba impúdicamente sobre cuatro sátiros estatuarios. En uno de los laterales, a medias oculto tras delgados cortinajes carmesí, se extendía enorme un tapiz, ilustrando desordenados encuentros entre graciosas ninfas y faunos de vello profuso. El otro lateral lo llenaba por completo un armario en cuyas acristaladas vitrinas se exhibían multitud de frascos de tamaños y formas diversas, ubicados entre libros cabalísticos, espejos mágicos, pequeñas redomas y otros tantos objetos originales. El aire estaba enrarecido. Era claro que en alguna parte, no muy lejos, se cocían mixturas de secreta destilación.

El sobrio La Reynie permaneció un rato todavía inmerso en el agudo examen del estrafalario moblaje, hasta que una mujer morena, de estatura pequeña, rostro lleno y espléndido atavío, irrumpió en la estancia:

—Bienvenido seáis, caballero —dijo con amplia sonrisa y suave entonación, al tiempo que señalaba uno de los sillones—. Poneos cómodo, por favor... El horario que habéis escogido para vuestra visita es un tanto singular. No obstante, la Voisin es amiga de las singularidades. Además, las horas de la noche suelen resultar las mejores consejeras y las más propicias para tratar ciertos asuntos que por nada del mundo quisiéramos ventilar a la luz del día. Y tales son por lo general los que yo trato. Decidme, ¿en qué puedo serviros?

Confundido por tanta afabilidad, sin atinar a decir una palabra, La Reynie se dejó caer pesadamente sobre el sillón revestido de estrellas. Estaba nervioso. Había ensayado concienzudamente su papel, la comedia a representar, pero el aspecto y jovialidad de la anfitriona, que más que bruja semejaba un hada buena, lo tenía confundido.

—Veo que os sonrojáis, caballero —advirtió la dueña de casa a quien ningún detalle en el rostro del visitante escapaba—. Mas no tenéis por qué abochornaros de estar en presencia de una adivinadora. Vuestra situación es menos atípica de lo que sospecháis. Os sorprendería saber que mi clientela se compone de lo más selecto que pueda una desear... No hay quien haga hoy ruido en la Corte sin haber rumoreado en mi oído primero.

Y estas palabras subversivas, dichas de modo tan liviano, tuvieron el buen efecto de recordarle a La Reynie el motivo por el cual se encontraba en aquel antro, así como apartarlo de su ofuscación inicial, aunque más no fuere de modo momentáneo. Favorecido, pues, por este repentino reflujo en el ánimo, fue que se atrevió a indagar:

—¿Tan alto escaláis con vuestras artes, señora?

—Más de lo que os figuráis, caballero, más de lo que os figuráis. Podría decirse que mi influjo ha escalado tan alto que al mismísimo Sol toca —y bajando el tono de voz, con aire de triunfo y gesto de complicidad—: al Rey Sol que todo lo dispone, caballero.

La Reynie aguzó la vista tras estas palabras de doble sentido; pero antes de que pudiera acotar algo...

—Por lo demás —continuó la Voisin, satisfecha de haber herido la curiosidad de su interlocutor—, nada tiene esto de extraordinario.

Sabed que hacerse leer la buenaventura es hoy moda en París, y no ignoraréis que la moda, en esta capital del mundo, es tabla de ley, si no *la* ley que rompe todas las otras tablas.

El teniente de policía carraspeó fastidiado, casi como queriendo apagar con su tos concepto tan monstruoso, que a oídos de un legalista como él sonaba a blasfemia.

—¿Vos también —prosiguió la mujer— buscáis que se os diga la buenaventura? Casi todos vienen a mí por ello… Debo advertiros, sin embargo, que obtengo mejores resultados en la lectura de la fisonomía que de las manos. De hecho, es mi especialidad. ¿Me permitís, pues, observaros atentamente al rostro unos momentos?

La Reynie se echó hacia atrás de modo instintivo, apenas formulada la pregunta.

—¿Os cohibís? —sondeó entonces la dueña de casa, con mirada entre astuta y traviesa—. Pero… ¡cuán tímido sois, caballero! Si es de lo más natural del mundo querer echar luz sobre el mañana. ¿Acaso no es con ese solo propósito que vivimos?

—En verdad —intentó reponerse de nuevo La Reynie—, se me había dicho que lo más peregrino en vuestras artes era que no solo podíais predecir la fortuna, sino que, además, estaba en vos… realizarla.

—¡Ah! Ya vamos revelando la substancia… ¿Sois hombre ambicioso?… Comprendo entonces vuestro nerviosismo… Estáis hilando intrigas, caballero… Desde el primer momento vislumbré que eras persona de importancia, de esas sobre cuyos hombros pesan gravosas cargas. ¿Pertenecéis acaso a algún ministerio del rey?

El teniente general se ensombreció bajo un gesto de recelo tras conjeturas que, de tan atinadas, muy cerca estaban de ser descubrimientos. Quiso, no obstante, simular que la flecha había pasado de largo sin tocarle; aunque sin resultado.

—¡Ah! Veo que di en el blanco —se congratuló la mujer—. Mas no os alarméis por haber perdido parte del incógnito. Vuestros secretos no estarían más seguros en sitio alguno que en oídos de la Voisin. De hecho, palpito que en estos momentos estáis inmerso en alguna averiguación tenebrosa… ¿Es para conocer el resultado de vuestras pesquisas que venís a mí? De ser el caso, serenidad es lo primero que os recomiendo. Los nervios son malos consejeros y vos os pasáis ya de nervioso… Aguardad, tengo un remedio para eso.

La Voisin sacudió entonces una pequeña campanilla de bronce que descansaba sobre su escritorio. Pese a que La Reynie no pudo oír sonido alguno, al punto, como en un truco mágico, la criada reapareció en la estancia, en obediencia al misterioso llamamiento.

—Querida Annette —exhortó entonces la Voisin—. Ve a matar dos sapos albinos, de esos con pintas verdes y vientre gordo; quítales las entrañas y luego de macerarlas a conciencia en la orina de mi yegua Blanca, añade dos medidas de sangre de murciélago vampiro a la mezcla, no más. Pon a calentar todo en el horno filosófico, y apenas verificado el primer hervor, quitas la infusión del fuego y me la traes aquí. Procura ser diligente, querida, que este caballero parece a punto de sufrir un ataque de nervios.

El teniente, cuyos ojos se habían ido agigantando conforme se detallaban los ingredientes de la diabólica fórmula, expresó la más viva repugnancia al advertir que la poción estaba destinada a él:

—No os toméis la molestia, señora —tartamudeó sobresaltado.

Pero la criada, muy solícita, partía ya con el encargo.

—¿Molestia? —repuso la dueña de casa con risa afable—. ¡Pero si no es ninguna molestia, caballero! Faltaba más… Si para eso estáis vos aquí. No hay mal, creedme, que no pueda remediar vuestra amiga la Voisin.

Y como el tembleque de las manos del teniente llamara sobre ellas la atención de la mujer:

—Veo que traéis alianza. ¿Sois casado?

—En efecto, lo soy.

—Pues sabed que eso también tiene solución.

—¿Qué queréis decir?

—Pues eso. Muchas personas vienen a mí con el mismo embarazo, sobre todo mujeres. Este mundo está repleto de bellas señoras que mal soportan a sus feos maridos. Por lo general siempre es lo mismo: corazones ardientes que se enfrían sobre lechos de hielo. Total, esas señoras sufren de desamor, caballero, sus esposos les son infieles y no querríais saber hasta qué extremos puede llegar una esposa postergada en el afecto de su marido: os aseguro que mucho más allá de cualquier límite que os imponga vuestro recato. Y dado que para colmo de males, esos maridos tienen el pésimo gusto de querer llegar a ancianos, ¿qué mejor remedio que acelerar el proceso de la naturaleza valiéndose de lo que yo he dado en llamar «polvo de sucesión»?

Creedme, unas pocas dosis de este activo, administradas con sumo criterio, y en lo que lleva un abrir y cerrar de ojos, ¡zac!, de una triste esposa hacemos una viuda alegre. Y todo ello sin atraer sospechas, y, por supuesto, ¡lo más importante!, sin perder un ápice en el estatus social.

Horrorizado ante declaraciones que se le figuraban tan infames y la desfachatez con que eran expuestas, a punto estuvo La Reynie de amonestar a la adivinadora y aplicarle, acto seguido, todo el peso de la ley; pero se contuvo. Todavía quería indagar más acerca de los oscuros manejos de la que ya no tenía dudas: se trataba de una terrible criminal. Y por ello, fingiéndose insensible, el teniente replicó:

—No es ese mi problema, señora, se lo aseguro. Amo a mi mujer…

—Ya veo, ya veo, sois hombre de gustos originales. Y yo aprecio la originalidad siempre, no lo dudéis. Pero… vuestra esposa… ¿Es tan original como vos? Quiero decir, ¿os ama también?

—¡Por supuesto! —ratificó indignado el oficial—. Se trata de una mujer virtuosa.

—¿Virtuosa? ¡Vaya! Comienzo a entrever los motivos de esa cara de funeral que lleváis. Decidme, ¿qué tan virtuosa encontráis a vuestra esposa? ¿No será que le incumplís en el lecho conyugal?, ¿acaso sufrís de alguna disminución en vuestra potencia viril? Porque de ser así, no desesperéis. Tengo también la solución a esto —y tomando un pequeño frasquito de su escritorio—… sí, aquí está, una pequeña dosis de este «polvo de resurrección» cada mañana, bastará para que ya no encontréis tan virtuosa a vuestra esposa por la noche.

—¿Pero cómo osáis insinuar…?

—Pero si se trata de lo más natural del mundo, caballero. Sobre todo a vuestra edad… Después de todo, ya no sois ningún mozo.

Poco le faltó a La Reynie para estallar en un acceso de rabia y comprometer su misión. De hecho, tal habría sido el caso si en ese preciso momento no hubiese irrumpido en la sala una muchacha que apenas debía sobrepasar los dieciocho años de edad. Era una joven muy bonita y bien proporcionada, aunque de menudo talle. Esto al menos precisó, y de un solo golpe de vista, la aguda pupila del teniente general. En una de sus manos traía un pequeño frasco que expuso de inmediato ante la los sorprendidos ojos de la Voisin mientras, con acritud, le reclamaba:

—¡Ay! Madre, pobre remedio que me has dado; por mucho que

froto y froto, mis pechos no crecen, siguen igual de chatos. ¿No habrá faltado algún ingrediente en la composición de la pomada que me disteis?

—Niña, ¿pero qué modales son esos? ¿No ves que estoy ante un caballero, y de lo más distinguido?

Entonces la muchacha reparó en el teniente general que, a su vez, tenía la vista fija en ella. Pero toparse con los inquisitivos ojos de La Reynie fue como recibir una sacudida que la dejó temblando, luego de dar un instintivo paso hacia atrás.

—¡Ay! Madre —exclamó, blanca de pasmo—, ¿no me diréis que por fin, tras tantos años de vano intento, habéis tenido éxito en convocarle?

—¿Qué dices? ¿A quién te refieres?

—A este señor, mamá… ¿No me ocultaréis que se trata del mismo diablo?

—¡Calla, cabeza hueca! Que este señor es un cliente y tú una desvergonzada. Habrase visto tanto desparpajo… Confundir a un honorable caballero con… Pero, ¿de dónde sacas tú estas cosas? ¿Y desde cuándo pretendes conocer tan bien al diablo?

—Pues desde que sueño con él, madre, si bien lo sabéis, y es…, es igualito a este señor que me intimida tanto con la mirada: los mismos ojos de murciélago, el mismo bigote de pícaro vicioso, la misma nariz de buitre rapaz… No me negaréis que se trata de Lucifer en persona…

—¡Criatura del demonio! ¿Hasta cuándo voy a seguir soportando tus tonterías? Ah, pero un día de estos se me acabará la paciencia contigo, Margarita, y entonces…, entonces ya verás… ya verás… si no te coloco en un convento o te hago coser la boca… Vuela, vuela de mi vista muchacha loca; y ve a auxiliar a Annette con el brebaje que le mandé hacer. No quiero que regreses hasta que se te cure el seso…, aunque ello te lleve toda la vida… En cuanto a vos, caballero —reanudó más compuesta, apenas la joven abandonó la sala—, disculpad la intromisión. Esta hija mía sabe sacarme de quicio cuando quiere, y siempre parece querer… A propósito, ¿vos tenéis hijos?

—No, señora.

—Me lo suponía… Pero no desesperéis. Si vuestra mujer es joven aún, con ayuda de mi polvo os bastarán solo un par de noches para ponerla en estado interesante.

—Ya os dije que no tengo ese problema, y que no preciso ni de vuestro polvo ni de vuestro brebaje ni….

—Blablablá —interrumpió la Voisin—. Vos decís, sí; habláis mucho vos; pero la mirada cuenta también, y ella os desmiente, caballero, os desmiente. Pues repito: soy una gran fisonomista y vos tenéis un rostro tan transparente…, tan transparente… Mas ¿a qué viene tanto melindre conmigo? Si vuestra mujer ya no está en edad de quedar…, os recuerdo que ello tiene igualmente solución… Después de todo, si hacéis religioso uso de mi polvo, no os faltarán interesadas… Las mujeres podemos percibir la potencia viril de un hombre a muy larga distancia, caballero. ¡Ah, las mujeres! Creedme que somos mucho más pícaras de lo que os figuráis; con mucho más pícaras, sí. Mi hija, por ejemplo, de seguro la encontraréis muy jovencita aún…, sin embargo, no os dais una idea de los abortos que he debido practicarle a esa bribonzuela... Por suerte, tengo mucha práctica en el oficio. De hecho, en lo que va de mi vida, llevo más de dos mil quinientos abortos realizados…

—¿Y lo decís con tal liviandad?

—¡Liviandad! Liviandad es la de esas mujeres, caballero. Yo siempre llego después, y solo para remediar…, solo para remediar… Tal el caso de mi Margarita… Bonito nombre el de mi hija, ¿no creéis?

Y acercando el rostro hacia el teniente, afectando ya un tono de suma familiaridad:

—Decidme, caballero… ¿Encontráis de vuestro agrado a mi Margarita?

Pocas veces, a lo largo de su sobria existencia, se había sentido tan cohibido La Reynie como en aquella ocasión. De seguir su natural impulso, habría salido espantado de la sala y de la vista de tan oprobioso personaje, y sin volver nunca la vista atrás. Pero estaba de por medio el deber… Y el sentido del deber era, para el teniente, el primero de los sentidos. Por ello, ingeniándoselas aún para contenerse, fue que de nuevo fingió seguirle el juego a su anfitriona:

—En efecto —repuso—, se trata de una joven muy agradable vuestra Margarita, aun cuando me haya confundido con el diablo…

—¡Ah!, pero no debéis tomar a mal esta asociación… ¡Si ella adora al diablo! Viene soñando con él desde niña… De hecho, no me sorprendería que detrás de la mayor parte de los embarazos que he debido interrumpirle, se halle el viejo chivo como principal responsable.

Por lo demás, si apetecéis a mi muchacha… Sabed que esto también tendría solución…

La Reynie arrojó ahora una mirada de frío desprecio sobre la mujer:

—Veo que no os andáis con rodeos.

—¿Y por qué habría de hacerlo? La vida es demasiado corta para perder el tiempo en ello. Hay que ir directo al grano o este acabará pudriéndose sin ninguna utilidad. Y mi Margarita no será fresca y hermosa por siempre, caballero…, vos mejor que nadie debieras saberlo. Al fin y al cabo, ya no sois ningún mozuelo…

—Me lo habíais hecho notar antes, señora. Y, en verdad, si toda vuestra ciencia adivinatoria os ha servido para arribar a un hecho tan evidente, preveo que no me enteraré de mucho con vuestro escrutinio.

—¡Ah!, os burláis de mí. Y yo que os hacía tan serio… ¿Tal vez os conocí mal?

—En realidad, vos no me conocéis en absoluto, señora.

—¿De verdad?

—En efecto, yo no soy quién creéis.

—¿Y ante quién estoy si puede saberse? ¿No me saldréis ahora con que sois, efectivamente, aquel con quien sueña mi hija?

Risas de la adivina.

—Para vos soy algo mucho peor.

—Os mofáis, de seguro… ¿Qué podría ser peor que el diablo?

—Tratándose de vos, un policía.

La Voisin se quedó suspensa tras oír estas palabras. Por un momento, aquel rostro redondo y risueño, se congeló en un gesto de asombro. Miró al teniente de hito en hito, como tratando de sonsacarle la clave del misterio al través de un mudo examen. Y así permaneció todavía unos momentos hasta que, de pronto, para total sorpresa de La Reynie, la mujer estalló en una estruendosa carcajada:

—Ya veo —sancionó con el pecho palpitante, entrecortada por la risa—. Ya veo que me habéis engañado… Vos sois un cómico, amigo mío, y yo una simple por haber tomado en serio vuestra farsa. ¿Os valéis de máscaras trágicas para mejor representar vuestra comedia? Pero decidme, ¿quién os ha enviado aquí? ¿Acaso andabais de broma esta noche y decidisteis divertiros a mi costa? ¿Me habéis tomado quizás por una amiga de chanzas? Pues de ser así, no habéis andado tan descaminado. De hecho, esta noche se me antoja reír y tengo una buena botella de Burdeos que desde hace tiempo espera su ocasión. Rociemos, pues, vuestra buena broma con mi buen vino, caballero, y sigamos riendo a gusto por lo que resta de la noche.

—Os aseguro que no hay broma, señora. Hablo muy en serio… Soy teniente general de la Policía, y me hallo en pleno ejercicio de mis graves funciones. Vuestra colega, La Bosse, os ha vendido; ella nos ha revelado vuestros criminales manejos. De hecho, estoy aquí para prenderos…

Mas para aquella mujer que ya había decidido ver en el teniente a un bromista, oír el nombre de la vieja colega fue nuevo motivo de risa. Dio un largo sorbo del Burdeos que abrevó de la misma botella, y luego de secar los labios húmedos sobre la manga de su blusa, con los cachetes rojos como la grana:

—¿La Bosse, decís? ¡Vaya! ¡Qué tal! Pero si bien veo que esto lleva la rúbrica de esa pícara que, según parece, no olvida ciertas chanzas que le gasté en el pasado... En efecto, no es la primera vez que nos cobramos cuentas la una a la otra. De todos modos, ya recibirá ella mi réplica, no lo dudéis… En cuanto a vos… ¡qué bandido resultasteis ser! ¡Y yo que creía conocer los rostros! ¡Vaya sorpresa! ¡Sois un pillo de primera línea! Aunque no está bien eso de querer continuar las farsas después de haber sido descubierto…, tanto menos habiendo vino de por medio… Vamos, dejaos de chanzas y bebed… ¡bebed, caballero! Cambiad ese gesto fúnebre de una vez por todas, ahora que nos hemos puesto en confianza. Vamos, pillín, quitaos la máscara del trágico y brindad conmigo a la salud de La Bosse, nuestra muy buena y vieja amiga.

En vano intentó el teniente poner alguna objeción, pues de nuevo fue interrumpido por la llegada de Annette, la solícita criada, quien, esta vez, traía entre sus manos un cacharro saturado de una bebida espesa y burbujeante. Más atrás, parada e inmóvil bajo el quicio de la puerta, quedaba la hija de la dueña de casa, a quien la presencia de La Reynie parecía seguir intimidando.

—Ah —hipó La Voisin, apenas reparar en las recién llegadas—, por fin, la pócima. Ven, trae aquí, ¡que beba!, ¡que beba!… Y tú, hija mía, ¿por qué te detienes ahí como una boba, sin atreverte a entrar? Vamos, acércate, que este señor y yo estamos ya como en familia. ¿Lo creerías? ¡Tú, con tus pálpitos locos…! Fíjate que no andabas tan desacertada. Tal vez no se trate del mayor de los diablos, pero diablo hay en él seguro; sobre esto, no cabe dudar. Y creo que nos lo pasaremos muy bien las tres con este señor bromista… Vamos, Anette, dale de beber… Que trague hasta la última gota de la pócima… Quiero verlo resurgir de su parquedad; que muestre los dientes y la lengua… ¡Vamos! Es hora de reír, de gozar, de bailar…

La Reynie apartó a la criada con vívido ademán de disgusto, justo cuando esta se hallaba a punto de embutirle el verdinegro brebaje en la boca:

—Pero… ¿qué pretendéis? —rezongó indignado—. ¡Atrás! ¡Atrás con ese inmundo mejunje! Atrás, brujas, atrás…

—Ja, ja, ja… —cloqueó la Voisin—. ¿Oyeron? Nos llamó «brujas». ¿No os enternecéis? ¡Ah!, os dije que está de broma. Y a mí…, a mí ya empieza a hacerme efecto el Burdeos… Vamos, hacedle beber…, hacedle beber…, que cante el gallo y que comience la fiesta.

Y agitando una vez más la inaudible campanilla de bronce:

—Venid, venid, violinista, venid que la noche nos es propicia… Venid… A bailar todos… Que el chivo nos visita y hemos de festejarle…

La Reynie intentó zafarse de aquellas tres mujeres que ya se le abalanzaban a semejanza de frenéticas bacantes; mas en vano. Antes de que pudiera abandonar su sillón, la dueña de casa le soplaba sobre los ojos el mentado polvo afrodisíaco. La sala desapareció entonces de su vista, envuelta en una bruma blanca y espesa. Y a partir de allí, todo fue confusión para el teniente. Manos suaves, con dedos de seda, empezaron a multiplicarse sobre su cuerpo merced a una rara y terrible magia que él no podía explicarse. Mientras tanto, el violín invocado ya raspaba el aire, zumbaba en los oídos con estridentes notas que ponían mayor locura a la mucha que imperaba en la sala. Y las manos que se sucedían… Y la bruma que se espesaba… Y la música que subía de diapasón en un *crescendo* continuado y sin término… En un momento dado, el teniente sintió que se elevaba en el aire, como si su sillón salpicado de estrellas se hiciera ingrávido y flotara por sobre la nebulosa habitación. Y apenas constatar esto, la misma habitación comenzaba a girar… Sí, el propio La Reynie era un trompo loco girando endemoniadamente… ¿Delirio? ¿Realidad? ¡Cómo saberlo! Poco entendía ya el teniente de cuánto pasaba a su alrededor. El torbellino dinámico que lo envolvía y arrastraba no tardó en sumirlo en un vértigo sin concierto.

Pronto, sí, el teniente general no supo nada más de sí mismo ni tuvo ánimos para indagar al respecto. Todo era demasiado gozoso como para desear resistirse… Todo era risa, cántico, júbilo, placer; la atmósfera que respiraba casi podía saborearse cual una azucarada golosina. A sus cincuenta y ocho años, la Reyne descubría una plenitud desconocida, nunca sospechada; nacía a otra dimensión de lo real, con mucho, más entusiástica que la hartamente conocida. Por fin, creía haber empezado a vivir.

Tan absoluta fue su entrega en aquella bacanal de frenesí, que cuando los tres oficiales de policía que habían quedado apostados en el coche irrumpieron en el establecimiento según lo convenido, La Reynie no solo no los reconoció, sino que, pese a tenerlos delante de la vista, tan siquiera se dio por enterado de su presencia.

¡Pues La Reynie no era ya La Reynie!

Desnudo como un sátiro; rojos los ojos de vino y las carnes encendidas de pasión, el teniente general corría enajenado por la sala tras las tres bacantes que, no más vestidas que él, entre gritos, risas y jadeos, lo perseguían a su vez. ¡Un macho cabrío! A eso había sido reducido el defensor de la moral, el pudor y la ley. Un viejo chivo que, febril y babeante, perseguidor y perseguido, en el vértigo de una ronda impetuosa que no conocía principio ni final, ora cazaba para dejarse cazar después. Y las risas… y los pellizcos…; y los besos… y los mordiscos… Y los sones vibrantes de un violín invisible que parecía ejecutado por la inaudita mano de un demonio invisible también.

Cómo retratar la expresión de asombro e incredulidad con que contemplaban a La Reynie los tres oficiales a su cargo, sin poder decidirse a hacer un movimiento en cualquier sentido o a tomar una resolución. El hombre más serio del reino…, ¡dando espectáculo tan lamentable!

Ni qué decir que la noticia, una vez propagada, dio pábulo a los más disparatados comentarios. Pues cada habitante de París creyó tener muy pronto la real y exclusivísima versión de los hechos. Y así, no tardaron en oírse las más originales aseveraciones, como por ejemplo que…

—La Reynie es brujo.

—La Reynie es diablo.

—A La Reynie, a ese bribón obsceno, sin moral ni ley, se lo ha visto sobrevolar la ciudad antenoche, montado en su escoba mágica, con la arpía de la Voisin sentada atrás, meciéndose ambos en las posturas menos decorosas y más descaminadas.

—Tú y tus historias de brujas… ¿No sabes que después de haber sido juzgada, condenada y abucheada, la Voisin ha ardido en la Place de Grève?

—Y bien merecido que lo tenía, habida cuenta de sus muchos crímenes…

—¡Que no! Que todos esos son puros cuentos… Que La Voisin ha huido al extranjero y La Reynie ha devenido idiota. ¡Sí!, ¿lo creerían? El exteniente de policía fue internado en un hospicio, sin régimen de visita, y se cuenta que por las noches, el muy depravado, sale a correr desnudo por los pasillos del hospital en persecución de las amedrentadas enfermeras, con lo que no hace sino alterar a todos los pacientes.

—¡Ja! ¿La Reynie, internado en un hospicio? Otra cosa me han dicho, sin embargo. Y si no, ahí está madame La Reynie, paseándose muy oronda por las calles de París, con una panza de ocho meses de embarazo… ¡Que sí!, que el teniente no ha perdido el tiempo desde su entrevista con la Voisin, y que a punto está de ser padre…

—¿Madame La Reynie embarazada? Tú bromeas… Pero si esa señora cuenta no menos de sesenta años de edad…

—Sesenta y cinco, para ser exacto… Es decir, que esta futura madre llevaba medio siglo aguardando se operase el milagro… Y vean, ¡vean cómo de pronto el milagro se realiza! Sobre todo, ¡a través de qué medios!, ¡precisamente tras la entrevista entre La Reynie y La Voisin!

—¿Milagro? Polvos de bruja, más bien. ¡Polvo de resurrección! Aquí yo veo la mano del demonio antes que de la Providencia…

—¡Esa mujer sí que conocía su arte!

—Vamos… No me dirás que crees en brujas…

—¿En brujas, yo?¿Y en estos días? ¡Quia! No, yo no creo en brujas; tú no crees; La Reynie no cree; el lector no cree… Pero que las hay… ¡Vaya si las hay!

BUENOS AIRES 1920

GUILLERMO HORACIO PEGORARO

—¡Es la última vez que se lo pregunto! —vociferó a la altura de la oreja derecha.

Maniatado hacia atrás, el respaldo de la silla entre sus muñecas y la espalda, la cabeza gacha goteando sangre y con el presentimiento de que su rostro volverá a impactar en el duro roble de la mesa, el detenido se debate en responder o dejarse morir.

Son tres en la sombría habitación. El que observa, el que ejecuta y el que sufre. Uno, narcisista, de autoestima desequilibrada, necesitado de ningunear al resto para sostenerla en alto. Otro, de pocas luces, experto en cumplir órdenes sin razonar, perfecto sociópata. El restante, nada más ni nada menos, el que nació sin estrellas, viviendo a oscuras en lugares errados, en momentos equivocados.

Buenos Aires 1920. Buenos Aires de postguerra. Tierra de inmigrantes: babel de culturas, idiomas y creencias. Hipólito Irigoyen en el poder, Lux Solar en el arte, Gardel y Troilo en música, Borges y Arlt en letras. Lucha de tecnologías en las calles; caballos discutiendo su lugar con primeros carros tirados a motor, mientras en las entrañas de la tierra se abre paso el subterráneo.

La conciencia cede. Tras cinco horas de tortura su cuerpo se desconecta de la realidad. La última bofetada no logra su cometido; solo saciar, en algo, la ira del verdugo. El comisario, en una esquina, prende un habano. Mira insensible la cruel escena, dejando a su lugarteniente disfrutar de su obra, y al detenido descansar, por ahora, de la paliza.

Cuarto día. Hace tres noches que le patearon la puerta de su habitación y lo sacaron semidesnudo. El conventillo cerró puertas y ventanas, liberando al murmullo y a los rumores al día siguiente. Esa misma noche comenzó el martirio, con un concierto de palos, puñetes y cachiporras. Las mismas preguntas, el mismo interrogatorio... las mismas respuestas que no convencen. Hoy es la cuarta noche, aniversario sin sentido.

Hace siete días encontraron muerto al joyero del barrio. Más que comerciante, usurero del submundo. Le birlaron un botín apreciable, incluidas las alhajas que cierto comisario se había hecho con los años, en dudosos procedimientos. El joyero, más que comerciante, testaferro de autoridades, políticos y mafiosos. Fue apuñalado por la espalda, por alguien conocido, al que habría franqueado la puerta y por distraído… otorgado su perfil desprotegido. La tarea policial fue ardua. No es búsqueda de justicia, más bien del tesoro. La pesquisa, intranquila, se puso ante el callejón sin salida, hasta que un inesperado testigo soltó la data sobre un holgazán de la zona, *habitué* en solicitar préstamos al occiso, y que fue visto husmeando la vidriera del negocio por varios días.

Entre dos lo arrastran fuera de la sala de torturas. Lo conducen por un largo pasillo adoquinado y traspasan cuatro calabozos hasta depositarlo en la última celda. Cada jaula de gruesos barrotes aloja a particulares inquilinos. En la primera están las mujeres, mecheras, gitanas y prostitutas; en la siguiente, la infancia abandonada y delincuente; en la tercera los contraventores, verdadera escuela de malhechores, en donde el más novato aprende desde engaños a violentos atracos; en la cuarta, cierta comodidad para ciertos detenidos de los que se espera cierta contraprestación del servicio. En la última, el destino de hombres en manos de la Justicia, tan lenta y corrupta como la misma Policía.

El cerrojo se abre, metal contra metal. Lo tiran sin piedad al sucio y maloliente piso de cemento. Quedará allí mismo, inconsciente, hasta que el primer entrometido rayo de luz se cuele por las rejas y caliente su rostro.

Un ojo se abre, el otro permanece cerrado, pegado con sangre entre los párpados. Ya lo hizo antes, lo hará ahora. Como puede, se recuesta contra la pared opuesta a los barrotes. Desde allí observa el descuidado patio interno de la dependencia. Tres caballos bebiendo, dos policías… también. El olor de las caballerizas lo invade todo, confundiéndose con el propio de humanos hacinados. Solo hay un lugar para perder la mirada e imaginarse el afuera: un aljibe y un poco de pasto a su alrededor es el ícono de una campiña soñada.

Desde el primer calabozo llegan insultos. Dos veteranas prostitutas se rebelan ante el antojo del titular de la comisaría, que ha decidido saciar su lujuria, cobrándole por adelantado la multa a una joven meretriz. La muchacha volverá más tarde, con las ropas destruidas y su cuerpo moreteado. En el segundo, los jóvenes se imaginan las escenas en el despacho del comisario; por eso lo vitorean y a gritos le sugieren actos oprobiosos. En el tercero, hay murmullos; mientras en el cuarto, los acomodados se callan… siempre lo hacen. En el último calabozo se analiza, se comenta, se especula, aunque nada se resuelva.

Quinta celda, cuatro ocupantes. El francés, acriollado, que no hace más que timbear y dejarse, por otario, atrapar por tramposo, hoy ocupa ese espacio, porque sus flacos bolsillos no le permiten alojarse en el cuatro. El marinero, gordo y viejo, venido a menos por el alcohol que fluye en sus venas. Hace un mes que está detenido por contrabando. En el catre superior, un joven llora sus cuitas sosteniendo la foto de una joven doncella. Fue detenido hace una semana en un prostíbulo, intentando intercambiar sexo por compasión. Al comisario no le gustó que intentaran estafarlo en uno de sus burdeles. El cuarto integrante de los cuatro ocupantes del último calabozo es el que lleva todas de perder. Es el propietario del fin de una línea de investigación, que lo hace poseedor del pasaporte a una vida mejor, para un grupo de facinerosos guardianes del orden que exudan sus jodidas existencias.

Hace cuatro días que se conocen y comparten la clausura, pero poco se hablan. Cada quien se encuentra interesado en salvar el propio pellejo, aunque sea a costa de almas ajenas. El mezquino sentido de supervivencia hace que el premio sea la libertad, y para llegar a ella es necesario sigilo y aprovechar cada oportunidad.

Agarrado de las rejas, desde adentro, el francés, vanamente, trata de mirar hacia el origen del tumulto; no es curiosidad, desea saborear con la mente el cuerpo de la víctima. En un entreverado francés con lunfardo expresa «c'est la vie pebeta». El viejo lo insta a retirarse, nada más dañino que ser testigo sin sentido. El joven deja de llorar, para salir, con bríos, en favor de la joven meretriz: «Tiene nombre, se llama Catalina»; mientras el último ocupante, desde el piso, cree que el sufrimiento de la muchacha le dará tiempo para respirar antes que vuelva su turno.

El marinero se le acerca y agachando la mirada, da muestra de misericordia. Con gestos sinceros y amable tono le pregunta el porqué de su obstinado silencio, y a modo de reflexión sostiene que no hay tesoro que se disfrute sin vida, pero sí… vida sin fortuna. Por qué no hablar y entregarles lo que buscan, y terminar con la inútil tortura que solo consigue sacar el lado bestial de los verdugos. La víctima lo observa desde abajo. Podría no contestar, pero lo hace. Sólo dos palabras honran la respuesta: «Soy inocente». El viejo marinero, curtido por mar y aventuras, sonríe mientras alega «Si, claro. Todos somos inocentes».

Si pudiera hablar… si pudiera hablar.

Les contaría que desde hace dos meses su respirar tiene sentido; bastaron un par de tibias piernas para revolucionar su corazón.

Fue precisamente en el salón El Pituco, con propia orquesta típica, donde su destino hizo carambola. Cómo no ocurrir así, si el que en la pista se expresa con maestría en el tango, sacándole viruta al piso, difícilmente no termine seduciendo a su *partenaire*.

Cuestión de probabilidad. Dos seres orgullosos, pero entregados a una danza sensual que versa sobre emociones y tristezas, de manos que aprietan y abrazan, de miradas que hipnotizan, de piernas que se cruzan con movimientos que rozan lo erótico; no puede más que acercar historias y potenciar el deseo.

Así la conoció, y desde la primera noche no dejaron rincón sin besar de sus cuerpos. Los unió la pasión, pero más… la desesperación. Él, un pordiosero de la vida; ella, convertida en objeto por su marido. Encontraron en esa junta de piel el deseo perdido, la sonrisa maniatada, la ternura disipada y la locura del enamorado ya olvidada. Juraron venerar este amor clandestino, utópico e irreal. Hicieron votos de pobreza espiritual y martirio, siguiendo con sus vidas cotidianas, tan tristes como reales. Ella supo sortear a su esposo, que por siniestro y perverso ocupaba su tiempo jodiendo a terceros. Él, supo engañar la mala suerte; tiempo suficiente como para mantenerse sobrio y libre, y así concretar los secretos encuentros.

Sí, estuvo mirando, varias veces, la vitrina del joyero, es cierto. Buscaba una joya, alguna *biyuya* a su alcance, para su enamorada. Sí hubo préstamos de parte del usurero, es verdad; pero saldados hace tiempo.

¿Por qué justo él tuvo que comerse el *garrón*?, se pregunta; si al avaro todos los conocían y de una u otra forma algún trato con él habían tenido. Su celda es una muestra de ello. El francés era un apostador crónico y el usurero su interesado benefactor; el viejo del mar contrabandeaba lo que el joyero pidiera, y el muchacho, que sigue llorando en el catre, supo trabajar en su tienda. ¡Flor de embrollo! ¿A causa de la mala fortuna, o alguien estaba jugando sucio con él?

Reemplaza, como puede, al francés en el puesto de vigía, pegándose a las rejas, mientras el otro se tira para apolillar en el catre de abajo. Desde el nuevo lugar es testigo de la jugarreta del destino.

La celda uno se abre y depositan al maltrecho juguete sexual del mandamás. En el calabozo dos, los menores se ríen, mientras un botija con sarcasmo comenta: «Quería trabajar gratis, pues ahora lo hizo con creces». En el encierro siguiente, dos contraventores dialogan sobre cierta amante del asesinado joyero y de la hija de aquella que acaba de ser vejada por el jerarca de la prisión. En el cuarto contiguo, los prisioneros con beneficios dejaron de estar callados para murmurar en voz baja que el botín buscado nunca estuvo en la joyería, sino bien escondido por el desconfiado usurero. Si hubo asesinato, no fue por dinero, sino por otros motivos. Pero en realidad nunca aportarán la hipótesis a la Justicia; como se sabe, su negocio es callar y esperar.

Los pasos de gruesas botas se escuchan en la lejanía. Se los siente acercarse y un escalofrío invade el cuerpo de quien sabe a dónde van. Se detienen en su celda y el milico de mayor jerarquía vocifera «¡Es tu turno!».

Lo sacan esposado y lo conducen con cabeza gacha por el largo pasillo adoquinado. Quizás por creer que su cuerpo no soportará el amasijo y ya no regresará, echa un último vistazo a su celda. La imagen del muchacho lo sorprende; ha dejado de llorar y observa con particular mirada. No es compasión ni lástima, mira con vergüenza, arrepentimiento, cobardía, como quien guarda un oscuro secreto. Traspone con paso cansino la celda cuatro, implorándoles con sus ojos que atestigüen a su favor, sin recibir ni siquiera que lo miren a la cara. Camina por el frente del calabozo tres, de donde recuerda haber oído hablar de la amante del joyero y quizás de una hija bastarda empujada a prostituirse. Llega con sus escoltas a la celda dos, de donde escuchó decir que la prostituta vejada no había querido cobrar el servicio. Allí mismo su mente se ilumina: ¿podría ser que el joven de la cinco hubiera sido detenido junto a la mujer ligera por el mismo hecho? Pero la realidad supera cualquier hipótesis. Al llegar al encierro femenino, por primera vez observa el rostro de la joven mancillada; es el mismo que aparece en la foto del muchacho.

Su cabeza estalla antes de ingresar a la habitación del comisario, transformada en su mazmorra preferida. La revelación se le ha presentado, es una gloriosa epifanía con toda la trama resuelta. Mientras lo sientan en la misma silla, teñida de rojo, el verdugo a su costado y el comisario en una esquina… él reconstruye la historia. De seguro, el muchacho que llora por amor ha conocido la historia inhumana de su antiguo patrón; despreciando y transformando a su ilegítima hija en una meretriz para su provecho; y la única forma encontrada para terminar con la enfermedad fue aniquilar al virus que la provocaba. Luego del hecho, los dos deben haberse encontrado en el prostíbulo, en donde fueron apresados por no cumplir la ley del rufián. Y no sería descabellado suponer que el testigo estrella, causa de su detención, sea el mismo homicida que hoy gime de vergüenza sobre un colchón.

De nada sirve tener ideas claras. Nada de lo que diga lo salvará. Porque de cualquier modo deberá decir dónde se encontraba en el momento del asesinato, y la coartada que posee, firme y exculpatoria, lo llevará directo al cadalso. Cómo traicionar a la mujer que ama, cómo decir que estaba con ella en el momento de los hechos, cómo explicarle a las autoridades, que ese mismo día y a esa misma hora estaba haciéndole el amor a la esposa del comisario.

—¡Es la última vez que se lo pregunto! —vociferó a la altura de la oreja derecha.

Maniatado hacia atrás, el respaldo de la silla entre sus muñecas y la espalda, la cabeza gacha goteando sangre, y con el presentimiento de que su rostro volverá a impactar en el duro roble de la mesa, el detenido se debate entre responder o dejarse morir.

LA CANCIÓN DEL DIABLO

IGNACIO CALLE ALBERT

Desperté sobresaltado y me incorporé en el jergón. La tenue luz de la luna entraba tímidamente por el ventanuco que coronaba el cabezal de mi lecho, justo al lado del crucifijo al que cada noche dirigía mis plegarias. Sin saber muy bien el motivo de mi súbita vigilia, escuché una voz desde el exterior seguida de unos golpes en la puerta:

—¡Maese Ignacio, despertad por favor!

Me puse el hábito y, levantándome con rapidez, precipité mis pasos hacia la entrada. Al abrir vi a un hermano de mi congregación respirar con inquietud.

—¿Qué ocurre?

—¡Venid presto al refectorio! Hay alguien que desea hablar con vos.

Recorrimos el claustro y pasamos por delante de la sala capitular. El frío era intenso y la escarcha de la noche se traducía en gotas heladas que pendían de los salientes de los capiteles que daban al patio central. El empedrado estaba resbaladizo y anduve con tiento para no caer. Pasé ante el reloj de misa dibujado en el muro de la iglesia en el que aparecían las horas canónicas; me pareció que no debía faltar mucho para laudes. Íbamos tan presurosos que tuve que recuperar el resuello en el umbral del comedor. Una vez en el interior, vi a un hermano con vestimenta dominica de pie que se descubrió al verme. Me alarmé al ver su rostro desencajado; una tez pálida, por la falta evidente de luz, acentuaban unas ojeras pronunciadas. La sequedad de sus labios denotaba que había pasado varias horas a la intemperie, traduciéndose en agrietadas heridas. Los bajos de su túnica blanca estaban salpicados de barro y sus sandalias dejaban ver unos pies cuarteados por el fango de los caminos. Aunque su estado era lamentable reconocí enseguida al hermano Tobías. Había sido mi discípulo hacía ya un tiempo y no ha mucho recibí noticias de su incorporación a la clausura de la congregación de San Miguel de la Montaña. Fiel a sus convicciones, siempre denotó un particular interés por socorrer a los beligerantes y a los hermanos enfermos de la orden.

Tras instar al monje que me había acompañado que azuzara las ascuas del fuego, le invité a salir del refectorio quedándome a solas con el visitante.

—¡Hermano Tobías! ¿Qué hacéis aquí? Os hacía en el monasterio de San Miguel de la Montaña. Pensaba que la clausura no nos regalaría este momento —dije sorprendido.

—¡Maese Ignacio! ¡Qué alegría veros! —y aproximándose, me abrazó— ¡Ay maese, cuán diferente ha sido mi destino a como me lo imaginaba.

—¿Por qué decís eso, hermano? —pregunté intrigado.

—Como supongo conocéis, el hospital del lugar es famoso por su dedicación y atención a los monjes que caen enfermos —musitó.

—Eso fue precisamente lo que os llevó hasta allí; vuestra vocación para ayudar a los demás —dije interrumpiéndole.

—Exacto maese. Los primeros meses de mi estancia en la comunidad todo iba bien. La enfermería estaba repleta de pacientes que acudían al amparo del prior Anselmo, abad de la congregación, gran experto en medicina humoral.

—Sí, he oído hablar de sus amplios conocimientos curativos —apostillé.

—El prior Anselmo maneja todos los tratamientos que se dispensan a los enfermos. Prescribe medicinas y dirige todas las curas. Sin embargo… —guardó un expectante silencio— los internos que muestran alteraciones mentales, al poco de ingresar en la enfermería con los demás, son apartados… ¡Desaparecen! El demonio ronda alrededor de las mentes de estos hermanos y entiendo que su medicina debe ser diferente a la del resto, pero…

—¿Pero qué? —pregunté impaciente.

—Cada noche, desde hace meses, he escuchado sus gritos tras una puerta que permanecía siempre cerrada, al final del pasillo de las celdas de los hermanos. No tenía picaporte exterior, por lo que era imposible acceder desde allí. Salí en repetidas ocasiones, hacia el ocaso, poniendo el oído en el portón de madera. De repente, los gritos cesaban y se oía una extraña música, *inhonestis cantilenis* por la ordenación tonal.

—¿Qué ordenación tonal, hermano? —interpelé intrigado.

—¡*Diabulus in música,* maese! ¡El tritono prohibido! Esas consecuciones de notas que vos me enseñasteis que no debían ser utilizadas; canciones sin letra tocadas por un instrumento de cuerda, una *vielle* de arco tal vez.

—¿Y decís que cesaban los gritos con esa música? —dije simulando sorpresa—. La armonía del tritono, según los tratados, produce una disonancia tan perturbadora en el oyente que lo lleva a pensamientos impuros conducidos por el propio Lucifer. El efecto debería ser el contrario, desasosiego espiritual y excitación.

Callé durante unos segundos y después desvié el tema, preocupado por una cuestión que me pareció cuanto menos curiosa:

—Nunca he conocido a nadie que haya podido salir del monasterio de San Miguel. Pensaba que todos los hermanos rehabilitados en la enfermería pasaban a formar parte de la comunidad y los que perecían, enterrados en su camposanto. ¿No hacen voto de obediencia tanto médicos como pacientes ingresados? ¿Cómo habéis podido huir?

—No sin dificultad. Escapé hace tres días y me agazapé en los bosques que rodean el monasterio. Cuando advirtieron mi ausencia salieron en mi busca. Oculto entre los arbustos conseguí despistarlos. Tengo los pies llagados —dijo, y mientras terminaba la última frase, rompió a llorar—, necesitaba contaros esto, maese. Es un pecado que la Santa Inquisición debe saber —añadió.

—Tranquilizaos hermano Tobías. ¿Se lo habéis dicho a alguien más?

—No. Supuse que vos debíais ser el primero en saberlo por tratarse de características musicales tan maliciosas para el espíritu.

—Habéis hecho lo correcto —concluí.

Le aconsejé que comiera y guardara reposo tras confesarle para liberarle con la penitencia de la deslealtad que suponía haber traicionado sus votos hacia la congregación de San Miguel.

Los días posteriores a mi encuentro con el hermano Tobías estuve pensando y meditando sobre lo que me había relatado. Como calificador del Santo Oficio era mi deber comunicar al inquisidor, Lorenzo de Brandino, brazo derecho del inquisidor general Torquemada, lo que estaba aconteciendo en el monasterio de San Miguel, pero temía sus severos y desproporcionados castigos unilaterales con los que casi nunca estaba de acuerdo.

Hacía tres años que había entrado a formar parte de los órganos consultores de la justicia eclesiástica como favor personal a mi tío, el cardenal González de Mendoza, en temas estrictamente musicales. Mi objetivo principal era salvaguardar la limpieza gregoriana que, en los últimos tiempos, se estaba viendo perjudicada por los sones profanos que rondaban las calles cada vez con más asiduidad. Guido D'Arezzo y Ioannis Cotton las denominaron músicas aberrantes, ebrias y de intérpretes casquivanos; a mí me parecían melodías ricas en armonía, con lírica de dudosa moralidad, pero realmente hermosas. Estas opiniones las tenía a buen recaudo, lejos de los oídos de Brandino y su curia. Había presenciado, impotente, la quema de tratados sobre los efectos de la música en el ser humano y pergaminos mensurales en los que el tritono aparecía una sola vez, acusando de herejía a los propios copistas, que nada tenían que ver con la composición en sí. Me encontraba incómodo castigando y persiguiendo el arte por exigencias de un guion intransigente y cada vez más cruel. La encrucijada entre la música en su sentido más amplio y la religión a la que estaba sometido me perturbaba el pensamiento, pero me decantaba siempre por la primera, fuera de la naturaleza que fuera. En diferentes juicios había intentado dar una lógica razón para no acusar de blasfemia a no pocos pecadores, granjeándome las miradas de ira y los odios del inquisidor Brandino. Me había convertido en un estorbo, más que en un aliado que aplaudiera sus desmedidas decisiones, pero mi parentesco con el cardenal y mi convencimiento de poder salvar a algún inocente me mantenían en el cargo.

Decidí no comentar nada de todo el asunto, pues debido a mi naturaleza escéptica, debía contrastar toda la información posible. Tenía bajo llave algunos tratados y documentos extraordinarios de la abadesa Hildegard von Bingen y de los abades Dunstand y Bernardo de Claraval que hablaban sobre los efectos de la música. Había estudiado a Boecio y los escritos de los musulmanes Avicena y Al Farabí, en los que los tratamientos sonoros eran una prescripción médica necesaria para recuperar a los enajenados. Sin duda, estas lecturas me habrían condenado a la hoguera; por esa razón, el formar parte de la Santa Inquisición, distraída en perseguir las prácticas judaizantes con saña, me mantenía apartado de investigaciones incómodas. Si las palabras del hermano Tobías eran ciertas y llegaban a oídos de Brandino, clausuraría el monasterio de San Miguel y la corona castellano-aragonesa perdería uno de sus centros médicos más sólidos y fiables. No lo podía permitir, aunque el rey Fernando había puesto mucho interés en limpiar de herejes todos sus dominios. Además, la medicina musical la creía ya esquilmada de todo centro monástico por decreto inquisitorial. Si esto sucedía en San Miguel, desde luego, era clandestinamente.

Para saber con mayor certeza qué estaba ocurriendo y no dar noticias de ello a nadie, debía actuar con determinación, cautela y con la menor ayuda posible. Mis intenciones podían confinarme de por vida en el monasterio dominico, pero esa era una cuestión en la que aún no había pensado. La opción más factible para ingresar directamente en la «enfermería secreta» que había detallado el hermano Tobías, era hacerme pasar por un demente, esperando no ser descubierto por otros hermanos con los que pudiera haber compartido enseñanzas o congregación. Era un riesgo que debía correr por cuestiones éticas y mi anhelante pasión por la cultura sonora.

Preparé todo lo necesario, y la mañana del trece de diciembre del año de Nuestro Señor de 1490, llegué con las manos encadenadas al sombrío monasterio de San Miguel de la Montaña. Los alrededores del establecimiento eran tan siniestros como me había imaginado. Bosques de gran follaje con chopos de considerable tamaño, cipreses y álamos blancos, se agolpaban hasta la misma entrada del cenobio. Tanta vegetación invitaba a la humedad a adueñarse del clima gris de la atalaya donde se alzaba la iglesia y sus inmediaciones. Había sido complicado llegar hasta allí, pues el sendero se antojaba laberíntico y ciertamente difuminado por las malas hierbas y el barro. Las alimañas no paraban de sacudir las hojas desde sus escondrijos, sin atreverse a salir en plena luz del día, pero amenazando con hacerlo al menor óbice. Sin duda, Dios estaba con el hermano Tobías el día en que huyó de San Miguel, pues escapar ya le debió resultar complicado, pero sobrevivir en aquel bosque…

Iba sentado en un carro tirado por un burro, con el rostro ensombrecido por la capucha de un hábito que había ensuciado y rasgado a conciencia, para dar a mi aspecto el delirio que pretendía. Uno de los hermano de la orden, con el que tenía mayor confianza, me acompañaba y portaba una carta que yo mismo había redactado y lacrado con el sello inquisidor. En ella decía que el monje enfermo, de nombre Zacarías, debía ingresar allí por presentar claros síntomas de locura derivada de una galopante melancolía.

Tras llamar en repetidas ocasiones al tirador de la entrada, se acercaron dos hermanos con capas negras, típicas de la orden dominica cuando el frío llegaba. Leyeron la carta detenidamente y me bajaron del carro, invitando a mi acompañante a descansar tras el viaje. Mis andares sobre el enfangado camino que conducía hasta la puerta del edificio eran lentos, y yo los hacía aún más pesados y dificultosos para dar mayor sensación de zozobra y duda. Como iba cabizbajo solo alcanzaba a ver el embaldosado de lo que intuía que era el claustro y el entarimado de las estancias por las que pasábamos. Me introdujeron en una sala en la que me sentaron en una silla. Escuché entonces una voz potente:

—Hermano Zacarías, ¿me oís? Soy el abad Anselmo, prior de este monasterio. Si me oís, asentid con la cabeza.

Así lo hice en respuesta a su pregunta. Me sobresaltó un hermano que, con una especie de llave maestra, abrió con suma facilidad las cadenas de mis manos. Me cogí de las muñecas en señal de alivio y musité un «gracias» lacónico.

—No debéis temer nada. Aquí estáis a salvo de vuestros tormentos. Os cuidaremos hasta que os restablezcáis por completo. Dadle un buen baño y examinadlo —dijo a los que estaban allí.

Me lavaron y asearon, ritual que no se solía hacer con frecuencia. La higiene era preventiva de multitud de infecciones tal y como establecieron los musulmanes en sus postulados, por lo que intuí que el abad Anselmo era conocedor. Me ataviaron con una especie de camisón de color blanco, limpio y agradable al tacto. A pesar del frío que hacía en el exterior, tanto pasillos como habitáculos, estaban bien acondicionados con lumbres en constante funcionamiento. Cada enfermo tenía una pequeña celda austera con rejas en las ventanas y en las puertas. Aquello me extraño, pero supuse que era normal.

Las primeras semanas manifesté una tristeza y desazón extremas, no queriendo comer, dando golpes en las paredes y autolesionándome las manos. Debía mostrar hilaridad y otros síntomas de locura que ayudaran a mi objetivo. Sin embargo, empezaron conmigo una terapia bien diferente a la esperada. Me daban baños de agua helada, me ataban a una silla y me empapuzaban la comida hasta que vomitaba, incluso me golpeaban en las palmas de las manos y pies produciéndome un dolor intenso. Me habían afeitado la cabeza y hecho varias sangrías. Oía gritos de otros internos a los que se les trataba igual o peor que a mí. No daba crédito a lo que estaba pasando, pero me mantuve impertérrito con la esperanza de que me condujeran al lugar musical deseado.

Pasaron los meses y mi salud había empeorado sobre manera. Los duros tratamientos a los que me sometían me habían dejado en los huesos y empecé a manifestar visiones y otras alucinaciones que intentaba controlar, derivadas de la mala alimentación y de los cambios de temperatura que experimentaba mi cuerpo. Veía a los demás pacientes en los paseos que dábamos a diario en el patio del claustro en un precario estado físico. Había intentado hablar con alguno de ellos pero los monjes atajaban cualquier tipo de relación que pudiéramos demostrar con un trato hostil y no dudaban en azotar a los hermanos que se salían del comportamiento establecido. Nos vigilaban unos diez carceleros que jamás mediaban palabra. El prior Anselmo observaba desde una esquina del patio y después se retiraba. En repetidas ocasiones notaba su diligente mirada jactanciosa sobre mi persona. Nunca se dirigía a ningún paciente y jamás presenciaba los tratamientos. Acudíamos a la iglesia a las horas canónicas los que podíamos andar, cual reos, empujados y encadenados. La situación era angustiosa, muy lejos de lo que me había figurado. En todos aquellos traslados, idas y venidas y paseos matutinos, pude intuir la ordenación arquitectónica del monasterio, sus dependencias y el posible lugar de la ubicación de la enfermería secreta. La planta en si no era complicada, pero la propia iglesia y sus dominios, solo frecuentados por los hermanos de la orden dominica, se mostraba con ricos adornos, retablos recargados y pinturas nada acordes con la supuesta austeridad e idiosincrasia del recinto.

Una mañana, mientras charlaban dos guardianes, me escabullí por un extremo del claustro hacia el ala oeste. Busqué las celdas de los hermanos y, al encontrarlas, me cayó el alma a los pies. No había ninguna puerta al final del corredor, sino un ventanal que daba a un precipicio. Deambulé nervioso por otras estancias con la esperanza cada vez más lejana de encontrar el lugar señalado por el hermano Tobías. Caí al suelo sollozando y escuché la voz del abad Anselmo detrás de mí:

—¿Qué hacéis aquí, hermano Zacarías?, o ¿debería decir hermano Ignacio?

Me giré desencajado. Allí estaba el prior flanqueado por dos monjes.

—Yo no estoy loco, prior Anselmo —dije derrotado.

—Sí, sí lo estáis. ¿Qué buscáis aquí? ¿Una enfermería en la que supuestamente se tocan melodías deshonestas? ¿Para curar a los enfermos? Ja, ja, ja —rio abiertamente en tono burlón—. ¡No se puede estar más loco!

Entonces, por un recodo del pasillo apareció el hermano Tobías, avergonzado y culpable, acompañado por el inquisidor Lorenzo de Brandino, que sonreía con petulancia. El prior Anselmo y sus acólitos le hicieron una profunda reverencia.

—Mi querido maese Ignacio, habéis caído en mis redes tal y como esperaba. Vuestra arrogancia os ha conducido hasta aquí. Habéis cometido herejía y blasfemia, amén de tener en vuestro poder tratados prohibidos por la Iglesia.

—Mi tío… —alcancé a decir, dándome cuenta del engaño del que había sido víctima.

—Vuestro tío no sabe dónde estáis. Nadie de vuestra orden sabe de vuestro paradero. ¡Condenado ignorante! Vos mismo os encargasteis de que así fuera —espetó Brandino.

—Pero el monje que me acompañó lo contará todo —repliqué con seguridad.

—¿De verdad que deseáis saber dónde está ese monje, maese Ignacio? Digamos que el camposanto contó con un nuevo inquilino el día de vuestra llegada —intervino el abad Anselmo.

—Os puse un cebo a la altura de vuestra inteligencia y picasteis cual novicio —interpeló Brandino—. Alejaros de la mirada de vuestro tío requería una estratagema bien pertrechada. Sabiendo que jamás me revelaríais el hallazgo que el hermano Tobías os contó, preparé todo con la ayuda de estos verdaderos cristianos. Era consciente desde hacía tiempo de vuestras lecturas y vuestra odiosa disconformidad a mis decisiones. Os habéis equivocado hermano Ignacio. Nunca os opongáis a los designios del Señor; aunque ahora os va a resultar más que complicado hacerlo; *Exurge, Domine, et judica causam tuam* —y diciendo aquello, se giró con vehemente gesto de triunfo, y se marchó.

—¡Vos no sois Dios! —dije gritando, y sin fuerzas para replicar, me hundí en la desesperación.

El eco de mi alarido se perdió entre las montañas y los bosques, y enmudeció en lontananza para siempre.

Sombras en el valle

Ángel Revuelta Pérez

Los únicos sonidos perceptibles en medio de la noche eran los del trote del caballo avanzando junto a la ribera. Sobre él, Sócrates Pelegrín se removía inquieto, girando de vez en cuando la cabeza hacia la arboleda en busca de algún signo de vida. Mientras avanzaba se esforzaba por convencerse de que su desasosiego respondía, en exclusiva, a la inquietante atmósfera que la luz de la luna imprimía sobre el paisaje de aquel valle incrustado entre escarpadas laderas. Qué hermoso le había parecido la primera vez que lo vio —sentía como si hubiera transcurrido una eternidad— y qué siniestro se le antojaba ahora.

Sin embargo, un runrún no cesaba de dar vueltas en su cabeza: «Debí haberme marchado antes. En estas fechas aún anochece temprano». En su fuero interno, no obstante, sospechaba que el retraso en su partida no se debía a su desidia o a su falta de precaución. No. Ellos lo habían provocado conscientemente. Le habían entretenido tras la cena, sabiendo que el trayecto hasta su alojamiento era largo y, además, alejado del pueblo, debiendo bordear el río hasta cruzar el puente romano —así denominado por estar construido en piedra, aunque su antigüedad no sobrepasara el siglo, reflexionó sin saber muy bien por qué.

Habían urdido con habilidad la encerrona, admitió, insinuándole promesas de revelación, agitando el cebo de una confesión que desvelara al fin la fuente del misterio. Sí, habían sido inteligentes, apartándolo del resto de los invitados, e integrándolo en el conciliábulo congregado dentro de la biblioteca, donde el sonido de voces y música apenas llegaba, amortiguado, como eco de un mundo lejano. Quizá debió declinar la invitación, permanecer en el salón con una excusa, pero la curiosidad punzó su arrojo en perjuicio de su prudencia.

Ahora comprendía el gesto de Marcela, lanzado desde el otro lado del salón cuando él se dirigía acompañado —¿escoltado?— por el doctor Durante hacia la biblioteca. Sin duda fue una señal de aviso. O quizá un signo de preocupación. O puede que no significara nada, que fuera tan solo producto de su imaginación intentando convencerse de que ella no formaba parte de aquella infame historia, de que en realidad se preocupaba por él. De que lo amaba.

Un sonido le arrancó de las pantanosas aguas que anegaban sus pensamientos. Su corazón dio un vuelco, latiendo desbocado, ante lo que había sonado como el chasquido de una rama al quebrarse. En medio del oscuro silencio le había parecido el retumbar de un cañonazo. «Tranquilízate Sócrates, por Dios —se dijo, inspirando—. Será sólo un animal. O quizás...». El viento, iba a decir, un segundo antes de percibir la calma que dominaba la fría atmósfera que envolvía el valle. Era una noche de esas, típicas de finales de febrero, en las cuales el cielo estrellado deja caer la helada a plomo, tintando la hierba con una capa de blanquecino cristal. El jinete permaneció quieto, estudiando la densa tranquilidad que lo rodeaba, sin detectar otro movimiento que el del vaho que salía de su boca.

En absoluto calmado reanudó la marcha, azuzando al caballo para que trotara más deprisa. No podía saber con seguridad si un peligro real lo amenazaba aquella noche —la permanente sensación de ser vigilado desde que partiera de Villa Azucena se hacía más real cuantos menos indicios tenía para ello— o si todo era fruto de una imaginación alimentada por el conjunto de sospechas, rumores, medias verdades y presuntas revelaciones que lo había rodeado desde su llegada a Tudanca.

¿Por qué accedería a realizar esta misión? ¿Qué estúpida soberbia le había llevado a inmiscuirse en un asunto que en nada le atañía? Preguntas retóricas: sabía demasiado bien la respuesta. En un principio le había resultado divertido, un reto sin mayores consecuencias, un atractivo juego intelectual. Una oportunidad para poner en práctica, no solo su capacidad deductiva aplicada a un enigma, sino también sus más profundas convicciones éticas y filosóficas. Reflexionando sobre ello, más para distraer sus temores que para hallar respuesta a preguntas cien veces planteadas, regresaba ahora a su mente la reunión a la que fue convocado casi cuatro meses atrás, en el despacho de Higinio Doallo, secretario del gobernador civil de la provincia de Santander.

—¡Por Júpiter! —Exclamó el funcionario con sincero afecto cuando Sócrates atravesó el umbral del despacho—. ¡Hay que ver cómo has crecido! Ya eres todo un hombre. Y parece que ayer mismo aún me pedías golosinas. ¡Venga un abrazo, muchacho!

—Y tú, Gini —replicó sonriendo al aceptar el abrazo de aquel hombre grande y corpulento, cuya barriga abultaba considerablemente más que cuando Sócrates lo conoció de niño—, siempre llevabas alguna en el bolsillo.

Se sentaron y hablaron largo rato, rememorando Doallo aquellos tiempos en que junto al padre de Sócrates disfrutó de la vida universitaria en el viejo Madrid isabelino.

—Nos tenías que haber visto cuando lo de la Vicalvarada —sonreía el funcionario, evocador—. ¡Menudo par de revolucionarios estábamos hechos! Sobre todo tu padre, con aquellas diatribas tan republicanotas que le gustaba declamar a la menor ocasión. Recuerdo una vez en la que, después de unas cuantas rondas de aquel vino tan malo pero tan adictivo que servían en la Taberna del Murciano, en el callejón del Gato, se encaramó sobre una de las mesas y, manteniendo el equilibrio con sorprendente dignidad, desgranó una arenga más o menos coherente sobre la inaplazable necesidad de hacer en España la Revolución; así, con R mayúscula, como siempre lo escribía. Tan arrebatado estaba por sus propias palabras, que no se enteró del pelotón de guardias que había irrumpido en el local hasta que lo bajaron de la mesa de un porrazo. ¡Ay, tres noches nos pasamos en un calabozo recuperándonos de la resaca y de los palos! Furor de juventud, ¿dónde te fuiste?

Sócrates compartió su franca risotada.

—De verdad —continuó en tono más serio—, no sabes cuánto lo echo de menos. Tu padre fue un gran hombre. Lo que más le habría gustado en el mundo es haberte visto crecer. Créeme, estaría muy orgulloso de ti.

—Gracias, Gini. Yo también lo añoro.

Tras el amistoso preámbulo y el intercambio de anécdotas, el funcionario le expuso el porqué de la cordial —e inesperada— carta citándolo en su despacho. Le habló de una remota comarca, en las estribaciones de la cordillera Cantábrica, donde cierta agitación había comenzado a incomodar la, por otro lado, apacible vida de la provincia desde que finalizaran los infaustos días del Sexenio —«Dios guarde en su seno a su santa majestad don Alfonso el Pacificador y done larga vida a esa eminencia que es don Antonio Cánovas, su mentor»—. De una tierra alejada de las civilizadoras corrientes que iluminaban los tiempos modernos, donde pervivían ancestrales creencias acerca de espíritus, maldiciones, embrujos y emisarios del infierno. Una tierra donde sus gentes contaban historias sobre extrañas desapariciones; sobre vecinos que un día salieron de casa y ya nunca regresaron, sin dejar rastro alguno; sobre un espíritu maldito escapado del averno para arrastrar consigo a las almas de los pecadores.

Enumeró el funcionario aquel cúmulo de supersticiones con el mismo burlón escepticismo con que Sócrates lo escuchó.

—Por supuesto —añadió—, el gobernador no hubiera concedido ninguna importancia a esta sarta de tonterías si no estuvieran relacionadas con ciertos hechos menos fantásticos, pero, sin duda, más inquietantes.

Explicó el secretario que sí se había comprobado la veracidad de determinadas desapariciones, caso de algunos labradores de la zona, o la de un tal Manuel Frías, capataz del difunto don Andrés de Hontañón, barón de Valdenansa y antiguo señor de toda la comarca de Tudanca; o la de Blas Quintanilla, maestro de primeras letras en la escuela del pueblo. Pero el caso más relevante, sin duda, era el del notario de Santander, don Remigio de la Serna, quien, habiendo acudido por causas desconocidas al lejano valle del Alto Nansa donde se enclava Tudanca, no volvió a dar señales de vida desde el día de su regreso a la capital, hacía más de una semana. Se sabía de su partida del pueblo, pero su pista se perdía en el camino. «Nunca llegó a Santander».

—Respecto a las demás supuestas desapariciones de paisanos —puntualizó Doallo—, en fin, pueden deberse a múltiples causas. Tú sabes bien, querido Sócrates, que la nuestra es tierra de emigrantes, siendo no pocos de nuestros jóvenes los que marchan a hacer las Américas, en numerosas ocasiones de manera ilegal, deslumbrados por el triunfo que envuelve a los indianos que retornan derrochando cuartos, abandonando la tierra sobre la que sus mayores erigieron su prosperidad, su modo de vida y sus inmortales tradiciones. ¡Ah, la codicia, muchacho, la fuente de todos nuestros males!

Sócrates no pudo menos que morderse la lengua ante tal declaración. Hipócrita sería el adjetivo más adecuado para el solemne discurso, conociendo como conocía el origen de la fortuna familiar del funcionario. Una prosperidad erigida sobre la explotación de ingenios azucareros antillanos, labrados por mano de obra «importada» de África. Pública y notoria era la actividad benéfica de la familia Doallo, en forma de numerosas donaciones para la construcción de escuelas de primeras letras y casas de salud destinadas a las familias más necesitadas, tanto en la capital como en diversos municipios de la provincia; pero menos pública y notoria era la verdadera causa de tal benignidad: el lavado de imagen —y conciencia— de una saga comercial erigida sobre el tráfico de esclavos africanos que durante generaciones había nutrido sus haciendas del Nuevo Mundo.

—No puedo estar de acuerdo contigo, Higinio —no logró reprimirse—. El verdadero motor de la diáspora americana no es la codicia, sino la miseria. Son las lamentables condiciones que atenazan las frágiles vidas de nuestros campesinos las que obligan a su partida. Unas condiciones causadas por el injusto reparto de la propiedad de la tierra, concentrando mucha en manos de unos pocos y dejando poco en las de la mayoría. ¿Cuántos labradores no han perdido sus pequeñas parcelas a causa de las deudas, debiendo ceder su propiedad a los mismos prestamistas que les ahogan? Tierras que, en cruel paradoja, acaban trabajando como jornaleros o arrendadores.

—Bueno, bueno… —interrumpió Doallo con paternal ironía—. Ya salió nuestro joven progresista. ¡Voy a comenzar a sospechar que me hallo ante un bakuninista! Sin duda eres digno hijo de tu padre.

Sócrates también sonrió, conciliador, consciente de que, por más convencido que estuviera de sus palabras, acababa de soltar un discurso en un arrebatado tono un tanto fuera de lugar —sabía que el acaloramiento ideológico era uno de sus defectos, pero le resultaba muy difícil contenerse cuando se encontraba frente a una de las innumerables injusticias que sufría la España que le había tocado en suerte vivir.

—En fin —continuó Doallo—, la cuestión estriba en que la desaparición de un ilustre miembro del cuerpo de notarios de la provincia, perteneciente, además, a una respetable familia —Sócrates tradujo mentalmente el calificativo por «adinerada»— de nuestra ciudad, ha cambiado el cariz del tema que nos ocupa, y se hace necesario esclarecer los hechos. Y en opinión del gobernador, compartida por mí, debemos iniciar la investigación de una manera reservada. Por ello, y considerando tus virtudes como hombre inteligente, perspicaz y, sin duda, discreto, que cuenta además con una formación científica y filosófica a prueba de turbaciones causadas por absurdas supersticiones extendidas por ignaros e iletrados, he pensado que serías el individuo apropiado para ejercer tal misión. Si la aceptas, te aseguro que contarás con todo mi agradecimiento.

El joven Pelegrín no tuvo que reflexionar demasiado antes de aceptar, no solo por la oportunidad que la muestra de «agradecimiento» supondría para su futuro profesional, sino también porque aquel intrigante asunto, pensaba, resultaría una inestimable ocasión para demostrar la validez de los frutos de la razón frente a las tinieblas de la ignorancia y la superstición. Comprometiéndose con Doallo en el cumplimiento del encargo de la manera más satisfactoria posible, a la mañana siguiente partía de la estación hacia la remota Tudanca. Allí, se haría cargo de la plaza de maestro de primeras letras —vacante desde la desaparición de su anterior titular—, eficaz tapadera que alejaría las sospechas de su repentina aparición en el lugar, permitiéndole indagar sin mayores explicaciones. Sin duda, su actitud al montar en el tren no habría sido tan entusiasta si hubiera conocido de antemano el pantanoso suelo sobre el que habría de caminar durante aquel invierno.

Sobre este mar de reflexiones navegaba la mente del joven Pelegrín, cuando un nuevo crujido lo arrastró al presente. Esta vez no existía duda: el sonido fue seguido por nuevos chasquidos, en rítmica sucesión que de inmediato identificó como pezuñas de caballo aplastando el manto de hierba helada que cubría la arboleda próxima. Un jinete lo seguía. Un escalofrío recorrió su espalda cuando un escurridizo pensamiento le atravesó el cerebro, permaneciendo como un presentimiento cuyas raíces arrancaban de las últimas palabras que pronunció su anfitrión antes de abandonar Villa Azucena: «Hoy tenemos luna llena. Cuidado…».

Pero la tensión del momento le impidió reflexionar sobre su fugaz premonición. Los latidos del corazón retumbaban en sus sienes como si estas fueran a estallar. ¡No! ¡Debía calmarse! Debía pensar. Mantener la frialdad y continuar avanzando, sosteniendo el ritmo sin iniciar una histérica cabalgada. El puente se hallaba próximo y una vez lo cruzara podría alcanzar el pueblo con rapidez. Allí estaría a salvo.

Pretendió conjurar el pánico rememorando su llegada a Tudanca: la impresión que en su alma urbanita causó el indómito y quebrado paisaje, su aura de grandeza cuando abandonó la estación ferroviaria de Reinosa para atravesar a caballo, acompañado de un guía, el desfiladero que en el tránsito de un día lo llevó hasta el remoto caserío; el agotador viaje a lomos del animal que dejó sus posaderas en carnes vivas y los riñones protestándole como si hubiesen jugado a bolo-palma con ellos, pero que a cambio le proporcionó el placer de sumergirse en aquella magnífica atmósfera en la que el olor puro de la nieve anunciaba, desde las cumbres, la llegada del invierno; y su exhausta arribada a la destartalada casona que, en su planta baja, servía de improvisada escuela, compartiendo espacio con la botica, mientras que la superior ejercía de austera vivienda para el maestro.

Recordó la ilusión con que tomó posesión de su rural cátedra, trocada pronto en frustración cuando descubrió que las necesidades de la ruda vida del campo causaban un elevado absentismo escolar entre los pequeños, quienes debían colaborar en las labores agrícolas en perjuicio de su formación académica. Ahora podía experimentar en persona las dificultades y obstáculos a los que la enseñanza debía enfrentarse en España, causa y al tiempo consecuencia del bajo nivel educativo del grueso de la población, en especial entre sus estratos populares; siempre los más frágiles; siempre los más damnificados por la abulia y la codicia de aquellas clases dirigentes que, por desgracia, a su país le había tocado en suerte padecer desde hacía siglos.

El hecho de haber aceptado la misión encomendada por Doallo no respondía solo al desafío del enigma, ni a los beneficios personales que pudiera conseguir de estrechar lazos con el secretario del gobernador; no, también era una forma de poner a prueba —más allá del campo teórico que hasta el momento había cultivado— sus convicciones sobre la naturaleza ética de la pedagogía. Senda que creía irrenunciable para traer el progreso y la armonía a su atormentada patria. Unas convicciones que habían impreso en su alma aquellos que, durante su formación, había llegado a considerar mentores y maestros, tanto filosóficos como morales: el sabio alemán Friedrich Krause y su profeta en España, don Julián Sanz del Río. Ambos pensadores habían logrado prender una luz de esperanza racional y científica con la que iluminar las sombras que durante tanto tiempo se habían enseñoreado en la península, alejándola de las más avanzadas corrientes del continente.

Por otro lado, allí, en aquella humilde casa-escuela, Sócrates conoció a doña Blasa, madura mujer que se encargaría del cuidado de su nuevo hogar y primera fuente de información sobre los misterios que Sócrates pretendía desvelar en esta alejada tierra. Ella le habló, casi en susurros, de las presuntas desapariciones. Ningún rastro se halló de la docena de hombres volatilizados en la noche; y pudiera ser cierto que ninguna prueba desmintiera la posibilidad de que su ausencia no fuera por voluntad propia, pero no se podía negar, afirmaba con convicción la buena mujerona, que algo extraño rodeaba tan repentinas partidas, aún más teniendo en cuenta que los ausentes eran los mismos que con anterioridad se habían negado a vender sus pequeños terruños.

—¿Quién pretendía comprárselos? —preguntó Sócrates simulando una desinteresada curiosidad.

—Bueno… —dudó Blasa con un punto de temor en su voz—, en fin, no lo sé. Verá usted, señor Pelegrín, yo no quiero meterme en líos…

Sócrates, no queriendo espantar a su confidente, renunció a insistir en el tema, retornando la conversación a la cuestión de las desapariciones, cuyas misteriosas connotaciones parecían fascinar a su parlanchina anfitriona. Esta le habló entonces sobre ciertos rumores que implicaban a determinada figura fantasmagórica que sería, a la postre, el ejecutor de las abducciones. Un espectral jinete que en plena noche habría asaltado a aquellos desdichados, arrastrándolos consigo al averno del que provenía.

Ante la condescendiente sonrisa que perfiló la boca de Sócrates —¿no parecía aquello material para un relato de Poe o de Irving?—, los rasgos de doña Blasa se tornaron serios, asegurando la veracidad de los testimonios sobre el fantasma, o demonio, o lo que fuera aquella tenebrosa figura que, por lo que se deducía de sus palabras, había extendido un manto de supersticioso temor sobre el valle. Fue entonces cuando oyó por primera vez el nombre con que se había bautizado al espectro: el Carlista.

Según habría de conocer por otros habitantes del lugar, el Carlista era el espíritu maldito de un feroz combatiente de la última guerra civil, un «faccioso» cuyos despiadados crímenes cometidos en aquella contienda lo habían condenado al infierno, del que salía cada noche —de luna llena, por supuesto— para atrapar las almas de los incautos pecadores que osaban alejarse de la protección de sus hogares. Lo último que los ojos de sus víctimas veían antes de abandonar su terrenal existencia era la flamígera hoja del sable del Carlista, dispuesto a seccionar su cuerpo y atrapar su espíritu.

—Si el Carlista fija su mirada en ti —le explicó doña Blasa con tono sobrecogido— cabalgará hasta alcanzarte. Y nada puede detenerlo. Lo único que podrá salvarte es suelo sagrado. Solo el poder del Señor puede protegerte de ese demonio.

La investigación de Sócrates pareció evolucionar, a partir de ahí, hacia un estudio antropológico sobre la construcción de un mito fantástico erigido sobre unos hechos en apariencia reales. Si ciertas eran las desapariciones, también lo era que determinados notables de la comarca andaban adquiriendo terrenos —como le había insinuado Doña Blasa—, sin duda presionando a los propietarios reacios con la ejecución de las hipotecas que pendían sobre unos terruños que no alcanzaban a producir lo indispensable para la propia supervivencia de las familias que los trabajaban. Así, aquellos labradores, siempre endeudados, se veían forzados, al fin, a desprenderse de su única posesión valiosa, su tierra, la cual pasaba a engrosar los latifundios de los prohombres de la comarca, quienes los destinaban a alimentar los rebaños que nutrían la pujante producción láctea de la provincia.

Pero ¿llegar al secuestro? O, quizás, ¿al asesinato? ¿Aquellos dignos pilares de la sociedad? Difícil de asumir; y más aún de demostrar. Por otro lado, ¿qué tenía todo ello que ver con la historia del fantasma? Resultaba complicado relacionar aquella fábula, enraizada en el imaginario popular, con tan materialistas intereses. Y luego, por supuesto, estaban los casos del notario, el capataz y su antecesor al frente de la pequeña escuela. Aquellos no poseían tierras que pudieran ser adquiridas. ¿Por qué, entonces, su desaparición?

En todo caso, las arduas inquisiciones del novato investigador habrían de verse interrumpidas —o, al menos, ralentizadas— por la irrupción en su vida de ella. Marcela. Y del singular personaje que componía su padre, don Juan Manuel de Roquedal y Rubalcaba.

Dueño este de Villa Azucena, la más esplendida casona de toda la comarca, antigua posesión del linaje de los Hontañón, barones de Valdenansa —adquirida y restaurada por Roquedal gracias a los generosos beneficios logrados en sus negocios— y rebautizada con el nombre de su esposa, su presencia en Tudanca se repetía una o dos veces al año, convirtiendo la mansión durante ese tiempo en el centro social del valle y sus alrededores. Sócrates ya conocía la figura de Roquedal antes de serle presentado. Descendiente de un vetusto linaje de hidalgos de La Montaña, su fortuna provenía, en realidad, de las exitosas actividades mercantiles a las que se había dedicado su familia una vez abandonado el decadente solar para trasladarse a Santander, epicentro comercial de la provincia, donde se integró sin complejos, a través de estratégicos matrimonios de conveniencia, en el seno de la boyante burguesía capitalina.

Juan Manuel, eficaz continuador de la nueva dedicación mercantil de los Roquedal, se había constituido, paradójicamente, en feroz enemigo del liberalismo burgués y sus valores, asumiendo posiciones políticas concomitantes con el reaccionarismo tradicionalista que, desde la efervescencia ideológica del Sexenio, había defendido con brillante eficacia mediante sus escritos periodísticos y literarios. Y de esta última actividad provenía su fama: el orgulloso hidalgo había devenido en el principal representante del costumbrismo literario localista, publicando con éxito numerosos relatos y novelas en los que defendía, con brillante perseverancia, los mitificados valores y tradiciones de una bucólica Montaña surgida de las propias ensoñaciones del escritor. Una obra compuesta por varias novelas que habían logrado gran popularidad, con títulos tales como *Rocas abajo, A quien a buen árbol se arrima* o *Sutilidad* —entre las más leídas—. Su conservadurismo ideológico no dejaba de contrastar con un estilo de vida, el de Juan Manuel y su familia, por completo «burgués», en el cual no era rechazada ninguna de las innovaciones que hacía más cómoda la vida moderna.

Fue el interés del literato comerciante por conocer al nuevo maestro rural, del que supondría nivel intelectual suficiente como para participar en sus famosas tertulias, lo que posibilitó a Sócrates conocer a Marcela, bella hija pequeña de Roquedal. Sin haber alcanzado aún los veinte años, reflejaba una personalidad segura e independiente, impregnada de una vital alegría heredada de su padre. Y este lo sabía, pues resultaba habitual en él quejarse, con tierna ironía —y no poco disimulado orgullo—, del abismo que separaba a su hija del carácter comedido y virtuoso de su esposa. «¿A quién habrá salido esta niña mía?», se preguntaba en tono jocosamente ofendido, antes de abrazar a Marcela en medio de una carcajada.

Sócrates se sintió de inmediato atraído por ella. A partir de entonces, sus visitas a Villa Azucena fueron frecuentes, profundizando en su relación con padre e hija, prolongando sus conversaciones con Juan Manuel —con quien, por lo habitual, se hallaba en desacuerdo— y disfrutando de largos paseos con Marcela.

—Yo no quiero ser como esas señoritas de Santander que dedican todo su tiempo a conseguir un buen partido para el matrimonio —le confesó ella—. Ni esas damas cuya única ocupación es atender su casa. Yo quiero estudiar. Ir a la Universidad y cursar una carrera.

—Vaya. Me alegro mucho. Es un loable objetivo. Yo le doy mucha importancia a la educación y al conocimiento: me parece fundamental en la formación de toda persona; e imprescindible para lograr la emancipación de la mujer. Pero no te será fácil. En este país nuestro, no está nada bien visto que una mujer estudie.

—Lo sé, pero no me importa. Ni lo que piensen los demás ni lo que opine mi padre. Estoy decidida. Quiero ser la primera mujer abogada de España.

—Derecho. Estoy seguro de que lo lograrás. Pero, aunque obtengas el título, tengo entendido que las mujeres no pueden ejercer.

—Eso da igual —continuaba ella con entusiasmo—. Son nuestras acciones las que cambian las cosas. Mira las sufragistas en Inglaterra: la dificultad de sus objetivos no las desanima. No es quedándonos en casa como lograremos los cambios.

Aquella fue la primera vez que se besaron.

El amistoso triángulo que formó Sócrates con Marcela y su padre, sin embargo, contó con una cuarta pata: Romualdo. Hombre de confianza de Roquedal, prácticamente su sombra, dentro de sus funciones —nunca claras del todo para Sócrates— ejercía de guardaespaldas personal del hacendado. Alto —muy por encima de la escueta media nacional—, musculoso y fuerte como un toro, de gesto adusto —Sócrates no recordaba haberlo visto sonreír ni una sola vez— y torva mirada, era habitual verlo cabalgar junto a su señor todos los días por los verdes parajes del valle, como si se dedicaran a disfrutar y vigilar los extensos límites de las posesiones del clan Roquedal. Sócrates intuyó desde el primer momento la animadversión que Romualdo le profesaba: era indudable la mirada de odio que le lanzaba cada vez que se encontraba cerca de Marcela.

El joven era hijo de una antigua criada de la familia Roquedal, casada con uno de los aparceros que trabajaban sus tierras. Juan Manuel acogió como protegido a Romualdo cuando sus progenitores fallecieron siendo todavía un niño, primero su padre a causa de una herida en la pierna provocada por un dalle que derivó en una infección fatal y, poco después, su madre tras una larga neumonía. La querencia del patriarca Roquedal hacia el chico hizo correr los rumores acerca de su posible paternidad. Por supuesto no existía evidencia alguna sobre ello, pero ante la posibilidad, Sócrates reflexionó sobre la naturaleza de la relación entre Marcela y Romualdo, y sobre el cariz que en ese caso adquirían los evidentes sentimientos que este profesaba por ella. ¿Y Marcela? ¿Qué sentiría hacia su posible hermanastro?

Más allá de estas especulaciones, la relación que había entablado con Marcela creció —llegó a sentirla como un alma gemela— hasta el punto de que Sócrates decidió compartir con la muchacha algunas de las sospechas y averiguaciones que sobre el misterio de las desapariciones había ido acumulando desde su llegada a Tudanca.

Pero no todas. Ciertos datos de sumo interés e inquietante interpretación que afectaban a su padre decidió ocultárselos, por miedo a la reacción que en ella pudiera provocar. Y es que Sócrates había podido descubrir que el principal adquiriente de tierras en el valle durante los últimos años era el propio Roquedal; y que los otros compradores se hallaban, de alguna manera, vinculados a él a modo de agradecida clientela. Pero eso no era todo. Doce años atrás, Villa Azucena no fue la única propiedad comprada por el escritor al marqués de Valdenansa. Una semana antes de su accidentada muerte, el envejecido y enfermo Andrés de Hontañón le había traspasado, por una cantidad monetaria más bien modesta, una parte importante de su patrimonio inmobiliario, en una operación más que sospechosa, tanto como el repentino fallecimiento del marqués.

¿Y quién fue el notario que certificó la transacción? El desaparecido Remigio de la Serna. ¿Y quiénes figuraban como testigos al pie del acta de compra-venta? Los también desvanecidos Manuel Frías, ex-capataz del marqués, y Blas Quintanilla, último maestro de Tudanca. No tenía pruebas de ello, pues no había logrado acceso a los documentos, pero Sócrates había conseguido reconstruir los hechos gracias a los testimonios de varios de los lugareños con los que había hablado. ¿Eran las desapariciones, camufladas tras las brumas de una leyenda local, el mecanismo para deshacerse de unos incómodos testigos?

La nueva y próspera clase terrateniente del Alto Nansa parecía haber estado muy ocupada los últimos lustros. Y en su cúspide, brillando con luz propia, Juan Manuel de Roquedal, perfecta encarnación del exitoso hombre de negocios montañés, orgulloso de la riqueza generada gracias a su propia iniciativa, pero temeroso de las consecuencias que los nuevos tiempos pudieran generar en una sociedad en proceso de transformación; satisfecho con el disfrute de las innovaciones técnicas que acomodaban su vida, pero crítico con las novedades sociales que pudieran beneficiar a aquellos que se hallaban por debajo suyo; protagonista y beneficiario del cambiante presente, pero nostálgico amante de un imaginario pasado que él concebía como inmutable.

De todas estas averiguaciones, Sócrates había informado a Doallo a través de largas cartas enviadas cada semana. A las que el secretario del gobernador había respondido felicitándolo por su labor y animándolo a culminar la investigación, asegurando que toda la información recogida la había trasladado, con la debida discreción, al conocimiento de la máxima autoridad gubernativa de la provincia. Sin embargo, la comunicación se cortó de súbito en el mes de febrero, cuando Doallo dejó de contestar. Ocurrió unas dos semanas antes de que Sócrates fuera invitado a la fiesta que los Roquedal iban a celebrar en Villa Azucena. ¿Qué habría ocurrido? ¿La correspondencia del alto funcionario estaba siendo interceptada? ¿O existía alguna razón por la que no escribía? ¿Lo había dejado solo en su misión? ¿Había arriesgado demasiado escarbando en aquellos oscuros intereses? La preocupación que estos interrogantes provocaron en Sócrates no haría sino incrementarse en los siguientes días.

La lúdica velada en Villa Azucena fue convocada por los Roquedal como despedida de su estancia en Tudanca. Su próxima partida hacia Santander, que en cierto modo alivió los temores de Sócrates al alejar la amenaza que podía suponer Juan Manuel —quien cada vez le despertaba sentimientos más contradictorios— también lo apenó, pues significaba que Marcela saldría de su vida, quizá por mucho tiempo. Al llegar a la casa se encontró con lo más granado de la sociedad tudanquesa. Allí estaba presentes todos los próceres locales acompañados de sus esposas e hijos: la élite social del valle reunida en endogámica celebración. Culminada la cena, durante la cual el maestro creyó percibir un extraño estado de ánimo en su joven anfitriona, más apagada —¿preocupada?— de lo habitual, e iniciada la velada musical, fue cuando el doctor Durante invitó a Sócrates a seguirlo hasta la biblioteca y Marcela le lanzó el gesto que ahora interpretaba como de alarma.

Don Epifanio Durante era otro de los personajes que integraban el círculo de notables que gravitaba alrededor de Roquedal. Doctor en medicina y versado en diversos conocimientos —además de ser uno de los protagonistas de la vida política de la comarca y antiguo alcalde de Tudanca—, había adquirido cierta fama de desprendido benefactor, atendiendo la salud de los más humildes habitantes de la comarca, incapaces de costear una atención médica, por otro lado casi inexistente en aquellos recónditos parajes. Sin embargo, a sus oídos habían llegado rumores de que su caridad no era tan pulcra como parecía, pues estaría cobrando en especie sus servicios, mediante productos agrícolas —grano, maíz, hortalizas— y animales de granja —ovejas, cabras, cerdos, gallinas—; insumos muchas veces imprescindibles para el mantenimiento de las familias. Según le habían dicho, sin este pago —por adelantado—, el buen doctor se abstenía de atender a los enfermos. ¿Verdades o maledicencias?

Una vez dentro de la biblioteca, compuesta por numerosos volúmenes lujosamente encuadernados y cargada por el humo de los cigarros, Sócrates se vio integrado en el más íntimo círculo de asociados de Roquedal. Allí conversó durante más de dos horas con Durante; con don Benito Rocillo, cura párroco del pueblo; con Antonio Alonso Urriola, actual Alcalde —y rival político de Durante— además de dueño de las canteras que un día pertenecieron al patrimonio municipal; y otra media docena de prohombres del municipio. Y, por supuesto, presidiendo la camarilla, Roquedal, pleno de satisfacción en su papel de gran cacique, sentado en un extremo de la hermosa mesa de caoba, con su burlona sonrisa encuadrada entre el crespo cabello, los quevedos de montura metálica y una perilla encanecida. Miró a Sócrates con ojos irónicos entre la nube de su habano y en ese momento estuvo seguro de que el dueño de Villa Azucena sabía quién era él en realidad y cuál era la razón de su presencia en el valle.

La tertulia transcurrió en tono distendido, jocoso, aunque Sócrates —cada vez más tenso— supo leer entre líneas el auténtico significado que lo que allí se estaba tratando. Entre todos, le estaban explicando la verdadera naturaleza del misterio que había venido a investigar, confirmando gran parte de lo que hasta el momento había descubierto, pero sin llegar a desvelarlo abiertamente. Como un grupo de gatos jugando con un ratón. Unos y otros aseguraron la necesidad de un orden que garantizara la paz necesaria para impulsar el progreso de la nación —a la que ellos, por supuesto, encarnaban con singular vocación de sacrificio—. Certificaron asimismo la inexorable ley natural que obliga a la existencia de una élite de notables, una aristocracia del talento y la herencia, que supiera imponer ese orden a una masa de humildes campesinos analfabetos incapaces de enjaezar su propia autonomía, y mucho menos de dirigir los destinos de la colectividad.

—Más aún —sentenció el párroco, cuyo rubicundo rostro se veía surcado por una telaraña de venillas—, tal orden emana de los designios de la propia divinidad, y tan solo bajo su férula podrá asegurarse la salud moral de la comunidad que se nos ha encomendado regir y proteger… incluso de sí misma.

—Bien —interrumpió Durante sin ocultar su escepticismo, reavivando algún rescoldo de su pasado progresista—, en todo caso la religión es un excelente y, por otro lado, necesario método de disciplina social del que, es evidente, no podemos prescindir, conociendo la triste situación de ignorancia y analfabetismo en la que se halla la mayoría de nuestros compatriotas, lo que les incapacita para tomar decisiones desde la racionalidad.

—No menosprecies la verdad revelada que anida en el fondo de nuestra fe, Miguel —intervino Roquedal ante el divertido doctor—, que ya conocemos todos tu acendrado positivismo anticlerical. Pero es cierto que ante la ignorancia y la equivocación solo el miedo es un instrumento efectivo —dijo esta vez dirigiéndose a Sócrates—. El miedo ante el misterio, el miedo hacia lo trascendente… El temor a Dios.

—O, en su defecto —apostilló Durante—, al diablo.

Pelegrín procuró refutar sus argumentos, negando la inexorabilidad del estado de las cosas, defendiendo la necesidad de introducir los cambios necesarios, de propiciar los medios, precisamente ellos, los que los poseían, para rescatar a la gente de los males y defectos que habían enumerado. Centrar los esfuerzos, los de todos, en lograr que un día el conjunto de los españoles pudiera tomar las riendas del país, y no mantenerlos en un perpetuo estado de minoría de edad, aprovechándose, además, de tal situación para beneficiarse personalmente.

—Un país de ciudadanos autónomos, formados y conscientes redundaría en una nación más fuerte y próspera.

Todos desecharon sus argumentaciones, entre el paternalismo y el desprecio, como ridículos idealismos de utopistas. Y desistió al fin, cuando comprobó que la pasión de sus argumentos no hallaría tierra fértil. Rumió en silencio su enfado y su impotencia.

Cuando al fin dieron por terminada la reunión, Roquedal acompañó a Sócrates hasta la entrada; la fiesta había terminado y los invitados ya se habían retirado. Sus pasos resonaron con un extraño eco en las estancias vacías. Se entristeció, por no haber podido darle a Marcela un último beso antes de su partida. Una vez en la puerta, Roquedal se despidió pronunciando, sarcástico, pero con un inquietante brillo en la mirada, la fatídica frase que ahora retornaba con claridad a su mente:

—Hoy tenemos luna llena. Cuidado con el Carlista.

Montado en su caballo y trotando hacia la entrada de la ornamentada valla de metal que rodeaba la villa, el maestro giró la cabeza con la esperanza de ver por última vez a Marcela asomada a la ventana de su habitación para despedirse de él con la mano mientras una lágrima brillaba en su mejilla: una frágil prueba de que no había antepuesto la lealtad paternal y la conciencia de clase a sus sentimientos, que había elegido el amor, que lo había elegido a él. Lo que vio, en cambio, fue a Romualdo, el fiel Romualdo —calzando como siempre sus botas de montar—, aproximarse a su señor, que continuaba fumando con una copa de coñac en la mano junto a la puerta del caserón, e intercambiar unas palabras mientras le observaban internarse en la oscuridad del camino.

Vio aparecer al jinete en lo alto de una pequeña loma, enmarcado por el espectral halo que conformaba el disco lunar. Supo que venía a por él. Azuzó Sócrates a su caballo e inició una desesperada carrera hacia la ermita prerrománica que se levantaba a las afueras del pueblo, cruzando el puente de piedra. «Suelo sagrado», recordó la advertencia de doña Blasa: la única protección ante el espectro —ni siquiera se sorprendió ya de asumir como real tal superstición—. Miró hacia atrás y logró distinguir el deteriorado uniforme del jinete, bajo un capote militar rasgado y cubierto por restos de tierra seca, como recién salido de la sepultura. El jinete le pareció enorme: alto y corpulento, parecía fusionarse cual centauro con su montura. Cubría su cabeza una inconfundible boina carlista que en algún momento debió ser roja, adornada por los restos de una borla de color amarillento. Lo vio llevarse la mano derecha a la cintura y extraer el sable de su funda. Al enarbolarlo sobre su cabeza, la hoja se prendió con una llamarada.

El corazón de Sócrates retumbó como si fuera a reventarle el pecho. Fijó de nuevo la mirada al frente, lanzándose a través del puente, mientras a su espalda los golpes de las pezuñas tronaban cada vez más cerca. Creyó sentir el aliento de su perseguidor en el cuello. Y al alcanzar la otra orilla un fuerte golpe en la espalda lo descabalgó, haciéndolo caer al suelo. Apenas una decena de metros más allá podía ver los gruesos muros de la ermita dibujados en plata por el reflejo de la luna. Por un instante recordó las ocasiones en que había visitado su interior junto a Marcela, admirando juntos, a través de las aberturas de su deteriorada cubierta, las estrellas que ahora titilaban sobre su cabeza.

Intentó erguirse con rapidez —quizás aún pudiera alcanzarla—, mientras su atacante ralentizaba la galopada y giraba el caballo de nuevo hacia él; pero quedó petrificado al ver su rostro. Una capa de piel putrefacta le cubría el cráneo, como una máscara infernal, mostrando la pútrida dentadura que componía su repulsiva sonrisa. El cerebro de Sócrates amenazaba con colapsar a causa de las sacudidas que le producía la obsesiva repetición de una frase: «¡No es posible! ¡No es posible!». Pero sabía que eso ya no era importante. Real o no, fantasma o humano, no había defensa contra su atacante. El desenlace era inevitable.

El Carlista cargó y Sócrates Pelegrín no pudo apartar la mirada de la llameante hoja que, rasgando el aire con un terrible silbido, descendía inexorable hacia su cabeza.

ESE MISMO DÍA

ANTONIO MARTÍN GARCÍA

Para Dani, que estuvo allí

Nada es comparable al deseo de provocar daño, esa decisión supone la personificación del mal.

11 de marzo de 2004

La tranquilidad se rompió de golpe, cuando menos se esperaba, cuando la somnolencia todavía se encontraba anclada en el devenir de los madrugadores que acuden a sus trabajos se desató el caos, la explosión llenó la mañana de un Madrid todavía dormido, la destrucción y el daño se adueñaron de la ciudad.

Ruido ensordecedor, cristales rotos, hierros retorcidos, miembros amputados, muerte. Todo lo que el hombre es capaz de hacerle al hombre, por no compartir sus ideales se vio en esa mañana aciaga. Ciento noventa vidas se apagaron para siempre.

DESTRUCCIÓN

Como cada mañana, me dirigía a mi trabajo en cercanías; eran tan grandes los atascos en la carretera para entrar a Madrid, que me salía más rentable acudir a mi trabajo en tren, a pesar de lo lleno que estuviera. Así, podía dedicarme a mi propensión convulsiva a la lectura, podía sucumbir durante el trayecto a la importante tarea de descubrir al asesino de turno, pues era, en su mayor parte, literatura negra el objeto de mi compulsión.

Y allí me encontraba yo, intentando ayudar a Bevilaqua y Chamorro a desvelar al asesino cuando, de repente, todo saltó por los aires; el estruendo de la explosión se acompañó de violentísimos movimientos, el vagón en el que me encontraba se movió hacia arriba para caer de nuevo a las vías, volcar sobre ellas e iniciar una serie de bruscos movimientos hacia un lado y hacia otro. Parecía que el tren, que se deslizaba lateralmente, no pararía nunca y, a cada violento movimiento, un cristal se hacía añicos, una persona gritaba, un bolso salía volando, una herida se producía…

Tras lo que pareció una eternidad, el vagón frenó con la misma brusquedad con la que había arrancado su frenético vaivén; fue en ese momento en el que, fruto de la inercia desmedida, algo chocó contra mí por la espalda mientras me encontraba tendido en el suelo, o más exactamente en el lateral que hacía de suelo, haciéndome recorrer a rastras otro metro más, hasta quedarnos parados. Y, cuando pensaba que todo había concluido, una última sacudida brusca hizo que el cuerpo que se encontraba detrás mío, se estrechara contra mí acompañado de un estertor que, en ese mismo momento, identifiqué como la muerte instantánea; ese cuerpo acababa de abandonar el mundo de los vivos, lo que me estremeció sobremanera, a pesar de mi acostumbrado pasear por el mundo de la muerte trágica.

Cuando me incorporé, dolorido, pude ser consciente del terror desatado, de la devastación provocada por el pensamiento irracional, de la barbarie que el ser humano es capaz de provocar por odio. Sin embargo, mi mente lógica y, sobre todo, mi profesión, se impusieron para intentar ayudar en esa vorágine de destrucción, humo, sangre y dolor.

Era ya muy tarde cuando conseguí regresar a mi casa. Tras ayudar a los servicios de emergencia a trasladar heridos me quedé ayudando a trasladar los muertos, a quitar escombros, a mover hierros retorcidos, a buscar pertenencias olvidadas, a reunir indicios, a buscar un por qué de la cerrazón humana.

Esa noche no dormí nada y, curiosamente, no era el cúmulo de imágenes emocionalmente agotadoras que había vivido desde que me puse de pie en aquel vagón destrozado, sino lo que había vivido justo antes de eso, lo que había sentido cuando había notado, justo a mi espalda, cómo una persona, un ser vivo, nos abandonaba para ir a no sabemos dónde, cuando alguien, del cual no sabía nada, ni siquiera si era hombre o mujer, niño o adulto, pero con capacidad de obrar, de respirar, de sentir unos minutos antes, dejaba de hacerlo para siempre pegado a mi.

En ese momento me sentí obligado a averiguar algo más del desconocido que había compartido conmigo su último aliento, sus últimos segundos de vida en ese tren maldito. Decidí investigar su identidad, sus circunstancias, para dar a su familia, si es que la tenía, noticia de su final tranquilo, sin aspavientos, sin sufrimiento.

BÚSQUEDA

Mi profesión me abría muchas puertas en cuanto a la búsqueda de personas accidentadas, asesinadas, heridas, etc., máxime cuando había estado dentro de la atrocidad y había participado de lleno en las horas siguientes, cuando toda la organización y preparación que cualquier servicio de seguridad y emergencias tiene preparado para este tipo de ocasiones desemboca en un caos espectacular, pero que conlleva, como no puede ser de otra manera, a restablecer la vida cotidiana de una ciudad con varios millones de habitantes.

Además, mi búsqueda no ponía en peligro la investigación, toda vez que esta ya se hallaba encauzada, desde un primer momento y a pesar del unos intentos desestabilizadores, hacia un destino concreto, que se reveló cómo acertado en las primeras fases.

De esta forma, me puse en contacto con los compañeros que se encargaban del caso y, con la verdad por delante, les expliqué mi deseo de localización de la persona que había encontrado la muerte junto a mí, de mi necesidad de cerrar esa página que llevaba varios días sin dejarme dormir, de identificar ese cuerpo que había compartido conmigo el instante más crucial y trágico de toda su existencia, precisamente el fin de la misma.

Tras una agradable y corporativa conversación, me prometieron darme la información en cuanto la tuvieran, cuando la premura de los acontecimientos pudieran dar paso a la búsqueda tranquila. Prisa no tenía, les indiqué, ya no era urgente nada que tuviera que ver con dicho desconocido, bien podía esperar unos días más. De esta forma me garantizaba su amabilidad y la seguridad de ser avisado cuando supieran algo.

Una semana después, cuando mi rutina se abría paso por encima de los acontecimientos pasados, cuando casi dormía toda la noche, cuando las imágenes se iban relegando a la memoria, pues nuevas imágenes trágicas, sobre todo en mi caso, se hacían hueco en mi mente, recibí la llamada de los compañeros con los que había quedado en buscar a mi desconocido. Quedé con ellos en el complejo policial para confirmar un par de detalles sobre la situación exacta en la que me encontraba en el momento del atentado y para acotar dos o tres nombres.

Ya en su despacho, tras un intercambio de información, que sirvió para dejar claro el punto exacto en donde acabé en el tren, me dieron la información que necesitaba o, al menos, que creía necesitar. Se trataba de una mujer, de cuarenta años de edad, casada, sin hijos, que había muerto tras un cúmulo de mala suerte. A consecuencia de la explosión, una sección metálica de un lateral del vagón había impactado en su cuello, quedándose clavado en éste y cortando la arteria carótida, murió desangrada, me explicaron los compañeros.

Por lo que pudieron después averiguar, el marido también iba en el tren, pero unos vagones detrás, con lo que no fue consciente de la muerte de su mujer hasta que fue contactado por la Policía, que le informó de lo sucedido. Según explicó él mismo, habían salido de casa cada uno por su lado y, al llegar a la estación, el tren estaba a punto de partir, con lo que se subió al mismo sin saber que su esposa había subido a uno de los primeros vagones. Me dieron su dirección y su teléfono para que me pusiera en contacto con él y, tras darles las gracias, salí de su despacho.

Me entristecía su mala suerte, de no ser por el impacto de la chapa en su cuello, no tendría más que magulladuras que se curarían con el tiempo, pero a su vez, estaba agradecido de que ella parase el golpe de algo mortal que, de no haber estado, podría haberse clavado en mi cuerpo, podría haber acabado con mi vida; en una palabra, me había salvado de una muerte casi segura. Tenía que hablar con su marido, darle las gracias, decirle que su sacrificio, aunque espontáneo e involuntario, no había sido en vano, había servido para salvar la vida de otra persona.

Sin embargo, no sabía cómo le iba a sentar que se presentara en su casa la persona salvada por la mala suerte de su esposa, con lo que decidí presentarme en mi calidad de Policía y, tras tantear un poco, revelarle, o no, la verdadera relación que tenía con la muerte de su esposa. De esa forma podría, si la cosa no iba como debiera, dar marcha atrás.

Así, tras idear la estrategia de acercamiento, decidí presentarme en casa de mi fallecida, ahora ya conocida, para tratar de explicar a su marido, si se mostraba receptivo, que estaba agradecido por la muerte de su esposa, menudo panorama.

He de decir que me costó encontrar su casa, el domicilio que tenía como «oficial» se encontraba vacío desde hacía varios días; hablé con los vecinos por si sabían dónde había ido, pero nadie sabía nada; según dijeron, él era un poco huraño y no se relacionaba con nadie, la simpática era ella, decían, una auténtica pena su muerte. Por lo que parecía, nadie se explicaba qué hacía una mujer tan simpática y amable con un marido tan poco sociable.

Traté de localizarle al teléfono móvil que figuraba en la base de datos de afectados por el atentado, pero a pesar de llamar insistentemente durante varios días no me lo cogían, no era capaz de establecer comunicación. Finalmente, haciendo una búsqueda, di con una hermana que, si bien me dijo que a ella tampoco le cogía el teléfono, si tenía, sin embargo, una posible dirección de una vivienda de reciente adquisición, un chalet en una urbanización de un pueblo cercano a Madrid por la que, según me dijo su hermana, habían discutido bastantes veces en el seno del matrimonio pues, según su cuñada, la fallecida, no podían pagarlo, aunque el marido se había obsesionado con la vivienda hasta el punto de llegar a amenazar con el divorcio si no la compraban.

Y allí me fui, con mi mochila de responsabilidad a la espalda y con la conciencia intranquila, con el añadido, además, de la situación excepcional al haber abandonado el domicilio conyugal, que suponía le traería muy malos recuerdos, y con el conocimiento de las desavenencias por la vivienda en la que se había instalado solo un par de días después de fallecer su esposa; no tenía ni idea de cómo afrontar con éxito la empresa que yo mismo me había marcado.

Se trataba de una vivienda unifamiliar, independiente, bastante amplia, con tres plantas además del garaje, parecía bastante lujosa y con una buena extensión de terreno en la parte trasera, aunque eso solo lo podía intuir, pues los muros que la circundaban eran tan altos que impedían cualquier atisbo de ver su interior.

Estuve un buen rato llamando al timbre, tanto que a punto estaba de irme, cuando me abrió una mujer en bañador, de unos veinticinco años, sonriente y chorreando agua, por lo que supuse que había una piscina en la parte trasera de la casa y era allí donde estarían, por lo que no era fácil que oyeran el timbre de la puerta. Pregunté por la persona a la que buscaba y apareció, también en bañador, y también empapado, un hombre de unos cuarenta y cinco años, en buena forma y, por lo que parecía, de muy buen humor. Tenía una cicatriz en la mano derecha, ya casi curada, supuse que resultado de su presencia en el tren el día del atentado, y así me lo corroboró él cuando se lo pregunté. Por lo demás, no había nada de reseñable, salvo el buen humor reinante y la complicidad entre ambos, que quedaba patente en sus continuas miradas.

Al presentarme como policía, pues creí que debía usar esa coartada de momento, me pareció ver un destello de preocupación e, inmediatamente, cruzó una mirada con su acompañante, que decidió enseguida entrar en la casa y dejarnos solos en la puerta. Al mismo tiempo, un movimiento instintivo, o eso me pareció, hizo que su mano derecha fuera a parar a su espalda, como si no quisiera que la viese. No sé, quizá veo siempre cosas sospechosas, deformación profesional, pero no me pareció que lo que veía y lo que rodeaba a este hombre, viudo desde hacía un par de semanas, tuviera nada que ver con la normalidad del duelo. Pero cada no pasa página como quiere y, sobre todo, cada uno tenemos nuestra «pedrada», no podemos juzgar a nadie porque haga las cosas de forma distinta a como las haríamos nosotros.

En cualquier caso, esa sensación me hizo encontrarme incómodo con el mensaje que pretendía darle y con la propia entrevista, y me pareció que él tenía la misma sensación de incomodidad y que deseaba que la reunión durase lo menos posible.

En ese sentido, todos los policías, o al menos los que yo conozco, desarrollamos una especie de olfato o instinto policial que nos descoloca las ideas cuando algo no cuadra como debiera, que nos impele a buscar una lógica o una explicación coherente a lo que vemos o, al menos, a lo que se nos muestra y, si la explicación no nos satisface, tendemos a buscar otra más plausible, independientemente del tiempo que nos cueste encontrarla, independientemente del daño que podamos causar, la explicación tiene que existir y la verdad tiene que prevalecer.

Y todos esos pensamientos me vinieron a la cabeza en ese momento en el que decidí que lo que estaba viendo no casaba con la realidad, lo que se me mostraba no era la lógica habitual, lo que se demostraba no tenía buena pinta y, lo que se pretendía ocultar, no era, ni mucho menos, algo de lo que estar orgulloso. Fue en ese momento en el que decidí que aquella búsqueda sin importancia, aquel llegar hasta la familia de la persona que había fallecido a mi lado, aquella muerte, enmarcada en otras tantas muertes sin sentido, debía ser explicada hasta el más mínimo detalle, aquella muerte se acababa de convertir en un caso que investigar.

INVESTIGACIÓN

Tras decidir que lo que iba a ser un asunto particular pasaría a ser una investigación oficial, por la mera sospecha y por la intuición policial, quedaba lo más difícil. Esto no era la investigación en sí, la averiguación de la comisión de un crimen y la determinación del culpable, sino convencer a mi jefe y, en última instancia, a su señoría, de que debían permitirme una investigación de un posible homicidio, en el marco de los atentados del 11 de marzo en Madrid, «porque yo lo valgo».

Así que decidí empezar a investigar de manera oficial/oficiosa, es decir, en calidad de investigador policial pero sin contar demasiado a mi jefe y, por supuesto, sin judicializar la investigación de momento, no vaya a ser que mi olfato policial no fuera tan fino como yo pensaba, y acabara revolcado por pasarme de listo, que bien podía ser en un mundo en el que los resultados merecedores de medalla están tan cerca de los que merecen expediente disciplinario y, en algunas ocasiones, hasta despido e, incluso, cárcel, que la cosa debía ser tomada con la sensatez del investigador veterano que era yo.

Lo primero fue ir a los correspondientes registros de propiedad para constatar la titularidad de las viviendas del esposo víctima de mi investigación y, sobre todo, la que yo había visitado, ver si tenía cargas hipotecarias o alguna deuda, comprobar si había algún seguro de vida de la fallecida que beneficiara a su esposo, mirar los seguros de las tarjetas de crédito, en fin, lo primero a lo que acudir cuando se tienen sospechas de que la muerte no ha sido tan accidental como pudiera parecer. Y, sobre todo, hablar con el forense que realizó la autopsia a mi fallecida para ver si había encontrado algún hilo del que tirar para desenmarañar el caso, si es que hubiera caso, que eso estaba por ver. Además, tenía que hablar con la científica para saber qué habían encontrado en su cuerpo, en sus ropas, en sus pertenencias, saber si se había investigado el objeto que se había incrustado en su cuerpo, si había sangre, ADN, si solo había restos de ella o, por el contrario, se encontraban de alguna otra persona, y todas aquellas cuestiones que iniciaban una investigación por homicidio.

De los registros pude sacar que la vivienda había sido escriturada recientemente a nombre de los dos titulares que formaban el matrimonio, con una hipoteca que acababa de ser solicitada su cancelación por abono anticipado, qué curioso, además de figurar, también a nombre de ambos, la vivienda en la que habían residido hasta el fallecimiento de la esposa. También pude sacar en claro que había testamento de ambos cónyuges, uno en favor del otro que, al no tener descendientes, no habría sido necesario, aunque facilitaban la labor hereditaria. Finalmente, pude comprobar la existencia de dos seguros de vida, uno de cada uno, teniendo como beneficiario al cónyuge, ambos recientes y firmados un año antes del fatal acontecimiento, curiosamente firmados el mismo día de la compra de la vivienda objeto de las desavenencias y de la hipoteca sobre la misma, vivienda en la que residía actualmente el esposo y en donde se divertía en la piscina con una joven desconocida, y de un valor próximo a dicha hipoteca, aunque ese dato, en sí mismo, poco podía augurar, máxime cuando lo que se pretendía, como en cualquier matrimonio previsor, era no dejarle al otro la carga añadida de una hipoteca a la que, quizá, no se podría hacer frente sin contar con los dos sueldos. De alguna gestión sobre las viviendas pude sacar que la que había sido hogar del matrimonio hasta ahora se encontraba en venta, algo que tampoco era síntoma de nada pues, de mis múltiples investigaciones pasadas, había podido comprobar que, en algunas ocasiones, el luto se pasa rompiendo rápida y completamente con el pasado, lo que no tiene que demostrar, necesariamente, que haya algo que ocultar, salvo un deseo de pasar página y empezar de nuevo.

De la autopsia solo pude saber que había fallecido como consecuencia de un trauma inciso exanguinante a causa del corte de la arteria carótida por un trozo de metal que se había clavado en su cuello, material que pertenecía a una sección del vagón de tren que se había desprendido del fuselaje. Como novedad fue que el trozo metálico estaba tan clavado que tendría que haber impactado en la fallecida con una fuerza que descartaba, de manera habitual y en accidentes normales, haber sido fortuita, aunque en el caso de explosiones violentas, como el que nos ocupaba, el fortísimo impacto de la explosión bien podría a ser causante del desprendimiento del fuselaje y, por supuesto, de la lesión sufrida.

Por otro lado, el análisis del trozo metálico reveló sangre de la fallecida y de dos personas más, aunque todavía no habían llegado los datos de quién pudieran ser esas dos personas, dos ocupantes del vagón, a buen seguro según mis compañeros investigadores, que se encontraban entre el fuselaje y la pobre desgraciada que acabó con el trozo clavado en el cuello; alguna herida habría en alguno de los pasajeros que cumpliría los cánones para ser propietario del ADN detectado. Para finalizar con la científica, dos gotas de sangre independientes en donde no había nadie herido, pero justo en donde se desprendió el metal, prueba de que algún pasajero se habría encontrado en la trayectoria, que coincidían con el grupo sanguíneo de una de las muestras encontradas en el metal, todo dentro de la normalidad de un atentado de las dimensiones al vivido por la ciudad de Madrid. Pero de momento nada más, me dijeron; normalmente los análisis de ADN tardan bastante y, con la identificación de los cadáveres y el lío que se había montado con el atentado y la posterior explosión del piso de Leganés, no esperaban resultados hasta dentro de un par de meses; luego tendrían que ver si había alguna muestra o archivo con el que cotejar dicho ADN y, si teníamos suerte, ponerle nombre y cara a las muestras recogidas, y que dicho nombre no figurase ya entre los que habían cruzado la laguna Estigia con Caronte y su barca.

Una mañana, cuando mi jefe me preguntó en qué andaba metido, que se me veía poco y, las veces que se me veía parecía muy atareado, no me quedó más remedio que sincerarme y poner en claro lo que tenía hasta ahora, que era bien poco. Le hablé de mis sospechas, de mis sensaciones, de lo que sentí cuando moría la mujer pegada a mi espalda, de mis ideas y de poco más, pues no podía hablarle de certezas, que no tenía, ni de pruebas palpables, que no existían; poco le hablé de la razón y mucho de la intuición, de la psicología policial del que habla con alguien que acaba de vivir una tragedia y le chirría su comportamiento, del resultado de treinta años dedicados al esclarecimiento de crímenes. Quiso la fortuna que mi bagaje profesional se impusiera a las pruebas presentadas y pude conseguir un crédito que, ya se encargó de recordarme, ni era ilimitado ni permanente; el comisario necesitaba pruebas reales de la existencia de un homicidio y de que la persona a la que había puesto el punto de mira era la culpable del mismo, no solo porque quería ponerme límites, como era de prever, sino porque de existir realmente un homicidio al que destinar los recursos propios de una investigación, debería ser informado cuanto antes el juez de turno, no solo para su conocimiento, sino para que también pudiera poner a nuestra disposición los recursos, importantísimos para el esclarecimiento de un crimen, que aportaría su señoría. Disponía de un mes para redondear una teoría plausible sobre un supuesto crimen familiar que tenía todos los visos de una muerte resultado de un ataque terrorista, sin ninguna prueba real, con un sospechoso viable y con unas pautas a seguir que nos permitiera desvelar, sin ninguna duda, los hechos desarrollados en mi imaginación, pero qué coño, en peores garitas habíamos hecho guardia; me puse a ello con la convicción del novato, pero con el conocimiento del veterano.

Empecé por comprobar la vida que llevaba el esposo en la nueva vivienda con la joven que vi el día que estaban en la piscina, si era una relación de amistad o, por el contrario, si eran amantes y, si se trataba de esto último, desde hacía cuánto tiempo, mirar el estado de sus cuentas y créditos, si la hipoteca se había cancelado y si el piso en donde había vivido con su mujer se había vendido y por cuánto. Si había cobrado el seguro de vida y cuánta era la cantidad cobrada, además de averiguar si había sido beneficiario de alguna subvención con motivo de estar implicado como víctima, por partida doble, en los atentados. Por último, qué trabajo realizaba y qué sueldo tenía, si no estaba en paro o cobrando algún tipo de pensión por invalidez.

No me llevó mucho tiempo averiguar que se encontraba de baja por estrés postraumático y por las lesiones derivadas del atentado, según me explicaron en la empresa para la que trabajaba, con el convencimiento de que le darían la invalidez permanente y una pensión acorde con el puesto de directivo que desempeñaba y con la magnitud del horror que le había tocado vivir. Según pude informarme en la Seguridad Social, su pensión, de serle concedida la invalidez, cosa más que probable, rondaría los tres mil euros mensuales. También había solicitado, como víctima de los atentados por partida doble, esto es, como lesionado y como viudo, una subvención, que estaba a punto de ser concedida, de la nada despreciable cantidad de setenta mil euros, céntimo arriba o abajo. Finalmente, del seguro de vida había cobrado quinientos mil euros por el fallecimiento de su esposa y, de serle concedida la invalidez, recibiría otros trescientos mil. Todo esto hacía un montante nada desdeñable, con el que había cancelado parte de la hipoteca, dejando los pagos mensuales en una cantidad que cubría con el alquiler que estaba recibiendo por la antigua vivienda la cual, al no haber encontrado comprador, estaba alquilada por habitaciones, que salía bastante más rentable. Por ese lado, el fallecimiento de su esposa y, no lo olvidemos, también su implicación en el atentado, le había salido muy a cuenta.

En cuanto a sus relaciones personales me llevó algo más de tiempo, hasta que di con un vehículo matriculado a nombre de su amiga de la piscina, que parecía que vivía en el chalet de nueva adquisición de mi investigado, pues todos los días salía de allí por las mañanas para dirigirse a su trabajo en una empresa de relaciones públicas y volvía por las tardes, supuse que cuando finalizara su jornada de trabajo, pasando en dicha vivienda todas y cada una de las noches en las que le realicé el oportuno seguimiento. Según su jefe de personal, había cambiado de residencia hacía poco tiempo y la actual, que tenían que comunicar obligatoriamente a la empresa, coincidía con el domicilio de mi sospechoso. Para cerciorarme, le pedí la fecha exacta en la que se había comunicado el cambio de domicilio y, sorprendentemente, había tenido lugar una semana antes del atentado, lo que achaqué a un error del empleado de turno que, al cumplimentar el formulario, se había equivocado de mes. Con esto podía comprobar que la relación actual era mantenida en el tiempo y se había producido, como mucho, y en atención a la posible ausencia de error en el formulario de comunicación del cambio de residencia, con anterioridad al fallecimiento de la esposa, aunque esto último habría que corroborarlo sin ninguna duda.

Decidí hacer inventario de las averiguaciones ¿Qué tenía hasta ahora? Una relación amorosa que bien podía ser anterior al fallecimiento de su esposa, aunque también podía ser posterior, y una rentabilidad económica importantísima con motivo del atentado y de su condición de víctima, entendido así por todas las instituciones. Nada de eso era suficiente como para considerar cumplidas las expectativas creadas por el comisario, con solo esto no podíamos ir al juez a decirle que estábamos investigando un caso de homicidio pues se encargaría de hacernos ver, con el consiguiente revolcón, que no teníamos caso, que el instinto policial no sirve de nada sin pruebas que lo respalden. Y así iban pasando los días.

Y con el pasar de los días se fue aclarando el panorama poco a poco, las identificaciones de fallecidos se terminaron y se pudieron hacer el resto de pruebas que se hacen ante cualquier muerte no natural, es decir, se sacó ADN de las muestras tomadas, se hicieron los cotejos adecuados y se buscaron las coincidencias en las correspondientes bases de datos. Dado que no había duda del carácter accidental o, mejor dicho, del fallecimiento como consecuencia del atentado terrorista del resto de las víctimas, se dio prioridad a mis muestras, a los restos encontrados en el trozo de metal clavado en el cuello de mi víctima, a la sangre encontrada justo debajo del punto en el que se había desprendido el metal causante de la muerte.

Como ya había quedado patente, parte de la sangre pertenecía, como no podía ser de otra manera, a mi fallecida; el resto era de dos personas distintas, un viajero que había fallecido también en los atentados y otra persona que, según los datos que obraban en mi poder, había resultado herida en los trenes. A este último también correspondían las gotas de sangre halladas bajo el punto en el que se había desprendido el metal que había seccionado la carótida de mi víctima. Hasta ahí todo dentro de la normalidad aunque, como consecuencia de mi pulcritud a la hora de investigar, decidí entrevistarme con el propietario de esa sangre que estaba en los dos sitios, en el suelo del vagón y en el trozo de metal. Fue cuando me fui al listado de heridos con sus correspondientes analíticas y ADN que habían realizado a todos y cada uno de los fallecidos y heridos, cuando comprobé que el nombre que figuraba en el listado correspondiente no era otro que el marido de mi fallecida.

Ese era el dato que necesitaba para judicializar mi investigación y, sobre todo, para que mi jefe viera que no solo contaba con mi instinto policial, que tenía pruebas contundentes de que, a pesar de que el marido había declarado que iba en el tren varios vagones detrás del de su esposa, se había encontrado ADN suyo en el trozo de metal que le había causado la muerte. Fui a ver a su señoría para explicarle que teníamos entre manos un caso de, cuanto menos, homicidio, si no era asesinato, que teníamos un sospechoso viable y que necesitábamos un poco de ayuda judicial para rematar el lazo en donde le llevaríamos detenido al culpable.

Como prácticamente todos los jueces, algunos por verdadero afán por la justicia y por hacer las cosas bien y otros por demostrar que están al mando de todas y cada una de las cuestiones que se le plantean, pidió que le dejáramos el atestado para poder leérselo con calma y que volviera a su despacho al día siguiente para poder concretar los detalles del caso, si es que lo hubiera. Me había citado a la una de la tarde y allí estaba yo, como un reloj, en la puerta del juzgado, habiendo ya sido anunciada mi presencia y esperando a que me hiciera pasar, algo que no se demoró ni dos minutos.

Demostró que era de los de verdadero afán por el trabajo, pues se había leído todas y cada una de las diligencias policiales de las que constaba el atestado, que eran más de cincuenta, pues ya sabía yo que se necesitaba argumentar todo con una exactitud milimétrica para que un juez vea indicios delictivos y, sobre todo, para que ponga en marcha la maquinaria judicial que permita esclarecer esos hechos delictivos. Sobre todo, como él me agradeció, muy bien explicada la contradicción entre declaración de encontrarse en el tren, en otro vagón, y hallar sangre suya en el metal.

Diga qué necesita, me dijo cuando le di las gracias, pero no se pase, que todavía no podemos unir todos los puntos y lo expuesto no pasan de ser sospechas, bastante bien fundadas, pero sospechas al fin y al cabo. Así que le expliqué mi estrategia para verificar la culpabilidad del marido y, si así fuera, ponerle a su disposición.

Mi intención, le conté a su señoría, era pinchar su teléfono y pedirle a la compañía telefónica un listado de llamadas y ubicaciones del móvil desde un par de meses antes de los atentados, solicitar a la compañía de seguros los cuestionarios de suscripción de la póliza de ambos cónyuges, intentar encontrar algún otro documento en el que figurara la firma de la esposa, por si la había falsificado, y presionar un poco al marido, por si perdía los nervios y hablaba de más, de tal forma que quedara grabado para la posteridad. Más adelante, le expliqué, podría necesitar una orden para registrar la casa, por si las gestiones iniciales no surtieran el efecto deseado, pero pensaba y deseaba que eso no fuera necesario; si el pinchazo telefónico y la presión sobre el sospechoso no conseguían su objetivo, le pondrían sobre alerta y se desharía de cualquier prueba que existiera mucho antes de poder tener la orden y de registrar su casa.

COMPROBACIÓN

Tras la firma de la orden de pinchazo telefónico y las correspondientes peticiones a las diferentes empresas de telefonía, seguros de vida, etc., me despedí del señor juez para poner en marcha toda la parafernalia que esto conllevaba; tenía que hablar con mi jefe para que cursara las órdenes oportunas para destinar los efectivos suficientes para pinchar, grabar y escuchar el teléfono del sospechoso, ya que del resto me ocuparía yo personalmente, no quería utilizar más medios de los estrictamente necesarios, pues ya estábamos bastante abrumados con los últimos flecos de la investigación por los atentados. Total, en dos días estaba toda la logística en funcionamiento y yo me preparaba para entrevistarme de nuevo con mi sospechoso, inicialmente sin darle a entender que hubiera nada irregular, para que sus conversaciones telefónicas no tuvieran la precaución de que se le perseguía y fueran más espontáneas.

Las grabaciones, desde un principio, fueron las simples de cualquier persona, salvo que se subían de tono cuando hablaba con la joven que yo había visto en el chalet, con promesas sexuales para cuando llegara al domicilio y cosas por el estilo, nada que no hubieran visto ya una y mil veces mis compañeros que asistían impasibles a dichas conversaciones.

Con todo en marcha, me acerqué al chalet sin previo aviso, para no dar la oportunidad de preparar una estrategia, por si le pillara en un renuncio, pero también para no dar el carácter oficial que una citación acarrea, que le pondría en una tensión que, de momento, no me interesaba. Llegué hasta la puerta y llamé. Esta vez no tardó ni veinte segundos en abrir, pudiendo comprobar la sorpresa que se reflejó en su rostro al verme, llegando a atisbar una sombra de miedo o, quizá, precaución. Subí rápidamente los escalones que nos separaban para darle un afectuoso apretón de manos con la mejor de mis sonrisas, pedirle perdón por las molestias que pudiera causarle de nuevo y, ya que me encontraba por la zona, tenía que hacerle un par de preguntas de rutina para poder zanjar el asunto de su esposa que, como le expliqué, se llevaba por separado por haber caído en manos de un juez demasiado escrupuloso que no quería dar nada por supuesto.

Sin darle tiempo a pensar mucho le acompañé dentro de la casa, para estar más cómodo, le expliqué, pues quería que me contara cómo podía estar su sangre en el tren, sin especificar el vagón. Se me ocurrió esa excusa peregrina al recordar la mano vendada que escondía la primera vez que nos vimos. Según me dijo, iba agarrado a una parte del vagón, no recordaba de dónde, que se desprendió y le cortó la mano derecha. Le pedí, por favor, los informes médicos de la lesión, que me facilitó sin dudarlo mucho, a los que les hice varias fotos con mi móvil, para no dejarle sin ellos, le expliqué. Y, aprovechando lo de las fotos, y pillándole de sorpresa, le convencí para hacerle un par de fotos de la lesión, todavía sin curar del todo, «para el atestado».

Ya fuera de la casa, en la comisaría, busqué en las fotos de los informes médicos algún detalle que pudiera denotar que, como yo suponía, había sido el marido el que había blandido el trozo de metal y se lo había clavado a su esposa en el cuello, desgarrando la carótida y provocándole la muerte. Pero no solo eso me faltaba por probar, sino que existía premeditación en su acción, lo que podría traducirse en una condena por asesinato en lugar de homicidio pues, si bien el arma y el momento elegidos eran de oportunidad, la decisión de acabar con la vida de su esposa había sido, creía yo, muy meditada. Y poco decía el informe médico de las heridas sufridas, salvo que presentaba un corte en la mano producido por un objeto afilado, del que se habían tenido que sacar varios restos en forma de virutas metálicas, con la consiguiente infección. Presentaba, además, restos de sangre en el brazo derecho y en el rostro, posiblemente de otros heridos del atentado, pues en las zonas en las que se encontraban dichos restos no se encontraba ninguna herida visible. Por lo demás todo bien, no presentaba, como muchos de los heridos, conmoción ni aturdimiento, se encontraba orientado, alerta y consciente de dónde se encontraba y de la situación vivida.

Esa misma tarde, los compañeros que estaban realizando las escuchas telefónicas me informaron de una llamada de mi sospechoso a una mujer, que identifiqué como la acompañante de la piscina el día de mi primera visita, en la que le explicaba que había ido la Policía a hablar con él, que no tenía clara la razón, pero que no parecía que hubiera nada raro en la misma, que estuviera tranquila, nada que pudiera dar a entender la participación de ninguno de ellos en la trágica muerte de investigaba. Había que seguir con la estrategia, algo había conseguido remover con mi visita pues, aunque no sospechaba nada, le había parecido raro y lo había compartido con su nueva novia por teléfono; podría sacarse algo en claro de todo esto.

Mientras tanto, fui a hablar con el facultativo que atendió a mi sospechoso en el hospital cuando fue trasladado por el SAMUR al Clínico. Me costó que recordaran al paciente en concreto, dado que habían atendido a unas cuantas decenas ese mismo día, hasta que conseguí que lo centrarán y me dieran alguna orientación que, por otra parte, no me ayudó en nada, pues era lo mismo que figuraba en el informe. Lo más importante era que no habían guardado las virutas de la herida, el protocolo no lo exige, aunque sí habían sacado una muestra de la sangre de su brazo y rostro y mandado a analizar, básicamente por si presentara algún tipo de patología que pusiera en riesgo la recuperación del paciente. No tenían los resultados, pues «ese día había sido un caos», pero prometieron buscarlos y hacérmelos llegar. Por lo demás, recordaban a un paciente sin padecer, aparentemente, el típico estrés del que acaba de pasar por un atentado en el que había resultado herido, incluso parecía demasiado tranquilo como para haber pasado por el trago anterior, pero eso no me proporcionaba ninguna prueba tangible; las apreciaciones de médico y enfermera, a pesar de su fiabilidad profesional, no me iban a facilitar una condena de culpabilidad.

Al día siguiente me llegó de la compañía de seguros las fotocopias de las pólizas firmadas por los dos miembros del matrimonio, en la que no podía asegurarse que la firma de la esposa coincidiera exactamente con la rúbrica que presentaba su DNI, aunque tampoco podía decirse que fuera completamente distinta; era muy parecida, aunque todos vamos cambiando la firma en función a cómo nos encontremos en el momento de firmar y el DNI era de hacía cuatro años, con lo que podía haber una evolución de la firma que descartaría una falsificación. Me apunté la necesidad de encontrar documentos firmados por la fallecida para que un experto grafólogo los analizara pero, de momento, esa vía también se quedaba estancada.

Tras estos primeros datos volví a hablar con el forense para que, en su calidad de experto en la materia, me diera una idea de si la lesión de la mano podía corresponder al trozo de metal extraído del cuello de la fallecida. En esto, como en cualquier otra cosa que se les pregunte, los forenses son un cúmulo de indecisiones o, mejor dicho, de inconcreciones; es decir, tanto podría corresponder como no podría hacerlo, ningún médico podía asegurar a ciencia cierta que la lesión de la mano correspondía con el trozo de metal que llevó a la muerte a la persona objeto de nuestras diligencias y, al mismo tiempo, podría corresponder totalmente con las características del filo y forma de dicho trozo metálico. Que seguíamos en la misma vía cerrada que no llevaba a ningún sitio, y valga el símil ferroviario para determinar mi situación del supuesto homicidio durante el atentado a los trenes de Atocha, estaba en «vía muerta».

Las escuchas telefónicas no llevaban a ningún sitio, los movimientos bancarios no denotaban ninguna actitud sospechosa, los seguros no nos llevaban a determinar ninguna acción delictiva, los amoríos, si es que existieran, no revelaban nada oscuro; si no fuera por mi convencimiento y por la prueba de ADN del trozo de metal, yo mismo habría zanjado el asunto como muerte «accidental», en el entorno de los atentados del 11M. Tenía que dar una nueva vuelta de tuerca a mi sospechoso.

Esta vez llamé a mi sospechoso para citarle oficialmente en la comisaría, tenía que empezar a jugar fuerte, para solicitarle determinada documentación al objeto de solventar determinadas incongruencias encontradas en la investigación de la muerte de su esposa. Esperaba que con el lenguaje jurídico policial pusiera, al menos, un poco nervioso al marido de mi fallecida. Esta vez no le di efusivamente la mano ni le dediqué mi mejor sonrisa; esta vez simplemente le acompañé a una sala de interrogatorios para poder verificar los documentos que me traía y hacer las oportunas fotocopias de los mismos y los análisis pertinentes. Toda preparación fue en vano; según me contó no había encontrado ningún documento firmado por su esposa, todo había sido tan precipitado que le había sido imposible. Mentía sibilinamente pero no tenía forma de probarlo.

Cuando terminé mi entrevista con el marido me llegó el informe del seguimiento telefónico en el que, según la transcripción de una de las llamadas a quien, volví a deducir, era la bañista del primer día, en la que le decía que la Policía le había citado en la comisaría para llevar unos documentos con la firma del su esposa y en la que su interlocutora le aconsejaba que no llevara nada, que diera una excusa peregrina, algo que no dejaba de ser una obstrucción a la justicia, pero que por sí mismo no constituía ninguna infracción penal y, mucho menos, una inculpación de asesinato.

No avanzaba, tenía infinidad de indicios, pero ninguna prueba fiable; si iba al juez con esta mierda de pruebas me iba a revolcar de lleno, tenía que encontrar la prueba irrefutable, pero estaba encallado.

Decidí iniciar otra línea de investigación, también podría ser que la idea del asesinato no hubiera partido del marido sino, como ya sabía de su relación anterior al fallecimiento, de la amante que no quería esperar mucho para vivir su idilio en un fastuoso chalet de una urbanización de lujo. Podrían haberle entrado las prisas a la joven amante y haber desencadenado los acontecimientos. Y tras averiguar, sin mucho esfuerzo, la filiación completa de la bañista, la cotejé con los identificados en el mismo para tren en el que se desplazaba mi fallecida, por si «sonara la flauta» y hubiera alguna coincidencia.

Para mí sorpresa, el nombre de la amante apareció como viajera del tren afectado por el atentado y, para el que crea en las coincidencias, en el mismo vagón que mi fallecida. ¿Tenía ahí mi nexo de unión? ¿Estaba en ese apunte la prueba que faltaba? Esa identificación, en sí misma, aún pareciendo sumamente sospechosa, podría encuadrarse en las coincidencias que, no nos olvidemos, existen de vez en cuando. Otra pseudoprueba que no hacía más que darme la razón, pero que no pondría los grilletes a los sospechosos, pues tras este dato habíamos pasado de uno a dos sospechosos viables.

Y el impulso final me llegó con el informe del Hospital Clínico, que tenía ya olvidado, y del médico y enfermera que habían atendido al sospechoso, que me constató que la sangre encontrada en el brazo y el rostro de mi sospechoso pertenecían a mi fallecida, corroborado por el correspondiente ADN. Eso me dio alas, me vine arriba y decidí, en un alarde de autoestima, acercarme al domicilio del sospechoso y detenerle por homicidio; eso me daría la posibilidad de interrogarle con todas las de la ley, poder empezar a fijar, de manera final, la acusación que llevaba tiempo preparando.

Acusación

Ya detenido en comisaría, en presencia de su abogado de oficio, le leía los cargos que se le pretendían imputar, las causas de su detención y los derechos que, como detenido, podía ejercer. Al mismo tiempo, había dado las oportunas instrucciones para que su amante fuera, asimismo, detenida por las mismas causas y se mantuviera a la espera en nuestros calabozos, para que se fuera serenando y tuviera una estrategia definida. En los casos de varios implicados en un crimen es buena política pillar a uno de los dos por sorpresa, pero dejarle pensar al otro, pues seguro que alguno delata al otro o, cuando menos, uno de los dos demuestra incongruencias.

Empecé el interrogatorio con preguntas fáciles, de las que ambos sabíamos la respuesta, que no tuviera que pensar y le fuera sencillo contestar de tal manera que se genera confianza y se bajan las defensas.

—¿Iba usted en el tren que sufrió el atentado el 11 de Marzo, en el que falleció su esposa?

—Si.

—¿Iba en el mismo vagón que su esposa?

—No, ni siquiera sabía que ella iba en el mismo tren.

—Entonces, ¿cómo se enteró de que era una de las víctimas?

—Me llamaron por teléfono a casa, cuando regresé del hospital.

—¿Intentó llamarla por teléfono?

—No, me trasladaron al hospital sangrando y decidí llegar a casa y contárselo de viva voz, para no preocuparla.

—¿No le extrañó que no le llamara su esposa? Al menos uno, si no los dos, podrían ir en ese tren, lo cogían todos los días.

—Como ya le he dicho, estaba sangrando y un poco aturdido, no me di cuenta de que pasaba el tiempo.

—Como sabe, hemos detenido también a su amante, ¿sabe dónde estaba ella en el momento del atentado?

—Yo no tengo ningún amante, tengo una relación estable con una mujer y en el momento del atentado no sé dónde estaba, pues ni siquiera la conocía.

—Eso no es lo que tengo entendido; según la empresa de su amante ya figuraba en el domicilio que comparte con ella desde antes de fallecer su esposa.

Fue la primera vez que se sorprendió, aunque no quería ponerle tan a la defensiva de momento, cambié de registro.

—Quizá tengo mal el dato, me ha dicho que no iba en el mismo vagón que su esposa ¿verdad?

—Eso he dicho, sí.

—¿En qué vagón se encontraba cuando se produjo la explosión?

—Creo que en el quinto; por lo que me han dicho, mi mujer iba en el tercero.

—Y cuando se produjo el corte en la mano ¿en qué vagón iba?

—Pues en el mismo, en el quinto, ¿o cree que salí volando de vagón a vagón?

—No, por supuesto que no; simplemente por situar el momento exacto de la lesión que se produjo en la mano, no sé si la hizo en el momento de la explosión o, , quizá salió del vagón y caminó por algún otro y, en un momento de aturdimiento, se hizo el corte en la mano.

—No no, como ya he dicho en varias ocasiones, y creo que ya me lo preguntó usted en mi casa, iba agarrado a algún sitio, no recuerdo si a un asiento, a una de las barras o a un trozo de la pared del vagón y, al producirse la explosión, se rompió mi asidero, cortándome la mano.

—Entonces, en ningún momento estuvo en el vagón en el que iba su esposa ni se acercó a ella en ningún momento, ni antes, ni durante ni después de la explosión ¿cierto?

—Cierto, ya lo he dicho mil veces, yo no sabía que mi mujer estaba en el mismo tren que yo, ella había salido antes de casa y pensé que había cogido uno anterior.

—Claro, usted tenía sangre en el brazo derecho y en el rostro, aunque solo tenía un corte en la mano derecha ¿sabe cómo pudo llegar esa sangre allí?

—No tengo ni idea, supongo que me mancharía de la sangre de alguno de los heridos, no sabe cómo fue la explosión, había sangre y trozos por todas partes, era horrible.

—Me consta, aunque no lo crea, yo también iba en ese tren, lo vi todo de primera mano, no sufrí herida alguna, aunque sí me manché de sangre cuando ayudé a salir a los heridos y al trasladarlos a las ambulancias.

Pude notar tensión y preocupación en los ojos de mi interlocutor y su abogado, que notó exactamente lo mismo que yo y decidió conseguirle un tiempo extra pidiendo un descanso del interrogatorio.

—Para tomar fuerzas y volver a contestar a sus preguntas con energías renovadas.

Acepté gustoso; de momento la cosa no iba mal, había acotado el lugar en donde se encontraba y ya le había pillado en una mentira, la gran mentira de no haberse acercado a su esposa, a pesar de que la sangre que teñía su rostro y su brazo era de ella. Decidí interrogar a la amante, que esperaba en otra sala de interrogatorios, a la que entró su abogado para estar presente y cumplir así con todas las garantías procesales.

—Buenos días, supongo que ya le han leído sus derechos y ha hecho uso de los que ha decidido ¿no? —les dije a ambos, pero mirando a su abogado.

—Si —contestó éste—.Todas las formalidades se han cumplido, no hay queja en ese sentido, aunque mi representada no entiende el por qué de la detención pues no conocía a la anterior esposa, por desgracia fallecida, de su actual pareja.

—No se preocupe, le iré aclarando poco a poco sus dudas a medida que vaya contestando a unas cuantas preguntas.

»Me dice que no conocía a la esposa de su actual pareja, ahora fallecida y por cuya muerte está detenida ¿es así?

—Así es, yo me enteré de su muerte unos días después de que ocurriera.

—Pero yo la vi en la vivienda unos días después de que ocurriera el fallecimiento ¿qué hacía allí? Y no me refiero a si se estaba bañando en la piscina, que eso lo supuse, me refiero a si vivía allí, si estaba a menudo, si pasaba temporadas o, por el contrario, había ido de visita justo ese día y coincidió que yo la vi allí por casualidad.

—Bueno, cuando empezamos a salir me pasaba de vez en cuando por la casa y pasaba un par de días, no más.

—¿Y cuándo empezaron a salir?

—Hmmm, no lo recuerdo bien —empezaba a titubear.

—Tampoco hace tanto tiempo de eso, no se, hace una semana, un mes, un año…

—No, no, no, dos o tres días después del atentado en el que murió su esposa.

—¿Y no le pareció raro que empezara a salir con usted nada más enviudar?

—Bueno, yo entonces no lo sabía y congeniamos muy bien enseguida, parecíamos almas gemelas.

—Ya imagino, amor a primera vista; otra cosa, ¿reside actualmente en el chalet de su novio? ¿Desde hace cuánto tiempo?

—Más que residir, paso la mayor parte del tiempo allí; como le digo, congeniamos muy bien desde el principio, tenemos una relación muy bonita y que nos llena de satisfacción y queremos estar juntos la mayor parte del tiempo.

—En otro orden de cosas, ¿dónde estaba en el momento de los atentados y del fallecimiento de la esposa de su novio?

—Pues no se lo va a creer, pero me encontraba en el tren que sufrió la explosión aunque, por suerte, no sufrí ninguna lesión, solo un molesto pitido en los oídos.

—Vaya, qué casualidad, ¿y en qué vagón se encontraba en el momento de la explosión?

—Creo que en el tercero o cuarto vagón. No le puedo precisar con exactitud, aquello fue un caos, no se hace una idea.

—Me hago cargo, ¿vio a su novio o a su esposa en algún momento en el tren?

—Como ya le he dicho, no conocía a la esposa de mi novio, ni a él, cuando se produjo el atentado, le conocí unos días después.

—Ah sí, perdone, me ha dicho anteriormente que no residía en el chalet de su novio; sin embargo, usted comunicó a su empresa que cambiaba de domicilio hace ya bastante tiempo, pasando a vivir a la vivienda en la que tienen esa relación tan bonita, quizá estoy equivocado y mis datos no son fiables.

—Si me permite aconsejar a mi cliente que deje la contestación para dentro de un rato y así entrevistarme con ella para poder despejar todas las dudas que tenga, se lo agradecería —dijo el abogado, que vio que su defendida tragaba saliva al no saber qué contestar a mi pregunta.

—Por supuesto, no hay problema, hacemos un receso para tomar fuerzas.

Pasados quince minutos, que utilicé para poner en claro lo que ya tenía y lo que quería preguntar, volví a la sala en donde estaban la novia y su abogado, y retomé la pregunta.

—Nos habíamos quedado en que había comunicado a su empresa el cambio de domicilio al chalet de su novio, ¿es así? ¿Cuándo fue eso? Pues ese cambio de domicilio, a mi juicio, marcaría que existía ya una relación sólida como para irse a vivir juntos y, si mis datos son ciertos, eso ocurrió bastante antes del fallecimiento de la mujer de su novio.

—Sí, ocurrió hace un par de meses —dijo mirando a su abogado mientras este asentía; parecía seguir su consejo y me daba algo de verdad para que no la pillara en un renuncio más grande—. Tras estar saliendo un par de semanas congeniamos muy bien; como ya le he dicho, estaba enamorada de él, y aún lo estoy, no me mal interprete, y cuando me propuso vivir con él no me lo pensé mucho, aunque yo no sabía todavía que estaba casado.

—¿Cuándo se enteró que estaba casado?

—Cuando llevaba viviendo con él quince días más o menos; como faltaba muchas noches a dormir alegando muchos viajes y trabajo en la oficina, me mosqueé y le pregunté que por qué me había propuesto vivir juntos si, por lo que parecía, tenía alguna historia escondida por ahí. Fue entonces cuando me confesó que estaba casado con una mujer a la que no quería, que no le valoraba lo suficiente y que, tras conocerme a mí, había decidido divorciarse, por eso me había propuesto que me trasladara a su casa, para que no hubiera ninguna duda sobre la decisión de dejar a su mujer.

—Pues al hilo de esta nueva aclaración y del descubrimiento de que sí conocía a su novio y la existencia de su mujer, le vuelvo a repetir la pregunta, ¿vio a su novio o a la esposa de este en la estación o en el tren el día del atentado?

—No, no vi a mi novio y, aunque sabía de la existencia de su mujer, no la conocía físicamente, con lo que no puedo asegurar que la viera o la dejara de ver.

—¿Recuerda ahora con algo más de nitidez en qué vagón iba cuando se produjo la explosión?

—Sí, estoy casi segura que en el cuarto vagón, lo podría asegurar.

—Qué raro, los compañeros que tomaron su filiación, sus datos para que me entienda, dejaron bien claro, sin ningún asomo de duda, que usted viajaba en el tercer vagón, no en el cuarto, precisamente en el mismo vagón en el que viajaba la fallecida esposa de su novio, ¿tiene alguna explicación al respecto?

—Pues no, lo siento, creí que estaba en otro vagón, debió ser el aturdimiento del momento.

—Sí, debió ser eso, es la mejor de las excusas para no recordar las cosas.

—Oiga —me contestó indignada, usted no sabe lo mal que se pasa en una situación así, era un caos, la gente gritaba, había heridos por el vagón, una mujer estaba muerta con un trozo de metal en el cuello, procedente de la explosión, aquello fue terrible, no se atreva a decir que me excuso en el atentado si no sabe de qué está hablando.

—En otras circunstancias le daría la razón —le dije tranquilo al tenerla donde yo quería—. Pero yo, al igual que usted, me encontraba en ese tren, sufrí la explosión, de la que salí ileso, como usted, y fíjese qué casualidad, me encontraba en el mismo vagón que usted, en el tercero, y también vi morir a la mujer que comenta con el cuello traspasado por un trozo de metal, pues murió a mi lado y, como ya sabe de sobra, pues me voy a encargar de probarlo, esa mujer con el cuello ensartado por el metal era la esposa de su novio; voy a mirar todas y cada una de las grabaciones de las cámaras del vagón para cerciorarme de que no tuvo nada que ver, como dice, en dicha muerte, y como me haya mentido, la acusación será de asesinato, no de homicidio.

Allí les dejé, rumiando la información que acababa de trasmitirles, comunicándoles que continuaríamos el interrogatorio al día siguiente, para que les diera tiempo a pensar en su participación. Y como ya había calentado lo suficiente, me dirigí a la otra sala de interrogatorios, pues quería terminar de apretar al marido de una y novio de la otra, tenía una idea clara de por dónde continuar. Pero antes les solicité a mis compañeros de visionado que miraran las cámaras de los trenes en el momento de la explosión pues, aunque la mayoría habían quedado inservibles y sus grabaciones no existían, la zona en donde no hubiera habido heridos se suponía que la onda expansiva había sido más débil, y si había allí alguna cámara, se podría intentar ver las grabaciones.

—Buenos días de nuevo —dije al entrar en la sala en donde se encontraba ya preparado el detenido y su letrado—. Si no les importa, me gustaría seguir haciéndole algunas preguntas, ¿algún inconveniente?

—Ninguno —contestó el abogado—, estamos a su disposición para aclarar todo lo sucedido, pregunte usted.

—Bien, gracias señor letrado, me gustaría volver a una cuestión que ya le he preguntado anteriormente pero que, a la luz de las nuevas revelaciones, me gustaría volver a plantearle ¿desde cuándo vivía su actual pareja en su domicilio, antes del fallecimiento de su esposa o después?

—Bueno, nuestra relación había empezado un poco antes de fallecer mi esposa —contestó el sospechoso mirando a su abogado—. Mi esposa y yo no teníamos una relación maravillosa, siempre discutíamos, siempre estaba de mal humor, nuestras relación se iba deteriorando y no había solución; es por eso por lo que me metí en una nueva relación que me llenó de ilusión y me insufló nuevas fuerzas, nuevas ganas de seguir luchando.

—Precioso, ¿cuánto tiempo llevaba viviendo su amante, novia o, como quiera llamarla, en su nueva vivienda cuando se produjo el fallecimiento del su esposa?

—Como mucho un par de semanas, creo yo, pero lo habrá comprobado ya en los archivos de su empresa, a la que estaba obligada a comunicar su cambio de domicilio por razones de disponibilidad, no le quedaba otro remedio.

—¿Vio a su novia en el tren el día del atentado, ya sea en su vagón o en la estación de origen?

—No, ese día había dormido con mi esposa y no sabía nada de mi novia, no habíamos quedado en nada ni nos vimos en todo el día.

—Quizá quiera usted reconsiderar la contestación; ya ha quedado probado en el interrogatorio con ella que se encontraba en el mismo tren que sufrió el atentado, en el mismo vagón en el que iba su esposa y, para su conocimiento, yo mismo.

—Yo no sabía que ninguna de las dos iba en el mismo tren —dijo tras titubear, quizá demasiado tiempo—. Yo iba solo, no había quedado con nadie, no vi a nadie, no quiera hacerme caer en contradicciones —me espetó.

—Tranquilo, no es esa mi intención, ya lo hará usted por sí mismo;

otra pregunta, ¿sabe qué tipo de sangre tenía en el brazo derecho y en el rostro?

—Ni idea, aunque supongo que me lo va a decir enseguida.

—Sangre oxigenada, como la de una arteria que lleva oxígeno a otras partes del cuerpo, sangre arterial.

—Ya me quedo más tranquilo, gracias por la clase magistral de medicina —me vaciló el acusado—, ¿significa eso algo en concreto?

—Significa —dije yo—, que la sangre que mantenía en su brazo y en su rostro era sangre procedente de una arteria, como la arteria carótida, como la seccionada en el cuello de su esposa poco antes de fallecer. ¿Sigue diciendo que no vio a su esposa en el tren?

—Si hay algo que tenga en contra de mi defendido —escupió el abogado—, más le vale empezar a sacarlo, si no quiere que le acuse de estar tendiendo una trampa a mi cliente y de no facilitar los datos de la investigación a la otra parte.

—No se preocupe, ahora mismo lo va a saber todo, le repito una pregunta anterior ¿vio a su esposa en el tren, se acercó a ella o interactuó con ella de alguna manera?

—Noo!! Ya se lo he dicho.

—Entonces ¿por qué la sangre de su esposa, según el análisis de ADN, era la que se encontró en su brazo derecho y en su rostro?

Fue rápido, tras el directo a la mandíbula que le había lanzado, gracias al que creí que ganaría la pelea por *knockout*, se rehízo rápido y bien, bajó los ojos avergonzado y me contó una historia que bien podría ser cierta, o bien podría ser fruto de una recién concebida estrategia para salvar los muebles, toda vez que el incendio le calentaba ya hasta las pestañas. Me confesó en voz baja la explicación.

—Le voy a explicar realmente lo que pasó en ese tren; yo llegué un poco más tarde que mi esposa, la vi a lo lejos subir un par de vagones antes que el mío y, una vez en el interior, me fui acercando poco a poco, ya sabe que los vagones actuales permiten pasar de uno a otro sin arriesgar ni un ápice la seguridad, pero al llegar al vagón en el que se encontraba mi esposa, vi a mi novia; no tengo claro si ella la había identificado con anterioridad, si la conocía o si lo que pretendía era acercarse a ella para contarle lo nuestro, lo cierto es que me dio miedo de que todo se descubriera y me quedé en un discreto segundo plano, sin que ninguna de las dos me viera. Y en ese momento, todo estalló, explosiones, sacudidas, fuego, cristales rotos, heridos, sangre…, cuando me quise dar cuenta, mi esposa estaba tirada en el suelo con un trozo de metal clavado en su cuello y me acerqué a ella lo más rápido que pude para auxiliarla, vi que se moría y le intenté quitar el metal que le cortaba el cuello y, por lo que ha dicho hace un momento, la arteria carótida,;fue en ese momento en el que la sangre me manchó, pero fue en vano, no conseguí quitarle el trozo de metal, se desangró junto a mi. Me levanté y me fui de allí, lleno de sangre que no era mía y con una herida en la mano derecha, al intentar quitarle el objeto que le segaba la vida a mi esposa.

—¿Por qué no se quedó en el vagón? ¿Por qué no dio esa versión tan congruente a los policías que le tomaron manifestación?

—Yo había iniciado una relación con otra mujer que, casualmente, había visto en el mismo vagón que mi mujer ¿se imagina lo que parecería?

—Pues parecería exactamente lo que parece ¿volvió a ver a su novia en las horas posteriores a la explosión?

—No, en eso he dicho la verdad, cuando terminaron de curarme en el hospital me fui a casa a echarme y a dejar pasar los acontecimientos.

—Está bien, vamos a parar el interrogatorio hasta mañana y, al igual que le he dicho a su novia, voy a mirar con esmero todas y cada una de las grabaciones de vídeo de todos los vagones, y espero por su bien que no haya nada que demuestre que lo tenían todo preparado para acabar con su esposa.

Era hora de poner todo en claro; gracias a los interrogatorios ya había establecido que los dos amantes se encontraban, no solo en el mismo tren que la fallecida, sino en el mismo vagón que esta, que el marido se había acercado a mi fallecida y que había tocado el arma del crimen; las cosas iban por buen camino.

El buen trabajo de mis compañeros que se estaban tragando horas y horas de grabaciones de vídeo dio sus frutos al acotar el visionado a las cámaras del tercer vagón que, si bien se habían visto afectadas por la explosión, podían ver, justo después de esta, la cabeza de la novia y el perfil del marido. Decidimos visionar también las secuencias anteriores a la explosión en los vagones anexos al de mi fallecida y lo que vi me dejó claro la secuencia de acontecimientos. Esa noche no me fui a dormir hasta tarde, quería saborear la sensación de tenerlo todo bajo control, me sentía eufórico. Todas las piezas habían acabado por encajar, de una suposición había pasado a un caso de homicidio y, de allí, a una acusación de asesinato que pensaba formular por la mañana a los dos acusados; había deshecho los nudos de una muerte que bien podía haberse quedado sin resolver de haber sido otro el que fuera en el tercer vagón en el momento de la explosión. Tenía todas las claves del asesinato y, a pesar de que el arma y el momento fueron improvisados, la decisión estaba tomada antes de subir al tren; solo faltaba un poco de suerte para que el crimen se diluyera y esa suerte les vino en forma de atentado terrorista.

La verdad

A la mañana siguiente continué con el interrogatorio del marido, quería dejarle primero KO a él, para después encargarme de su novia: saludé al detenido y a su abogado y entré de lleno en faena, no quería perder más tiempo y ponerles a disposición judicial cuanto antes. Empecé a preguntar enseguida.

—Para recapitular sobre lo que dejamos claro ayer, usted no vio a su novia hasta encontrarse en el vagón de su esposa, a la que vio subir al tren, acercándose desde el interior de los vagones ¿cierto?

—Cierto, me entró pánico al verla y pensé que iba a estropearlo todo.

—Además, la sangre de su brazo y de su rostro le manchó cuando intentó retirar el trozo de metal del cuello de su esposa ¿es así?

—Así fue, lo juro.

Dejé transcurrir unos segundos que quería que se les hicieran eternos, para empezar a tumbar uno por uno los argumentos que me acababa de repetir y que me había expuesto el día anterior; cuando vi expectación en su cara por mi silencio decidí entrar a matar.

—No creo ni una palabra de lo que me dice —le contesté en tono solemne—, y no sólo no le creo, sino que mi convencimiento está apoyado por las pruebas que le voy a explicar y que le gustará conocer a su letrado para poder establecer la estrategia de defensa para la acusación de asesinato que pienso presentar ante el juez. Se lo explico punto por punto —y comencé a enumerar todas y cada una de las mentiras que me había contado, apoyado en las sólidas pruebas que poseía—. Es mentira que vio a su novia cuando llegó al vagón en donde estaba su esposa, pues del visionado de las grabaciones de vídeo de la estación y de alguno de los edificios anteriores, se les ve venir a los dos juntos, hablando entre ustedes y señalando con mucho énfasis hacia algo o alguien que iba delante de ustedes; es mentira que viera a su esposa en el andén y se acercara a ella desde dentro del vagón, pues del visionado de esas mismas y de otras grabaciones de vídeo, se les ve a usted y a su novia realizándole un seguimiento sin perderla un momento; es mentira que fuera a ayudar a su esposa, pues en el vídeo del vagón, justo después de la explosión, se le ve mirando hacia el lugar en donde se encontraba su novia, y no es hasta que esta le obliga a ir, cuando se acerca a ella, no con la intención de salvarla, sino con la intención de matarla. Es mentira que intentara sacarle del cuello el trozo de metal que corta el cuello porque del visionado de las cámaras se puede probar que le dan dicho trozo de metal, recogido del suelo, aunque no se ve cómo se lo clava en el cuello, pero sobre todo es mentira porque yo estaba allí. Porque su esposa se encontraba espalda con espalda conmigo y lo que yo noté claramente fue un empujón que hizo que su esposa se pegara aún más a mí de lo que ya estaba, obligándome a presenciar, como testigo mudo, su muerte. Si, como dice, hubiera intentado quitar el trozo de metal del cuello de su esposa, el tirón habría hecho que este se separara de mí, no al contrario, como sucedió en la realidad.

Tras mi disertación, que había conseguido hacer palidecer al sospechoso y dejar con la boca abierta al letrado, le dije al primero:

—Y ahora explíqueme desde cuándo tenían proyectado acabar con la vida de su esposa, porque lo que sí tengo claro es que la decisión ya estaba tomada y que la iban a ejecutar ese mismo día.

Tardó bastante en contestar, mi charla le había impactado y no tenía muy claro si debía seguir manteniendo una mentira contra viento y marea o, por el contrario, viéndolo ya todo perdido, podía contar con que decir la verdad le facilitaría un trato más benigno en cuanto a una posible condena. Optó por esto último.

—Tiene que entenderme —me dijo—, mi novia me presionaba para romper con mi esposa, pero si me decidía por el divorcio se quedaría con la mitad de todo y, por supuesto, no podría hacer frente al tren de vida que me había planteado con ella y, ni que decir tiene, no podría pagar la hipoteca del chalet en la que estábamos viviendo mi novia y yo a espaldas de mi mujer. Entonces decidimos acabar con ella. Ya había suscrito un seguro que me permitiría seguir disfrutando de todo si ella fallecía de accidente y eso era lo que pretendíamos simular, un empujón y que cayera a la vía cuando llegara el tren, pero no nos dio tiempo, pues entraba en la estación cuando entrábamos nosotros y no pudimos posicionarnos hasta que el tren había parado. Decidimos entrar en el vagón y, al producirse la explosión, vino todo rodado; utilicé el trozo de metal que se había desprendido y se lo clavé en el cuello a mi esposa, a partir de ahí ya sabe todo lo que pasó.

Cuando se sinceró conmigo pareció que se quitaba un peso de encima; aunque no había mostrado ningún signo de arrepentimiento ni desde el asesinato de su esposa ni en la declaración realizada segundos antes, parecía que se liberaba; nada más lejos de la realidad, con esa declaración no se liberaba, sino muy al contrario, se ganaba unos cuantos años de condena.

Una vez confesado el crimen por parte del marido, decidí terminar el trabajo y apretarle las clavijas a su amante para poder entregarle al juez el paquete completo, envuelto para regalo. Así, entré en la otra sala de interrogatorios y saludé educadamente al abogado y a su defendida para, a continuación, rematar la faena.

—Buenos días, me gustaría que me refrescara la memoria en un par de cosas que me chirrían, sobre todo en que no conocía a la fallecida y en que coincidió en el mismo vagón por casualidad, ¿es así como quiere seguir manteniéndolo?

—Por supuesto, lo que le he contado no es nada más que la verdad pura y dura.

—Pues pura no lo sé, pero dura va a ser —dije yo mirándola fijamente—, porque ha mentido en todas y cada una de las cosas que ha declarado, porque se le ve llegando en compañía de su novio a la estación, porque se les ve siguiendo a la esposa de este hasta subir al mismo vagón que ella, porque se le ve, después de la explosión, señalar con la cabeza a su novio, para que se acercara a su mujer a acabar con ella y, sobre todo, porque se le ve cómo le entrega un trozo de metal del suelo del vagón para que lo utilice como arma del crimen y ejecutar, por obra y gracia de una suerte de coincidencias fatales, el crimen que habían planeado entre ustedes. Yo ya tengo la versión de su novio, si quiere contarme la suya, quizá le ayude a la hora de dictar sentencia.

Le mudó por completo el color, se quedó sin palabras un buen rato, tiempo en el que pareció sopesar los pros y los contras de contar algo que ayudara en su defensa o, por el contrario, acogerse a su derecho a no declarar contra sí misma y a prestar declaración ante el juez. Tras unos minutos interminables le dijo algo en voz baja a su abogado, que me transmitió al momento.

—Mi defendida se acoge a su derecho de declarar ante su señoría y no va a decir nada más en sede policial.

El interrogatorio había acabado, ya solo cabía realizar las últimas diligencias, transcribir las grabaciones de las declaraciones y presentar todo, junto con los detenidos, al señor juez. A partir de aquí, mi trabajo había acabado, mi labor terminaba demostrando su culpabilidad; que la misma acabara en condena, o no, escapaba de mi competencia.

FLAVIO RETÓGENES Y EL AMANTE QUE SUFRÍA EN SILENCIO

GLORIA MOLINERO FERNÁNDEZ

JOSE LUIS MOLINERO NAVAZO

El criado sabía a dónde se dirigía, Flavio Retógenes no, pero este supo que se acercaba a la parte noble de la vivienda cuando el suelo de los lugares por los que pasaba cambiaba las losetas irregulares de cerámica de la puerta de servicio, por el suelo adornado con mosaicos de dibujos geométricos que tenía el pasillo por el que caminaba detrás del criado. A Flavio le extrañó que en una villa romana tan grande como aquella no se hubieran cruzado con otros criados. De pronto, los mosaicos del suelo dejaron las líneas curvas y rectas, y empezó a pisar mosaicos con escenas mitológicas.

El criado se detuvo en la entrada de una estancia cubierta por una cortina de lino blanco sobre el que habían pintado un precioso paisaje campestre. Flavio se detuvo a un metro de la entrada, el hombre miró a Flavio sin disimular una mueca de asco que retiró antes de mover la cortina con delicadeza, y una amplia sonrisa. Antes de entrar, Flavio Retógenes sabía que se iba a encontrar con el verdadero poder en Dianium. Pero se sorprendió, no porque la persona que estaba sentada a la mesa fuese una mujer, llevaba mucho tiempo trabajando para los poderosos y no era la primera vez que veía una mujer en los oscuros entresijos del poder, sino porque la mujer era demasiado joven. Normalmente, las mujeres con poder eran viudas de maridos poderosos o madres de herederos, circunstancias que la juventud de la mujer sentada frente a él no podía tener. Flavio no veía bien su rostro porque la joven estaba centrada en la lectura de una tablilla de cera, pero calculó que no tendría más de veinte años, quizá alguno más. Flavio realizó a la joven el análisis físico que hacía a todos los miembros del género femenino: pelo oscuro recogido en un moño, un poco más grande de lo normal, sujeto por un alfiler, piel blanca y un aspecto general agradable. Tan agradable como el ambiente del despacho. En la pared de la derecha había una ventana abierta a un jardín por el que Flavio no había pasado para llegar a esa parte de la villa, a la izquierda una preciosa figura de Afrodita desnuda, detrás de la joven había un anaquel repleto de rollos y tablillas de cera. La temperatura en el despacho era agradable, se oía el agradable sonido de los pájaros en el jardín. El criado que le había guiado hasta el lugar permanecía en la puerta mirando a Flavio Retógenes con una expresión de enfado que este no acababa de entender. Durante un instante, apenas un pensamiento fugaz, Flavio intentó recordar si conocía a aquel hombre de alguna ocasión anterior. No recordó, y miró al criado con una sonrisa en la boca, antes de sentarse en el *sediculum,* asiento bajo y sin respaldo que había frente a la mesa de la joven, que continuaba leyendo la tablilla de cera sin reparar en su presencia, en la que de vez en cuando marcaba con un *stilus* de marfil. Flavio pensó que ese tipo de silla sin respaldo lo utilizaban los poderosos para los invitados, mientras ellos ponían sus posaderas en un asiento con respaldo y cojín de plumón de ganso.

—No he dicho que se siente.

La voz de la joven no resultó agradable a Flavio, demasiado aguda. Sintió que los ojos de mármol que tenía la figura de Afrodita le miraban retadores y que en sus labios aparecía una expresión sardónica. Imaginó que el criado le estaría devolviendo la sonrisa. Pero el problema no era levantarse del asiento, porque tampoco estaba cansado, sino asumir que había bajado la guardia. Un imperdonable error digno de un novato: relajó la actitud expectante que mantenía ante los hombres poderosos al encontrar una jovencita, en lugar de un hombre viejo, gordo y con permanente expresión de enfado. Flavio Retógenes tardó unos segundos en pensar qué era mejor, levantarse o permanecer sentado. La joven, que sin duda mandaba en la habitación, no había levantado la vista de la tablilla de cera. Flavio aceptó la sensación de poder que desprendía la actitud de la mujer. De pronto se preguntó cuál sería el color de sus ojos, pensamiento que obvió al recordar que tenía pagada hasta final de mes la habitación medio decente donde vivía con derecho a una comida diaria.

Flavio Retógenes se levantó de la silla, observó que la figura de Afrodita tenía la mano izquierda púdicamente colocada sobre el triángulo donde se unían las piernas. Se giró hacia la salida donde vio con satisfacción que el criado cambiaba una sonrisa por un gesto de incredulidad. Salió de la estancia pensando que siempre le gustaron las buenas copias en mármol de figuras esculpidas por Praxíteles casi quinientos años antes.

Apenas había pasado bajo el dintel de la puerta cuando empezó a arrepentirse de haberlo hecho, al fin y al cabo un trabajo, es un trabajo.

—¡Un hombre orgulloso!

Flavio estaba fuera del despacho cuando escuchó las palabras. Pensó que servirían para volver a la habitación con la dignidad más o menos entera, y mantener la expectativa de trabajar. Giró conteniendo la alegría. Vio de soslayo la expresión molesta del criado. Se preguntó si aquel hombre era hostil con todo el mundo, menos con sus amos, o simplemente era un estúpido necesitado de una lección.

—No se trata de orgullo, eso no da dinero. Simplemente soy un profesional, un buen profesional, y no puedo perder el tiempo con clientes que no aprecian mis cualidades.

La joven puso en su boca una sonrisa, que Flavio pensó que había copiado de la escultura, mientras se echaba sobre el respaldo de la silla. En ese momento Flavio observó que tenía los ojos de lo que consideró un convencional color marrón. Como casi todo el mundo en Hispania.

—¿Tan buen profesional se considera?

—Sí, pero eso es lo de menos. Lo importante es que me ha hecho llamar porque sabe que ofrezco eficacia —respondió Flavio sentándose en la silla sin esperar la invitación—. Y la familia Vetus solo contrata a los mejores.

La joven sonrió un instante antes de hablar.

—Entiendo. Pero debe saber que fue mi padre, antes de partir a inspeccionar nuestras tierras, quién insistió en contratarle —dijo con displicencia—. Personalmente no creo en la necesidad de sus servicios. Y menos, en un asunto tan simple. Pero…

La joven guardó silencio. Flavio Retógenes la miró con atención; no era especialmente guapa o fea, pero observó lo que interpretó como un brillo inteligente de sus ojos. Entendió que ocupara aquel despacho y la responsabilidad que esta circunstancia implicaba. Se preguntó cuál sería su nombre.

—¿Imagino que sabe quién es Cátulo Vetus?

Flavio afirmó con la cabeza porque todo el mundo había oído hablar de un engreído como Cátulo, cuya actividad más conocida era insultar desde el palco de autoridades del anfiteatro a los gladiadores que morían sin dar un buen espectáculo; actitud que gustaba a la plebe que ovacionaba los gritos de Cátulo porque apreciaba en estos gestos públicos una representación de sus pensamientos. También había oído que Cátulo iniciaba peleas en tabernas y prostíbulos que acababan sus escoltas. Acudir a estos lugares resultaba vergonzoso para un miembro de la elite de la ciudad cuya familia tenía dinero de sobra para comprar esclavos, además de vino de calidad. Flavio tenía a Cátulo por un joven mal criado que un padre con autoridad hubiera enviado a la legión, donde se hubiera transformado en ciudadano, o le hubieran asesinado sus propios soldados aprovechando alguna escaramuza. Pero sentía curiosidad por saber qué quería la familia Vetus de él.

—Entonces iré al grano.

Flavio volvió a asentir sin abrir la boca.

—Imagino que desconoce que Cátulo, mi hermano, será uno de los dos duunviros de la ciudad.

Flavio recordó que aún faltaban treinta días para las elecciones, pero tampoco se extrañó ante la seguridad con que aquella mujer afirmaba el resultado de unas elecciones que aún no se habían celebrado.

Como la mayoría de los habitantes del Imperio, Flavio Retógenes se limitaba a vivir un día tras otro, y ni se planteaba que el asesinato de Julio Cesar pretendía salvar la República. Por eso, se contentaba con saber que la llegada al poder de Augusto, hijo adoptivo de Cesar, inició el Imperio. Pero las ciudades y sus ciudadanos eran uno de los elementos más importantes del sistema de funcionamiento romano y los cargos municipales se solían elegir por votación más o menos libre. Flavio Retogenes recordó que los muros de la ciudad estaban llenos de pintadas electorales de color rojo o negro pidiendo el voto para los distintos candidatos, pero no recordaba haber visto el nombre de Cátulo en ninguna pintada. Años atrás se había planteado la posibilidad de dedicarse profesionalmente a realizar pinturas electorales por encargo. En cualquier caso, Flavio no entendía qué podía hacer él para que un hombre como Cátulo fuera duunviro. Guardó silencio intentando disimular su curiosidad.

—Mi padre quiere que mi hermano sea duunviro en la ciudad.

—Flavio permaneció expectante, ni se planteó el motivo de tal decisión porque hacía tiempo que no se planteaba los motivos de los demás para contratarle—. Pero mi hermano tiene un problema de prestigio… social. Y hay ciudadanos que no le consideran capaz de gestionar los asuntos de la ciudad.

—¿Y qué puedo hacer yo? —preguntó con verdadera curiosidad.

La joven miró a Flavio Retógenes con interés; este supo que del resultado de la mirada dependía conseguir el trabajo o no. Se había levantado de la silla en un arranque de dignidad, pero necesitaba el trabajo si quería comer de forma decente más allá de los próximos días.

—Respecto a las elecciones todo será decidido… por la ciudadanía. Pero mi hermano necesita llegar limpio al cargo. Confío en mi hermano. Si ha prometido a nuestro padre que se convertirá en un político modelo, lo será. Pero mi padre quiere asegurar el resultado evitando escándalos o lo que pudiera surgir. —La joven levantó la voz—. Y usted deberá garantizar que sea así, estando permanentemente a su lado. Vivirá en esta villa y Cátulo solamente saldrá a la calle acompañado de usted. Y si ocurre algo que dañe su prestigio o lo que sea, usted lo evitará. Además de comer y vivir aquí, cobrará un sueldo y los gastos que se ocasionen. ¿Lo ha entendido?

—¿Está diciendo que debo ser la sombra de Cátulo? Y limpiar la mierda que deje por el camino.

La joven sonrió un instante antes de responder.

—Observo que piensa con la cabeza.

Lo primero que sorprendió a Flavio Retógenes en su nuevo trabajo no fue el sueldo, que era bueno sin llegar a extraordinario, sino que Cátulo no hiciera ninguna de las cosas que toda la ciudad comentaba que hacía. El joven, de veinticinco años de edad, salía temprano de la casa para ir a los baños públicos acompañado por Nerva o por Scaeva; el primero, bajo, fuerte y desagradable; el segundo, más alto, igual de fuerte y permanente comedor de pistachos; ambos ejercían como escoltas turnándose diariamente como acompañantes. Cátulo y la mayoría de los usuarios de los baños no acudían por necesidad higiénica, sino para relacionarse con ciudadanos de su mismo nivel social que, tan desnudos como él, disfrutaban de una agradable conversación sobre negocios o política, sin obviar los comentarios sobre terceros ausentes. Flavio sabía cuándo aludían a conocidos y vecinos porque los conversantes bajaban la voz a la vez que ponían una sonrisa cruel en la cara. Tanto Cátulo como Flavio permanecían en la zona de baños reservada para los ciudadanos distinguidos, mientras el escolta que acompañaba ese día esperaba en la zona plebeya. Flavio entendió desde la primera salida que el padre de Cátulo insistiera en contratarlo como acompañante de su hijo. Nerva y Scaeva eran exgladiadores comprados, no jubilados. Un gladiador jubilado obtenía el *rudis,* una espada de madera que simbolizaba el fin de su trayectoria vital y por eso era respetado; los escoltas eran esclavos caros, fuertes, temidos, entrenados para pelear y matar, pero en lugar de vestir una túnica de mayor o menor calidad bajo un cómodo *pallium,* especie de toga pequeña menos engorrosa de ponerse, como hacía Flavio y la mayoría de los ciudadanos, ellos parecían disfrutar mostrando a los demás el volumen de sus músculos, vistiendo túnicas sin mangas y zapatos de cuero que cubrían la totalidad del pie, con suela claveteada propia de las *caligae* utilizadas por los legionarios. Flavio no tenía claro si el claveteado era para evitar el desgaste de las suelas o para anunciar su llegada con el ruido que hacían los clavos sobre los suelos de piedra, pero era obvio que ninguno de los dos escoltas podía presentarse como amigo de un hombre como Cátulo.

Al dejar los baños, Cátulo se acercaba al foro de la ciudad, donde ciudadanos respetables apalabraban negocios u organizaban eventos públicos, sin entrar en detalles que se dejaban para lugares más discretos. A continuación, el grupo formado por Cátulo Vetus, Flavio Retógenes y el escolta de servicio diario, comían en alguna de las múltiples casas de comidas alrededor del foro. A partir del segundo día de trabajo, Flavio Retógenes había conseguido que el grupo acudiese a una casa de comidas cuyo dueño, viejo conocido, le entregaba un porcentaje del precio a modo de comisión.

Desde la primera noche que Flavio Retógenes durmió en la villa de la familia Vetus tuvo claro que tendría que aprovechar la situación. Por eso, después de la cotidiana, y obligada, reunión nocturna en el despacho de Cicurina, nombre de la joven hermana de Cátulo, a la que tenía que contar todo lo ocurrido durante la jornada y recibir instrucciones para el día siguiente, ordenaba que le trajesen una jarra de vino, un trozo de queso, algunas lonchas de jamón serrano de los Pirineos, cuyo precio superaba los veinte denarios por paleta, y algo de pan para acompañar. Para un hombre acostumbrado a acostarse con el estómago vacío, dormir con la satisfacción de sentir el estómago lleno, la cabeza un poco ida, porque en aquella casa el vino era de calidad, y la conciencia de que todo lo pagaban otros, le hacía acabar el día con una sonrisa de satisfacción antes de dormir. Por eso, Flavio Retógenes nunca pensó que le despertarían en mitad de la noche entre gritos y empujones.

—¡Eh! ¡Despierta! ¡Vamos!

Flavio se despertó con el instinto de supervivencia, que tan útil le había sido en otras ocasiones, nublado por los efluvios del vino de la Bética, pero su mano derecha fue, sin necesidad de que el cerebro lo ordenase, a la parte del jergón de lana en la que había ocultado el puñal que siempre llevaba encima, y escondía por la noche. Antes de abrir los ojos, Flavio ya tenía el arma en la mano. Cuando vio al criado de confianza de Cicurina a su lado supo que no había peligro, pero estaba enfadado por la situación; además, tenía ganas de dar una lección al que consideraba un estúpido desde la primera vez que le guio hacia el despacho. Por eso, lanzó un puñetazo a la nariz del criado, que no esperaba esta reacción. El hombre gritó de dolor. Flavio se levantó del jergón, empujó al criado al suelo poniéndose sobre él a la vez que colocaba el cuchillo en su cuello. En ese momento recordó que el criado de confianza de Cicurina se llamaba Flacca.

—Si vuelves a tocarme te rajaré el cuello —dijo Flavio en voz baja, despacio, apretando el cuchillo sobre la garganta del hombre que tenía la cara llena de sangre y la nariz deformada—. Y ahora dime ¿Qué coño ocurre?

—¡Me has roto la nariz! —sollozó el criado con más sorpresa que enfado—. Eres un cabrón… Cicurina te espera en su despacho con urgencia —añadió tocándose la nariz.

Para esquivar el cadáver, Flavio Retógenes tuvo que alargar un poco la zancada y pasar al otro lado del cuartucho sin ventanas de la segunda planta de un edificio demasiado viejo como para parecer seguro, pero que había sido convertido en posada; el único mueble era un saco de tela burda relleno de paja seca para dormir. Evitó pisar el charco de sangre que cubría el suelo. El lugar estaba alumbrado por una lamparita de aceite a punto de agotar su carga. Flavio imaginó que el dueño de la miserable pensión se estaría arrepintiendo de no haberse deshecho del trozo de carne muerta tirándolo en mitad del cercano barrio portuario. Al amanecer, todos hubieran pensado que el muerto era el resultado de una pelea, quizá un robo, en los rincones oscuros de la zona portuaria de la ciudad. No era cotidiano, pero a los habitantes de Dianium no les sorprendía la aparición de un cadáver acuchillado junto a los barcos, almacenes y el material de estiba; normalmente se trataba de marineros para los que la aventura en tierra no había salido bien. A Flavio siempre le había parecido triste que un ser humano llegase desde la otra punta del Mediterráneo para morir en mitad de un callejón oscuro y fétido.

Flavio esquivó el charco de sangre y recordó la expresión de Cicurina cuando le ordenó que acudiese a ayudar a su hermano, dejando traslucir que la culpa de lo ocurrido era suya.

El cuerpo del hombre estaba desnudo en el suelo, junto al saco de paja; en el cuello se adivinaba el tajo que le habían dado. Flavio cogió la lamparita y examinó el resto del cuerpo. No había más heridas. Allí nadie se había enfrentado a cuchilladas, Flavio sabía que una pelea a puñaladas dejaba múltiples heridas porque nadie moría con rapidez y siempre daba tiempo para lanzar un tajo al contrario que estaba cercano. Pero al hombre, de unos cuarenta años, delgado y de rasgos vulgares, le habían abierto la garganta sin darle oportunidad a defenderse. Flavio concluyó que estaba dormido, posiblemente se incorporó al sentirse morir y por eso estaba todo lleno de sangre. Volvió a pasar sobre el cadáver cuando observó que en una esquina había ropa; se acercó asumiendo que habrían desaparecido las cosas de valor. Pero allí no había ropa, sino los restos de un viejo, roto y burdo saco de arpillera que, quizá, perteneció al hombre con la garganta abierta.

—¿El hombre llegó desnudo? —preguntó Flavio al dueño de la posada.

—¿Desnudo? —contestó el dueño con una sonrisa que ratificó a Flavio el robo de las pertenencias del cadáver.

Nerva fuerte, pero de poca estatura, entró en el cuarto sin alargar el paso y pisó la sangre dejando varias huellas de su zapato en el suelo de madera. A Flavio se le ocurrió una idea.

—Tenemos que llevarnos a Cátulo, Cicurina dijo que… —dijo el escolta.

—Ahora nos vamos. Dame la lamparita —ordenó al posadero alargando la mano.

—El aceite se cobra aparte.

Flavio Retógenes sonrió en la penumbra del lugar.

—¿Cuánto me darás por sacar el muerto de aquí?

El dueño le miró sorprendido, luego señaló a Nerva.

—Este trozo de músculos dijo que me pagarían si no avisaba a la autoridad y que él se llevaría el muerto.

Flavio alargó la mano, el dueño le entregó la lámpara con desgana.

—Salid fuera los dos.

Ambos obedecieron. Flavio miró las huellas que la suela de Nerva había dejado en el suelo. Había tres tipos de huellas más, una de ellas también estaba claveteada. El posadero y Nerva miraban aburridos desde la puerta cómo miraba las huellas. Se incorporó.

—Yo me encargo de Cátulo —dijo a Nerva—. Llévate el cadáver y tíralo entre las sombras, en un lugar que tarden en encontrarlo.

Luego se dirigió al posadero.

—Y nosotros vamos a hablar con tranquilidad antes de cobrar.

Ruidos de gente con armadura y *caligae* claveteadas llegaron de pronto desde la entrada del edificio, dos plantas más abajo. La cara del posadero expresó miedo: eran los *vigiles* que, además de avisar de los incendios, durante la noche ejercen de policía. El posadero sabía que si encontraban el cadáver harían preguntas que no estaba seguro de poder responder, o tendría que pagar demasiado en sobornos.

—¡Dadme mi dinero y largaos!

—¡Dijiste que no avisarías a nadie! —dijo Flavio contenido.

—Yo no he sido —contestó el posadero preocupado. Flavio le creyó—. Seguidme —dijo mientras guiaba a Nerva que cargó el cadáver sobre el hombro, y a Flavio que arrastraba a Cátulo de un brazo. El joven parecía no enterarse de lo que ocurría, como si su toga no estuviera cubierta de sangre.

El posadero condujo el grupo hacia una estancia cerrada que sorprendió a Nerva; Flavio metió la mano libre en el interior del *pollium* y empuñó su puñal. El posadero movió una estantería, detrás de la cual había un agujero en el muro que comunica con el edificio de al lado. Flavio se relajó.

—Seguid de frente hasta la escalera, bajadla y saldréis a la calle por el callejón trasero, nadie conoce esta entrada.

—Lo has hecho bien, no te arrepentirás —dijo Flavio al pasar por su lado.

—Eso espero.

Flavio Retógenes no prestó atención a la cara con la nariz deformada de Flacca cuando corrió la cortina para que pasara. Ninguno de los dos sonrió: Flavio porque tenía otros problemas y el puñetazo fue algo secundario; el criado, porque le dolía la nariz tanto como el orgullo herido.

Cicurina miraba a Flavio en silencio con la espalda apoyada en el respaldo del sillón.

—El servicio se ocupa de Cátulo. He ordenado que quemen las prendas utilizadas esta noche. Además del chichón, está conmocionado y... —dijo Flavio sentándose en el *sediculum*.

—No quiero saber qué ha pasado. Usted cobra para evitar situaciones como esta, y si no hubiera sido por Nerva, mi hermano estaría bajo custodia de los *vigiles* nocturnos.

Flavio Retógenes estuvo a punto decir que estaba durmiendo y que Cátulo no avisó de la excursión nocturna, pero intuía que no conseguiría nada ante la mujer que tenía frente a él. Guardó silencio. Admitió el enfado de Cicurina y sus consecuencias. Más tarde intentaría hablar.

—¡Su trabajo era vigilar a Cátulo! Y ha fracasado en algo tan fácil como pasar los veinte días que faltan hasta las elecciones junto a mi hermano—. Cicurina respiró con fuerza antes de continuar—. ¿Qué tiene que decir?, ¿qué va a hacer para solucionar el problema que usted ha causado a la carrera política de mi hermano?

Flavio se alegró de que su jefe fuese una mujer; un hombre se hubiera desahogado insultándole a gritos.

—Cualquier explicación por mi parte parecería una excusa, no una explicación. Y respecto a cómo solucionar el asunto, mañana hablaré con Cátulo, ahora no está en condiciones de contar lo ocurrido.

Flavio estaba deseando salir de allí para pensar con tranquilidad. La reunión habría acabado en ese momento, pero en el silencio nocturno de la casa un sonido de pasos apresurados llegó desde el exterior del despacho. La cortina se corrió de pronto. Flacca entró en el despacho, se acercó a Cicurina y antes de empezar a hablar miró a Flavio. Una gota de sangre surgió de la nariz descolocada. Nadie pareció haberla visto.

—¡Qué ocurre! —ordenó Cicurina.

—Graciano envía un mensajero urgente. Está ahí fuera.

Cicurina sonrió con satisfacción. Miró a Flavio.

—Le estaba esperando. Ordené a Graciano que se informara.

El mensajero había superado ampliamente los cincuenta años, solo tenía pelo en los laterales de la cabeza. Flavio lo clasificó como el típico liberto que llevaba toda la vida con una familia, posiblemente sus hijos y nietos también trabajaban para ese tal Graciano. Incluso le imaginó haciendo callar a sus hijas o nietas cuando contaron que el hijo o el nieto del amo había intentado, o conseguido, violentarlas. Porque las familias pudientes pagaban el silencio y la lealtad con seguridad laboral.

—El señor Graciano Sabino me envía a decirles que los *vigiles* nocturnos tienen un hombre que dice haber visto a Cátulo salir cubierto de sangre de una habitación de una posada cercana a la zona portuaria.

—¿Han encontrado un cadáver? —preguntó Flavio.

El criado contesto mirando a Cicurina.

—No, bueno, Graciano no me ha dicho nada.

—Bien, acércate a la cocina a tomar algo caliente. Cuando regreses transmite a Graciano mi agradecimiento por una información tan útil como su amistad, que la familia Vetus no olvidará.

El mensajero salió de la sala con la alegría de quien ha hecho un buen trabajo, aunque Flavio pensó que era la alegría del perro leal al que felicitan por cazar una liebre para su amo. Le molestó asumir que muchas veces había tenido que actuar como aquel hombre, consciente de hacerlo para agradar. Pero todos los pensamientos se esfumaron cuando vio la mirada que Cicurina le estaba dirigiendo. La mujer esperaba una respuesta.

—Tardarán en encontrar el cuerpo, y desde luego será imposible vincularlo con Cátulo. Pero…

—¡Pero qué! —dijo Cicurina levantando la voz. Flavio intuyó que contenía las ganas de gritarle. Una mujer perteneciente a la elite de la ciudad no podía comportarse como una vulgar vendedora del mercado. Recordó que ese comportamiento tan atípico, y vulgar, era lo que gustaba a la plebe de Cátulo.

—No entiendo cómo han localizado un testigo con tanta rapidez; quizá eso explique porqué llegó tan pronto la guardia nocturna, en lugar de estar durmiendo y bebiendo en algún rincón oscuro. Todo es muy raro —dijo Flavio, poniendo toda la seguridad que pudo en el tono de voz.

—¿Y qué va hacer al respecto?

—Lo primero es pagar bien pagado al posadero, para que le sea rentable estar de nuestra parte. Y que solo cuente lo que nos interesa. Luego, decir al sirviente de ese Graciano que se entere quién es y dónde vive ese testigo tan inoportuno.

A Flavio Retógenes no le gustó que al regresar de sobornar al posadero, que había jurado lealtad eterna a Cátulo al ver la bolsa que le ofrecían, Flacca le diese la dirección del testigo. Flavio hubiera querido hablar con Cicurina para visitar al testigo acompañado de otra bolsa bien surtida, o con alguno de los escoltas de Cátulo para partirle el cuello. Sonrió cuando observó que Flacca se tocaba la nariz que ahora parecía mejor colocada; imaginó que le atendió el mismo médico que había visto a Cátulo; el golpe había despegado la ternilla del hueso y, sobre la parte derecha del apéndice, quedaba una línea que Flavio imaginó que sería una futura cicatriz.

—Friegas de vino —dijo Flavio al criado antes de dejar la casa.

—¿Qué?

Flavio no disimulo una sonrisa antes de contestar.

—Los masajes de vino frío son buenos para las heridas.

El testigo no vivía en una posada, sino en un edificio de dos alturas con un patio central al que daban soportales en la planta baja y una balconera en continuidad a lo largo de toda la planta superior. Era un edificio con cuartos de alquiler para familias con cierto poder adquisitivo; junto a la puerta de cada piso había una cocina de piedra protegida de la intemperie por los soportales. Aquel parecía un buen lugar para vivir.

Flavio llamó a la puerta con suavidad. Una mujer entraba en el patio con un cántaro de agua, alguna preparaba la cocina para una próxima comida. En una esquina del patio observó una caseta de madera que un hombre cerraba con interés al salir. No solo era un buen edificio, sino que también disponía de un lugar discreto para hacer las necesidades. Ese lujo lo tenían pocos edificios de alquiler. Las familias que vivían allí no tenían demasiados problemas económicos. Volvió a llamar a la puerta un poco más fuerte. Notó que la puerta cedía un poco; una vecina le observaba. Era normal que vecinos aburridos mirasen al recién llegado, se alegró de no haber acudido con alguno de los gorilas de Cátulo. Empujó un poco la puerta que acabó abriéndose. Flavio entró sin dudar, aparentando seguridad ante la posibilidad de que hubiera mirando vecinos curiosos.

Durante un instante, Flavio quedó cegado por la oscuridad. Se le ocurrió que si fueran apartamentos de mayor calidad tendrían una ventana junto a la puerta para alumbrar el interior. En ese momento sintió un gran dolor de cabeza; entendió que el dolor no tenía nada que ver con la oscuridad, sino que alguien le había golpeado en la cabeza con un objeto duro. Antes de perder el sentido echó de menos a los escoltas de Cátulo.

—Deberías tener más cuidado.

Las palabras llegaron a la oscuridad del cerebro de Flavio Retógenes un poco antes de notar un tremendo dolor de cabeza. No fue consciente de que estaba tumbado en el suelo; se incorporó porque su cuerpo notó que le faltaba el aire. Se asfixiaba. Aún tenía Flavio los ojos cerrados cuando sintió una inexplicable humedad en la cara. Se movió para respirar superando el dolor de cabeza. Alguien volcaba agua sobre él. Asumió que tenía que hacer algo. Abrió los ojos. Flavio vio el lugar iluminado por dos lámparas de aceite.

—¡Qué! Ya estás despierto.

Al escuchar la voz sintió que a su cabeza llegaba primero un sentimiento de sorpresa al reconocer la voz, luego de alegría al pensar que después de dejarse cazar como un novato, lo menos malo que le podía ocurrir era que Cicurina le despertase con agua.

—No sabía que era usted. —Flavio creyó percibir una risita—. Asúmalo como el justo pago por el golpe que anoche le dio a Flacca. Puede llegar a ser irritante, pero Flacca no se merece que le deformen la nariz por un mal despertar.

La joven desapareció del campo de visión de Flavio y este volvió a tumbarse; el dolor de cabeza se extendía por todo el cuerpo. No se movió, veía las vigas del techo, observó varias telarañas, no era normal que una casa habitada tuviera tantas. Escuchó que alguien le llamaba por su nombre. Era Cicurina. Le costaba incorporarse, no entendía cómo le podía doler todo el cuerpo si el golpe había sido en la cabeza. Giró la cabeza sin levantarse.

—Está aquí.

Flavio se incorporó despacio. Frente a la entrada había una cortina que imaginó de una despensa, a la derecha había un cuarto bajo cuya puerta Cicurina señalaba algo que Flavio no podía ver porque lo tapaba la pared. Notó que la joven empezaba a poner expresión de enfado, Flavio tuvo que hacer un esfuerzo para levantarse del todo, se apoyó sobre una mesa para no caer al suelo. Notó que algo líquido caía sobre la toga, pensó que era agua, pero tenía color rojo, se tocó el cuero cabelludo y sus dedos palparon una brecha de la que salía sangre en abundancia. Aquella mujer le había dado un buen golpe. Le apetecía sentarse, pero se esforzó por acercarse a la mujer deseando ver algo que mereciese el esfuerzo.

Y al ver lo que señalaba Cicurina pensó que sí merecía la pena. Un hombre yacía tumbado en suelo de un cuarto iluminado por un pequeño ventanuco a la altura del techo. Salvo un pequeño charquito en un lado, el jergón había absorbido la sangre que salió de las cuatro heridas que, como manchas más oscuras, tenía el *pollium* que cubría la túnica que vestía.

—¿Por qué lo has matado? —preguntó Flavio, consciente de que la pregunta descolocaría a Cicurina.

—¡Pero qué estás diciendo! Llegué antes que tú y lo vi, —dijo señalando el cadáver—, pero cuando me iba escuché que alguien llamaba a la puerta. Cogí un taburete y golpeé a quién entró.

A pesar del dolor de cabeza, Flavio sonrió con la satisfacción de ver nerviosa a Cicurina. Se agachó sobre el cuerpo. Además de los cuatro agujeros por los que entró el cuchillo que mató a aquel hombre, el *pollium* estaba limpio, pero muy usado. Aunque la muerte convertía un cuerpo humano en carne con olor y apariencia desagradable, Flavio apreció que el *pollium* estaba bien colocado. Aquel hombre era un individuo en sintonía con el edificio de clase media en el que se encontraban. En la sociedad romana, el vestido no solo servía para cubrirse de las inclemencias del tiempo, sino que también marcaba la ubicación social del individuo.

—Tenemos que irnos —dijo nerviosa Cicurina.

—Espera —contestó mirando alrededor—. ¿Has tocado algo? Cicurina negó con la cabeza.

—Vámonos. ¡Ya!

—El apartamento esta amueblado. —Le dolía la cabeza, pero podía pensar.

—¿Y qué? Yo me voy —dijo la mujer acercándose a la puerta.

—Pues que todo está ordenado. Aquí tampoco ha habido una pelea. Ni el hombre que asesinaron en la posada ni este se defendieron. El primero podía estar dormido, pero aquí el asesino vino a matar a alguien que sin duda conocía. —Flavio se acercó a una estantería repleta de platos y vasos de barro, pasó el dedo por encima de un plato, todo estaba cubierto por una fina pero consistente capa de polvo—. Aquí no vivía nadie. Pero el jergón no es de burda tela de arpillera rellena de paja, es lino de fina textura relleno de lana en bruto. Es un colchón caro, más caro que el *pollium* gastado que lleva.

Cicurina escuchaba a Flavio interesada. A él le gustó la actitud de la joven.

—Creo que este sitio es el nido de amor de alguien con dinero, no un lugar para vivir. Antes de entrar, y recibir el golpe, me llamó la atención que la cocina de piedra que corresponde a esta vivienda no tuviese ceniza. Aquí no vive nadie. El testigo dijo a los *vigiles* que vivía aquí porque es una buena zona y la gente es de fiar.

—Entonces por qué lo han matado.

—No lo sé, pero su muerte ha evitado que hablemos con él.

—¿Lo han matado para perjudicar a Cátulo?

Flavio se encogió de hombros. Cicurina se dirigió hacia la puerta. Flavio andaba mirando el suelo de madera; entonces, a pesar del dolor de cabeza, observó que Cicurina dejaba huellas de sangre en el suelo. Cogió una de las lamparitas y se acercó al cadáver. Aunque el jergón había absorbido la mayor parte de la sangre, la calidad de la tela de lino había hecho que la sangre de una de las heridas resbalase hasta el suelo formando un charquito. Charco que pisó Cicurina, pero también alguien más, porque junto a las huellas de las sandalias de la joven, hacia la puerta se dirigían las huellas del pie derecho de alguien con una suela claveteada. Flavio se arrodilló junto a la huella, acercó la lamparilla. Cicurina se acercó a la puerta para salir. Flavio observó que en el talón de la huella impresa con sangre de la víctima, el zapatero había colocado los clavos formando una X.

De pronto alguien llamó a la puerta con suavidad.

Cicurina y Flavio se quedaron paralizados.

—¿Estás ahí? —La voz era un susurro al otro lado.

La joven estaba junto a la puerta que se disponía a abrir, Flavio arrodillado en el suelo con la lamparilla en la mano.

Volvieron a golpear la puerta un poco más fuerte.

Flavio dejó la lamparita en el suelo y señaló la cortina que cubría el cuarto despensa frente a la puerta. Cicurina lo entendió y ambos se escondieron cuando la puerta de entrada se empezaba a abrir despacio, con precaución, en silencio.

—¡Padre! —La voz era un susurro, pero era obvio que era de una niña que dejó abierta la puerta para acostumbrarse a la oscuridad del piso.

—¿Estás aquí? ¡Padre!

Cicurina acercó la mano a la cortina, Flavio la retuvo por la muñeca a la vez que hizo un gesto negativo. La joven obedeció de mala gana.

Una niña morena, delgada, no muy alta y con una bolsa de arpillera colgando a un lado, vestida con una *subucula,* túnica masculina utilizada como ropa interior cuya parte inferior llega a un hombre hasta la rodilla, reutilizada para ella hasta alcanzar los tobillos, con mangas excesivamente anchas y con las costuras visibles. La niña cogió la lamparita que Flavio dejó en el suelo y se acercó al cuarto donde estaba el cadáver.

A través de la cortina, Cicurina y Flavio escucharon un grito de pavor y pasos apresurados. Flavio abrió la cortina con rapidez y se plantó frente a la niña que pretendía salir el piso; vio miedo en su carita. La niña cruzó una mirada de sorpresa y temor con Flavio.

—No pasa nada —dijo Flavio esforzándose en no parecer una amenaza para la niña—. Solo quiero hablar contigo.

Cicurina movió la cortina apareciendo junto a Flavio. La cara de la niña expresaba irracionalidad: demasiadas cosas en tan poco tiempo. La niña lanzó a Flavio la lamparita de aceite que llevaba en la mano; al intentar esquivarla, Flavio tropezó con Cicurina y ambos cayeron al suelo. La niña aprovechó la caída para escapar por la puerta.

La llama prendió el *pollium* de algodón de Flavio, que empezó a dar vueltas mientras se palmeaba las llamas que se multiplicaban en su cuerpo. Cicurina se puso en pie, miró a Flavio que giraba sobre sí mismo golpeando las llamas y corrió tras la niña. Flavio tuvo tiempo de gritar.

—¡Esta asustada! ¡Que te guíe, no la cojas!

Flavio se esforzaba por apagar las llamas que se multiplicaban por su cuerpo, hasta que optó por desnudarse. Además, le dolía la cabeza.

La niña lloraba desconsolada mientras contaba a una mujer, de no más de treinta años, pero con las arrugas en los ojos de un ser humano de más de sesenta, que su padre estaba muerto y que habían intentado atraparla. Cuando Cicurina Vetus entró en el cuarto vio un niño de tres o cuatro años comiendo pistachos, cuyas cáscaras abría con un cuchillo de madera.

La mujer, envejecida por la vida, pasaba la mano por el abultado abdomen que mostraba su avanzado embarazo y miró a Cicurina sin mostrar sorpresa al verla, como si hubiera sabido con anticipación que iba a ocurrir lo que había ocurrido. Quizá la muerte de su esposo no fuera más que una muestra del fatalismo que la perseguía desde que nació. La niña se asustó al reconocer en la seguridad de su casa a la mujer que estaba junto al cadáver de su padre y se abrazó a su madre metiendo la cabeza debajo del sobaco. La madre no mostró temor ante Cicurina, quien había entrado en su casa sin ser invitada.

—Le dije que tuviese cuidado, que no se fiara, que el dinero fácil siempre es peligroso. —La mujer acarició la cabeza de la niña que intentaba desaparecer abrazada a su madre—. Pero Licinio dijo que no habría ningún problema, que todo iría bien.

Cicurina observó que a sus pies estaba la bolsa de arpillera que la niña llevaba colgada. El niño continuaba comiendo pistachos sin plantearse lo que ocurría a su alrededor.

—¿Quién le contrató para actuar como testigo? —preguntó Cicurina.

—¿Como testigo? No sé de qué habla. Licinio nunca dijo nada. La niña tenía que llevar la comida a su padre. Yo… nunca… —La viuda estaba a punto de llorar, pero logró contenerse tocándose el abdomen abultado donde estaba su próximo hijo—. Nunca pensé que corría peligro. Él dijo que era un trabajo fácil.

—¿Llevar la comida?

La mujer esquivó la mirada de Cicurina. Los pensamientos de un futuro oscuro se acumulaban en su cabeza; no quería hablar con nadie, sino poder llorar junto a su hija la muerte del hombre que traía dinero a la familia. No fue un mal marido, nunca le pegó demasiado y siempre había comida en la mesa.

—Hace diez días, mi marido dijo que le habían ofrecido un trabajo fácil y bien pagado. Le entregaron doscientos denarios para él y otros sesenta para que alquilara un apartamento en una buena zona. Tenía que parecer que vivía allí. La niña le llevaría la comida. Al final del trabajo cobraría otros doscientos. Yo… —La mujer empezó a sollozar, la niña le acarició la cara con la intención de consolarla. La mujer se recompuso. El niño continuaba comiendo.

—Es mucho dinero, ¿en qué consistía el trabajo? —preguntó Cicurina.

—Sí, era mucho dinero. —De pronto empezó a llorar bajo la mirada de Cicurina que se acercó a la mujer y su hija—. Era mucho dinero, pero ahora está muerto. Le dije que el dinero sin esfuerzo nunca es bueno, y ahora esta muerto. —Cicurina acercó la mano hacia la mujer con intención de consolar a la viuda de Licinio, pero la mujer hizo un movimiento para esquivar el gesto de empatía—. Lo mejor es que te vayas.

—¿Dónde trabajaba Licinio? —preguntó Cicurina con voz seca, seria, consciente de que la mujer cooperaría para proteger a sus hijos si se mostraba dura. Tan dura como el hombre que había matado a su marido.

La mujer, que quería estar a solas con su hija, miró a Cicurina sorprendida del cambio de tono y actitud. Se tocó el abdomen y una mueca de cansancio apareció en su cara.

—Era contador, manejaba el ábaco y las tablillas de cera para controlar las mercancías que entraban y salían del puerto. Llevaba tres años trabajando en los barcos del señor Máximo Albucio.

—La empresa se dedica al transporte de mercancías de todo tipo, desde aceite de oliva y sabroso *garum* con destino a Roma, a la exportación de metales en los mismos barcos que regresan con esclavos orientales. Máximo Albucio es rico, muy rico. Tú no lo conoces, pero es muy rico.

De pie, Flavio Retógenes escuchaba a Cicurina sentada en su despacho mientras Flacca, con una expresión de enfado que la nariz hinchada no lograba disimular, le colocaba una toga de un blanco brillante. Cuando la verdadera dueña de la casa Vetus ordenó a un criado que trajese una toga vieja de Cátulo para sustituir la que se había quemado, Flavio no pensó que se la colocaría en el despacho, y frente a ella. Pero la manera de mandar que tenía Cicurina conseguía que su presencia fuera tan natural, que hacia normal que un caballero se cubriera con la toga frente a una mujer sin sentirse cohibido.

—¿Tan rico como la familia Vetus? —preguntó Flavio en el mismo tono que un comensal pide a otro que le alcance el jarrillo de agua.

Flacca miró de soslayo a Cicurina. La joven tardó un instante en responder, como si se estuviera planteando la verdadera intención de Flavio al hacer una pregunta tan directa.

—¿Qué piensa hacer ahora? —preguntó Cicurina cruzando los brazos y obviando la pregunta de Flavio.

—Le agradezco el detalle de la toga —dijo Flavio señalando a Flacca la axila para indicar que le quedaba tirante. —La puñetera niña casi me quema vivo.

—La niña estaba asustada y actuó como pudo. —En tono sarcástico—: Yo creía que hacía falta algo más que el aceite de una pequeña lamparita para inutilizarle. Sus servicios resultan caros y los resultados dejan mucho que desear. ¿No está de acuerdo conmigo?

Flacca sonrió. Flavio se mostró atento a un pliegue de la toga. De pronto miró a la joven.

—Creo que averiguar porqué mataron a los dos desgraciados es secundario.

—¿Secundario?

—El que mató a Licinio quería evitar que hablara, y no lo ha conseguido.

—Si un hombre como usted pretende preguntar a Máximo Albucio por el contador, olvídese. Eso nunca ocurrirá salvo que él quiera hacerlo, y menos a alguien que trabaja para los Vetus.

—Sí, es un problema. Por cierto, ¿cómo va el asunto del espectáculo? —preguntó Flavio con la intención de cambiar de tema. —Lo digo porque antes de… este problema, era útil para la campaña electoral, pero ahora es necesario para cubrir los rumores que sin duda se difundirán por la ciudad.

—Precisamente ayer cerré el acuerdo con el principal lanista que gestiona y provee de material en Dianium. Para animar el día, al principio ofreceremos una recreación mitológica: Hércules cazando el jabalí de Erimanto. El lanista tiene un par de jabalís salvajes y varios presos condenados a muerte; los pondremos por parejas y perdonamos la vida al que sea capaz de matar con un bastón sin punta a un jabalí de cincuenta kilos y colmillos.

—Estos espectáculos son baratos y calientan el ambiente.

—Sí. Dice el lanista que es bueno que la plebe empiece pronto a ver sangre. Así perdonará a más gladiadores profesionales.

Flavio afirmó con la cabeza.

—Luego presentaremos los combates de gladiadores. He cerrado un contrato de alquiler con venta: compraremos los muertos y pagaremos el alquiler de los supervivientes. Será un espectáculo increíble, hemos calculado quince muertos profesionales. A media mañana se organizarán varios combates a muerte de *andabatae*. La plebe agradece estos espectáculos porque los aprovecha para comer mientras se ríe con los tropezones, empujones y caídas de estos luchadores.

Flavio no dijo nada, pero nunca le gustaron los combates de los *andabatae,* dos desgraciados condenados a muerte cuyos cascos tenían la visión tapada. El premio era la libertad para el vencedor; Flavio no acababa de entender cómo había condenados más o menos voluntarios para este tipo de lucha cuando todos sabían que lo normal era que el vencedor muriera de las heridas.

—¿No has contratado una *venatio*? —preguntó Flavio, consciente de que lo hacía para decir que el evento electoral no estaba completo, aunque nunca le gustaron las seudocacerias que eran los combates entre hombres y animales salvajes que muchas veces se negaban a luchar, como si su instinto les anunciase que morirían de todas formas.

La joven directora de la familia Vetus miró a Flavio antes de contestar. Este temió que ella hubiera descubierto la mala intención de la pregunta. Decidió no volver a arriesgarse.

—Me ha dicho que la plebe está cansada de combates con toros o de las peleas de perros. Esperaban un cargamento de animales africanos, pero no ha llegado.

—La plebe ríe cuando el animal cornea y destripa a un desgraciado.

—Sí, pero salvo alguna recreación del laberinto del minotauro, la plebe se harta de ver siempre lo mismo. Y se trata de promocionar a Cátulo.

Flavio Retógenes estaba contento con la nueva toga. Como siempre que a lo largo de su vida había visto lo bien que vivían los ricos, envidió a quienes consideraban que una toga como aquella era «vieja». No se trataba solo del fino bordado distribuido a lo largo del ribete de la prenda, sino que en lugar de sentirse vestido, se veía arropado por la prenda más cara que nunca había llevado. El regalo de una prenda «usada» hizo pensar a Flavio que Cicurina y su familia no sabían el dinero que tenían. Ratificó su opinión de que, para los ricos, la cuestión no es el dinero, pues llega un momento que ni siquiera lo cuentan, sino el disfrute del poder, de mandar, de saber que podrán hacer lo que quieran. Envidió a Cátulo.

Ella le había preguntado qué iba a hacer; Flavio lo tenía claro, pero contestó con evasivas para evitar que la fuerte personalidad de la joven interfiriese en la conversación que debía tener con Cátulo.

—Ya he dicho a Cicurina que me senté en el cuarto esperando a la prostituta, pero alguien me golpeó la cabeza y me desmayé. Nerva me despertó, me dolía la cabeza, estaba cubierto de sangre y con aquel hombre muerto a mi lado. Me ayudó a salir, pero yo no podía andar; entonces dijo al posadero que pagaría si avisaba de lo ocurrido, de lo contrario le mataría.

Cuando Flavio escuchó el nombre de Cicurina entendió por qué la joven no había mencionado a su hermano para nada; sencillamente, ella ya había interrogado al principal testigo. Flavio admiró la astucia de la joven. Miró a Cátulo, lo tenía todo para triunfar en la vida: dinero, una familia con influencia, un físico normal sin llegar a ser vulgar y todos los caprichos que pudiera desear. Lo normal en una familia con aspiraciones políticas, porque en la sociedad romana la familia era tan importante en la carrera política de un aspirante como el propio miembro que ocupase el cargo, es que Cátulo hubiera ingresado en el ejército. Los hijos de las grandes familias aristocráticas locales con pretensiones políticas servían como oficiales de grado medio, formando parte del grupo de ayudantes en los cuarteles generales. Su falta de experiencia hacía que en situaciones de combate nadie les hiciera demasiado caso, y en ocasiones morían víctimas de su propia estupidez y engreimiento. Pero las grandes familias sabían que si sus retoños no fallecían en campaña por el Imperio y su emperador, adquirirían una fortaleza de carácter y una experiencia de militar que no servía para nada, pero que lustraba la biografía de políticos mediocres.

Flavio miró a Cátulo; le resultó obvio que a pesar de tenerlo todo, aquel joven no estaba a gusto consigo mismo. De pronto, a Flavio se le ocurrió que aquel imbécil con suerte en la vida estaba mintiendo.

—Escúchame bien —dijo levantando un poco la voz, pero sin conseguir que Cátulo dejase de mirar al suelo. —No sé qué hacías allí, pero te llevaste a Nerva porque a esa hora las calles pueden ser peligrosas, ni sé qué has contado a tu hermana, pero no fuiste para estar con una prostituta. No te creo.

Cátulo levantó la cabeza, su expresión indicaba que le traían sin cuidado las creencias de Flavio.

—Creo que te citaste con alguien.

Fue entonces cuando Cátulo miró a Flavio con interés.

—¿Qué? me lo vas a contar o se lo digo a tu hermana.

Flavio Retógenes se dirigió a la salida de la villa. Se sorprendió al ver a Cicurina apoyada en el quicio de la puerta de servicio. La joven sonrió con la satisfacción de quien acierta en una predicción.

—Usted sabía que hablaría con su hermano, y ahora espera que le informe —dijo Flavio antes de que la joven pudiese saludar.

—Se equivoca. —Sonrió. —No espero nada, me voy a limitar a ordenarle que me lo diga.

Flavio la miró sopesando todas las posibilidades. Lo decidió.

—No.

—¿No, qué?

—Que no voy a traicionar la confianza de un cliente, aunque sea un miembro de los Vetus.

Cicurina sonrió divertida. Colocó una expresión de suficiencia en su cara, luego se puso seria antes de hablar.

—Le duplicaré el sueldo —dijo despacio.

Flavio esperaba una vulgar y la más o menos acostumbrada amenaza, no una propuesta como esa. Era mucho dinero, podría estar más de seis meses viviendo sin preocupaciones. Deseó que aquella joven engreída no hubiese esperado allí, pero era un profesional. Se tocó la brecha en la cabeza que le habían cosido. Le dolía.

—El cliente paga con justicia. Ni pido ni necesito más.

Cicurina sonrió antes de dejar a Flavio sin despedirse. Mientras la veía alejarse por la calle, Flavio se planteó si su sentido de la profesionalidad le había hecho perder una buena cantidad de dinero.

Después de la conversación con Cicurina, Flavio entró en una taberna cercana a la villa de los Vetus para asumir que había perdido dinero por algo que aquella joven inteligente, y se sorprendió asimismo pensando que también atractiva, se enteraría tarde o temprano. Pero fue delante del vaso de arcilla con vino aguado, cuando admitió que tenía un problema. Cátulo contó que estaba en aquel cuartucho de mierda porque tenía una cita con su gran amor; le extrañó el lugar elegido por Alba, una de las hijas de Máximo Albucio, pero se querían y se habían citado en otros lugares casi tan cutres como aquel para que sus respectivas familias no supieran nada, aunque a horas menos peligrosas. Pero llevaban tiempo sin verse debido a la campaña electoral y Cátulo entendió las precauciones. El mensaje se lo había entregado una doncella de Alba a Scaeva, su escolta. Cátulo entró en el cuarto que, como ponía en la nota, solo tenía la puerta encajada, y le golpearon en la cabeza. Lo siguiente que recordaba era despertarse zarandeado por Nerva con un gran dolor de cabeza y un enorme chichón.

Flavio dejó a Cátulo consciente de la necesidad de hablar con Alba, pero después del arranque de profesionalidad ante Cicurina, no sabía cómo podía hablar con la hija de un hombre como Máximo Albucio, cuya villa estaba rodeada por un muro de más de tres metros. Dentro de poco anochecería. Flavio estaba cansado y le dolía la cabeza. Las dos pequeñas puertas de servicio que había en el muro estaban cerradas: era imposible entrar. Tendría que pensar algo, pero no se le ocurría nada.

—¿Tú eres Flavio Retógenes?

Estaba en la esquina de una bocacalle que desembocaba junto a los muros de la villa; antes de observar al hombre que se dirigía hacia él, Flavio puso la mano sobre la empuñadura del cuchillo que llevaba bajo la toga.

—¿Eres Flavio Retógenes o no? ¡No puedo perder el tiempo!

—Sí, yo soy —dijo sin tener claro si hacía bien o no.

—Yo no envié el mensaje —dijo la joven Alba, realmente preocupada por los problemas de Cátulo.

Flavio asintió con la cabeza esforzándose por mirar a Alba. La joven era un poco mayor que Cicurina y soltera, circunstancia extraña para la hija de un potentado como Máximo que, como era costumbre, utilizaba el matrimonio de sus hijos para acrecentar, o al menos asentar socialmente, su fortuna. Pero en realidad, Flavio estaba pendiente de Cicurina, en cuya boca adivinaba una sonrisa de burla, o al menos eso intuía él.

—Cátulo y yo nos conocemos desde que nuestros padres eran amigos, y nosotros unos niños que peleábamos, jugábamos y cursábamos los estudios secundarios del *Trivium;* a ninguno nos gustaba la gramática, pero a él le encantaba la retórica, creo que será un buen político. —La joven miró el suelo antes de continuar. —A mí me encantaba la geometría del *Cuatrivium.*

Alba puso la copa de cristal sobre la mesa de tres patas de madera que un artesano había convertido en patas de felino.

—Ya se lo dije a Cicurina cuando preguntó si me había citado con Cátulo. No lo hice. —Miró a la hermana de su amante. —Quiero a Cátulo, pero los dos decidimos esperar… tengo la esperanza de que mi padre permita mi matrimonio con Cátulo si gana las elecciones.

La noche caía en el exterior, una vieja sirvienta entró en la sala sin pedir permiso y encendió una docena lámparas de aceite fabricadas en bronce colocadas junto a las ventanas. Flavio afirmó con la cabeza, pensando que Cicurina era una mujer inteligente que jugaba con él. La joven conocía a su hermano, y cuando él se negó a traicionar a Cátulo, visitó a su amiga Alba. Una Vetus podía entrar en aquella fortaleza sin problemas, y después de hablar con Alba, pidió que mandase a un criado a buscar a un hombre con una toga nueva que parecía vigilar el muro. Flavio sabía que la joven podía haberle contado la conversación con Alba al día siguiente, pero facilitarle la entrada en aquella fortaleza demostraba quién tenía el poder en aquella relación.

—Claro, te entiendo —dijo Flavio. De pronto se le ocurrió una idea descabellada, incluso absurda, ilógica. —Por cierto, ¿qué opinas de Lucinio?

—Te refieres al contador que trabaja para mi padre en el puerto.

Flavio hubiera preferido aceptar el ofrecimiento de Alba para que varios esclavos armados acompañaran a Cicurina y a él hasta la villa de los Vetus. Cuando ella rechazó la compañía aduciendo que Flavio la escoltaría, este pensó que él también necesitaba escolta, pero prefirió sonreír pensando que, con un poco de suerte, nadie les vería en las sombrías calles de la ciudad.

Caminaban con pasos rápidos por las calles oscuras.

—Si sabías qué me había contado Cátulo, para qué querías que traicionara a tu hermano —preguntó Flavio mientras caminaban.

—No lo sabía, pero lo intuía y… simplemente, te estaba probando.

Flavio se sorprendió de no estar enfadado; pensó que era porque Cicurina lo decía sin intención de ofender, sencillamente era la verdad.

—¿Qué hubieras hecho de haber aceptado tu propuesta?

La joven se detuvo y miró a Flavio un instante antes de hablar.

—Te hubiera despedido sin pagarte. Pero ese no es tu principal problema —dijo señalando las sombras que salían de un portal en una calle estrecha.

Flavio sacó el cuchillo, recordó sus tiempos con la *Legio VII Gemina;* deseó tener puesto el casco en la cabeza, el escudo en el brazo izquierdo y el *gladius* en la derecha.

—¡Corre! Yo los detengo —gritó, empujando a Cicurina hacia atrás.

Eran tres sombras. Uno llevaba algo blanquecino y largo en la mano derecha que Flavio imaginó que era un palo, en la oscuridad el metal no brilla.

—¡A mí no! ¡A mí no! Soy una señorita inocente —chilló Cicurina.

Antes de esquivar el palo con los pliegues de la toga que había convertido en escudo y lanzar una cuchillada consciente de que solo cortaría el aire, pero útil para que los atacantes supieran que no sería una presa fácil, Flavio pensó que Cicurina era todo menos inocente. Además, el chillido aniñado de su voz no correspondía a la personalidad de Cicurina.

Flavio sabía que sobreviviría si conseguía mostrarse peligroso. Lo mejor era atacar. Lanzó el trozo de tela de la toga hacia el que llevaba el cuchillo, que no veía en la oscuridad, a la vez que lanzaba una cuchillada al que portaba el palo. Ambos atacantes retrocedieron. Intentó buscar a Cicurina en la oscuridad. Esperó que el tercer atacante no la hubiera alcanzado.

—¡Aquí los *vigiles*! —gritó Flavio tan fuerte como pudo, tanto para que los vigilantes acudieran, como con la esperanza de que los atacantes renunciasen a su presa. Pero ambos se acercaron. Flavio movió el cuchillo frente a él marcando la distancia, usando la parte suelta de la toga como escudo. De pronto, el que portaba el cuchillo hizo un movimiento extraño con la mano izquierda: lanzó arena fina a los ojos de Flavio.

Cuando Flavio intentó esquivar la arena era tarde. Parpadeó de forma inconsciente a la vez que giraba la cabeza. De pronto, vio por su derecha algo largo y blanquecino, solo podía ser el palo de madera, que logró esquivar mientras alargaba el puñal hacia el otro atacante.

Apenas podía abrir los ojos con arena. El atacante lanzó una cuchillada hacia Flavio que la esquivó moviéndose hacia la derecha, donde sabía que recibiría un golpe con el palo. Llegó a desear, como si eso sirviera de algo, que la madera no estuviera claveteada.

Pero el dolor del golpe con el palo no llegó al cuerpo de Flavio. Los ojos le escocían, pero sabía que tenía que mantenerlos abiertos en aquel combate o nunca los podría utilizar, porque aquella pelea era a muerte. Deseó estar combatiendo contra los germanos en la orilla del Danubio. Recordó a Cicurina, esperó que hubiese conseguido huir. Pero en lugar de sentir el golpe del bastón, escuchó el sonido de una madera llegando al suelo. El sonido no solo sorprendió a Flavio, también al atacante del cuchillo que giró la cabeza hacia el compañero con el palo que estaba a su izquierda. Momento que Flavio aprovechó para lanzar una cuchillada de punta que hirió al asaltante en el brazo haciéndole soltar el arma.

De pronto, la experiencia del asaltante en las sucias lides nocturnas urbanas le indicó que, además de perder el arma y tener el brazo herido, era el único superviviente. Miró a Flavio que estaba en guardia con el puñal hacia delante, giró y empezó a correr, alejándose sin tener claro qué había ocurrido.

Ni Cicurina ni Flavio Retógenes comentaron lo ocurrido mientras regresaban. Al llegar, Cicurina ordenó que llevaran comida al despacho. Mientras se limpiaba los ojos con agua, Flavio recordó su sorpresa ante la huida del asaltante, y ver el cadáver del hombre del palo con un agujero en el corazón.

Haciéndose la jovencita inocente que corría despavorida, el asaltante que alcanzó a Cicurina la cogió del brazo para que se girara hacia él. En ese momento, la aguja de sujetar el pelo que la joven llevaba en la mano le atravesó el corazón. El asaltante no supo qué pasaba hasta que Cicurina sacó el estilete de su pecho del que salía un chorro de sangre que manchó a ambos. Luego se acercó por detrás a los atacantes de Flavio y con el mismo estilete atravesó la espalda del hombre del palo partiéndole el corazón. Al ver la matanza, Flavio comprendió el falso gritito aniñado de Cicurina, a la que no supo cómo dar las gracias por salvarle la vida. En realidad no hacía falta, porque ambos sabían quién había sido el protector y quién el protegido.

Cuando Flavio llegó al despacho, Flacca recogía una abultada bolsa de monedas. La joven tenía sangre en la *palla,* que le cubría como un chal.

—Entrégasela a Graciano, ve con el escolta de servicio, porque mi hermano no saldrá esta noche. Le dices que los Vetus no olvidan sus eficaces gestiones para anular la denuncia contra Cátulo y ocuparse de Licinio.

Flavio observaba el gesto inconsciente de Flacca sopesando la bolsa mientras recibía instrucciones de Cicurina. Esperó a que saliera el criado antes de hablar.

—Eres una caja de sorpresas. Me alegro que felicites a ese tal Graciano por ocuparse de la familia de Licinio —dijo sentándose frente a la joven.

Cicurina sonrió, cogió un pastelito de almendras y miel de la bandeja que había sobre la mesa. Contestó a Flavio antes de morder.

—Graciano es abogado y viejo amigo de la familia. Me complace decirte que ha conseguido que el jefe de los vigilantes obvié el testimonio de un hombre que ha muerto y que no podrá ratificar su testimonio. —Mordió el pastelito y continuó hablando después de tragar. —Respecto a la familia de Licinio, ese contador debería haber pensado en sus hijos antes de perjudicarme. Por lo que a mí respecta, me trae sin cuidado que la madre tenga que prostituirse cuando se le acabe el dinero y su hijo pequeño acabe con todos los pistachos —dijo Cicurina sin elevar el tono de voz, asépticamente. Limitándose a comentar una realidad ajena a su vida.

Pero en lugar de aumentar las ganas de comer que Flavio había sentido al entrar y ver la bandeja, regresó a su cabeza la misma idea que tuvo hablando con Alba, cuando le preguntó si conocía a Licinio.

—¿Los hijos de Licinio comían pistachos?

Cicurina dejó de masticar, entendió la importancia de la pregunta que acababa de hacer Flavio.

—Tengo la sensación de que lo único comprensible en un asunto que no acabo de entender son los pistachos —dijo Flavio.

Flavio se alegró de llevar puesta una cota de malla bajo la túnica y que del costado izquierdo colgara el *gladius* de sus tiempos en el ejército. Era una espada un poco corta, pero útil para combatir en lugares estrechos como las calles de Dianium; aunque también llevaba su inseparable puñal bajo la toga.

—¿Seguro que está aquí? —preguntó Nerva susurrando.

—Le he visto entrar —dijo Flacca elevando un poco el tono de voz, que todavía resultaba demasiado nasal por la nariz hinchada.

—Sale alguien —susurró otro sirviente de la familia Vetus.

El grupo formado por Flavio, Flacca, Nerva, dos criados más de confianza de la familia, y cuatro amigos de Nerva con un aspecto que no gustó a nadie salvo a Nerva que los había contratado, miraron a la sombra que salía de la pequeña puerta de servicio en un muro de la fortaleza de Máximo Albucio. La sombra de un hombre alto se dirigió hacia ellos. Se habían apostado en el itinerario que aquel hombre utilizaría para ir a su casa.

Flavio sonrió, recordó que Cicurina dijo a Cátulo que olvidase las elecciones hasta aclarar lo ocurrido y que le obligaría a vivir en el campo. El joven lo intentó, pero no supo negarse ante la autoridad de su hermana. Regresó a sus habitaciones y se desahogó con Scaeva, que continuaba comiendo pistachos. Como Flavio y Cicurina habían previsto, cuando Scaeva acabó el turno no fue a su casa. Flacca y otro criado le siguieron hasta la villa de Máximo Albucio, donde informó de la marcha de Cátulo al campo.

La figura de Scaeva destacaba contra el muro pintado de cal blanca del potentado. Sus sandalias claveteadas hacían crujir el suelo. No parecía temer un problema de seguridad.

Flavio pensaba que imperaría la cordura, pero se equivocó. Cuando Scaeva tomó la curva se encontró a todo el grupo. Flavio intentó decir que solo pretendían hablar con él, de manera que si colaboraba respetarían su vida. Scaeva sacó un cuchillo y se defendió hiriendo de muerte a uno de los contratados y rajando el brazo de otro, hasta que un tercero le lanzó una red utilizada por los gladiadores *retiarius,* y consiguió inmovilizar a Scaeva.

Cicurina miraba con atención a Flavio.

—Los clavos de las suelas le delataron sin torturarle demasiado. Scaeva confesó haber asesinado al hombre de la posada, un esclavo comprado en Cartago Nova por Máximo Albucio para que Scaeva le cortara el cuello en la posada; pero tuvo que matar a Licinio cuando los *vigiles* no encontraron el cadáver del esclavo y el testigo era un cabo suelto.

De pronto, Flacca irrumpió nervioso en el despacho para anunciar una visita, acababa de llegar Máximo Albucio.

El potentado esperaba en el jardín de la villa, sentado frente a la mesa de mármol blanco en la que había una bandeja con dos copas de cristal vacías y una jarra del mismo material llena de vino. Después de saludos tan educados como cínicos por parte de Máximo Albucio y Cicurina Vetus, nadie se dirigió a Flavio ni él esperaba otro comportamiento hacia lo que élite romana consideraba plebe, Cicurina llenó las dos copas.

—Ha sido todo un detalle que me esperaras para beber —dijo Cicurina sonriendo, a la vez que cogía la jarra y llenaba las dos copas, dejando que Máximo Albucio eligiera. Ella bebería de la que quedase, para mostrar que el vino no estaba envenenado.

—Eres tan educada como tu padre, que me han dicho que está de inspección —respondió Máximo esperando que ella bebiera primero. Algo que Cicurina hizo con rapidez y el invitado imitó.

—Tengo un poco de prisa. Me vas a permitir que vaya directo al asunto.

—Por supuesto, tú siempre has sido un padre para mí, y siento de veras que no nos honres más a menudo con tu presencia… como ocurría antes.

—Te respeto Cicurina, desde luego más que a tu padre, y sin duda más que al imbécil de tu hermano. Por eso te pido que alejes a ese inútil de Alba.

Cicurina estuvo a punto de abrir la boca, pero no lo hizo.

—Y no me digas que no sabes de lo que hablo.

—Mi hermano solo quiere ser duunviro de Dianium.

—Me trae sin cuidado que Cátulo sea duunviro, pero aléjalo de Alba. —Miró a Cicurina con una mirada que Flavio consideró tan tierna como la que hace un lobo antes de comerse una oveja. —He fracasado esta vez, pero no la próxima.

—Pero ¿tú quieres un cargo político? —preguntó Cicurina realmente curiosa.

Máximo Albucio bebió y acabó su copa. Se puso en pie.

—Siempre has sido una niña, ahora una mujer, inteligente. No como el estúpido que contrataste para evitar que tu hermano se metiera en problemas —dijo señalando a Flavio con la copa vacía, que estaba a unos metros de la mesa esperando instrucciones. —Yo no quiero un cargo porque eso implica gastar dinero en construir un edificio público, un puente o un arco para la ciudad, como hacen los políticos al ser elegidos. —Sonrió. —Si me interesa una decisión política me limito a sobornar a quien haga falta y punto. No seas tan estúpida como tu hermano. —Se acercó a Cicurina mientras hablaba. —Me da igual que Cátulo sea un político. He intentado acabar con su prestigio colgándole un muerto porque no permitiré que se case con Alba. —Colocó la copa con tanta fuerza sobre la mesa que la rompió. —Escúchame bien, no he podido acabar socialmente con Cátulo, esta vez. Pero dile a tu padre que la próxima vez que ese niñatillo se acerque a Alba, acabará en galeras.

Máximo Albucio dejó el jardín despidiéndose con una sonrisa, que Cicurina correspondió.

Flavio vio al rico potentado salir del jardín; no acababa de creerse que hubieran muerto dos hombres, quizá tres, porque no estaba seguro de que Scaeva se recuperase de las heridas que Nerva y sus amigos le habían hecho para vengar al compañero muerto, por un asunto de amor que no tenía nada que ver con la política, ni siquiera con la corrupción. Todo era un simple asunto personal: a Máximo Albucio no le gustaba Cátulo. Flavio Retógenes se alegró de trabajar para Cicurina, porque a él no le gustaba ninguno de aquellos dos hombres.

AUTORES

Carlos ORTEGA PARDO

(Albacete, España, 1983). Licenciado en Ciencias Políticas, a día de hoy reside en Valencia, donde se desempeña como profesor, traductor y realiza críticas de cine. *Giacomo,* su primera novela, se encuentra en el mercado desde 2014 y ha cultivado también el relato de género, el microrrelato y la poesía, viendo incluidas bastantes de sus obras en antologías y revistas literarias. Ha sido finalista en las cuatro ediciones celebradas por nuestra editorial con los relatos «Desertor» (2014), incluido en *Relatos en un reloj de arena (I),* «El cantar del cobarde» (2016), publicado en *Quince relatos y un nuevo reloj,* y «Ni quito ni pongo» (2018), con el que arranca el libro *Relatos de un viejo reloj roto.*

Mari Carmen PÉREZ TORRES

(Málaga, España, 1960). Licenciada en Magisterio e Historia del Arte por la Universidad de Málaga, ejerce como docente de primaria desde hace más de dos décadas en el colegio público Colmenarejo, en Campanillas (Málaga). Voraz lectora desde la adolescencia gracias a la influencia de su entorno familiar, de gran vocación artística, cultiva su afición por la escritura desde hace pocos años, sobre todo en el blog literario *Cuentos Breves para Pasar el Rato,* donde publica cuentos y relatos.

Javier CARRILLO HERMOSILLA

(Madrid, España, 1970). Profesor del Departamento de Economía y Dirección de Empresas de la Universidad de Alcalá, cuenta con decenas de publicaciones sobre economía, nacionales e internacionales, divulgativas y científicas. Hace un par de años decidió volcar esa larga experiencia en la escritura hacia fines, digamos, más elevados. Hasta el momento, sus relatos de ficción han sido publicados en dos antologías en la editorial Carpa de Sueños (2016) y en la editorial Punto Didot (2017).

José Antonio MAZA PÉREZ

(Granada, España, 1959). Residente en Huelva, es un autor novel. Ha escrito varios relatos cortos con los que ha participado a diversos certámenes y cultiva el género policíaco. Entre sus obras destaca la publicación de su primera novela, *El sacamantecas del Polvorín,* ambientada en Huelva en la década de los veinte del siglo pasado.

Sandra MONTEVERDE GHUISOLFI

(Montevideo, Uruguay, 1967). Licenciada en Biología, en la actualidad reside en España, donde ejerce como directora de redacción y cuenta con una larga trayectoria profesional en corrección y generación de contenidos para periódicos, webs y revistas digitales. Escritora profesional, ha sido finalista en numerosos certámenes literarios, llegando a obtener diecinueve primeros premios. Su vasta producción literaria cuenta con más de setenta títulos publicados en diversas antologías de cuentos y relatos.

Ricardo ALLER HERNÁNDEZ

(Murcia, España, 1977). Licenciado en Administración y Dirección de Empresas por la Universidad CEU San Pablo, es funcionario de la Administración General del Estado y de la Comunidad Autónoma de la Región de Murcia y director del programa de radio IMAS PALABRAS en Onda regional de Murcia. Cultiva el género del relato, en el que destaca por haber recibido varios premios desde 2009, tanto en la categoría de relatos históricos como de misterio y suspense, y en microrrelatos. Fue finalista en el primer y segundo certamen de relatos breves de ficción histórica convocado por e-DitARX con los relatos «El peso del uniforme», publicado en el primer volumen de los *Relatos en un reloj de arena* (2014) y «Antes un mundo rindieras» (2016), incluido en *Quince relatos y un nuevo reloj*. En 2018 se publicó en esta misma editorial su antología *Pequeños relatos para grandes enigmas*.

Ricardo GIRALDEZ

(Buenos Aires, Argentina, 1970). Sus relatos han sido seleccionados para integrar diversas antologías en Argentina, España, Italia y Estados Unidos, habiendo colaborado con diferentes revistas literarias especializadas en los géneros de terror, fantástico y de ciencia ficción. Dentro de su producción narrativa cabe citar los fragmentos y aforismos reunidos en *El inadaptado* (2007) y su libro de cuentos *Idilios* (2012). En 2014 fue finalista de nuestro primer certamen con los relatos «El símbolo de lo enorme» (2014) y «Las voces mudas» (2015), publicados en los dos volúmenes de *Relatos en un reloj de arena*. Un año más tarde, se publica en e-DitARX su primera novela, *La fortuna o la muerte,* ambientada en la corte parisina de 1617, siendo también finalista de la segunda edición de relatos con «Una monstruosa satisfacción», que se integra en *Quince relatos y un nuevo reloj*. En 2018, su relato «La rival» será seleccionado y publicado en *Relatos de un viejo reloj roto*.

Guillermo HORACIO PEGORARO

(Córdoba, Argentina, 1966). Licenciado en Comunicación Social, y licenciado en Psicología. Ejerce como psicólogo en la especialidad de violencia familiar y dirige la página *Te perdono* desde donde asiste y responde de manera gratuita a quienes atraviesan conflictos sentimentales. A través de la misma plataforma virtual se publican recopilaciones de relatos psicológicos para afianzar la autoayuda, habiendo recibido premios y reconocimientos en distintos certámenes literarios en Argentina, Uruguay, Chile, España, EE. UU., Venezuela, Colombia y México.

Ignacio CALLE ALBERT

(Valencia, España, 1978). Doctor en Filosofía y Ciencias de la Educación por la Universitat de Valencia, es titulado superior en

Piano por el Conservatorio Superior de Castellón, maestro de Educación Musical y licenciado en Psicopedagogía por la Universidad de Valencia. Su inquietud hacia los temas relacionados con la incidencia de la música en la salud le llevaron a realizar el máster en Musicoterapia en la Universidad Católica de Valencia (UCV) y el de Estética y Creatividad Musical por la Universidad de Valencia, así como el máster en Musicología Histórica por la Universidad de la Rioja. En la actualidad ejerce su labor docente como profesor del Máster Oficial de Musicoterapia de la UCV y en el IES Malilla de Valencia, donde imparte clases de Pedagogía Terapéutica. Es autor de varios libros: *Historia del Musicoterapia I* y *II; La figura de la mujer en la historia de la musicoterapia. Desde la Antigüedad hasta el Barroco* y *La música en el teatro de Shakespeare. Un estudio holístico del concepto en sus principales obras dramáticas,* contando además con numerosos artículos publicados en revistas de ámbito internacional. Su afición por la escritura surge de la investigación de la aparición musical en las obras dramáticas de Shakespeare y, de momento, su incursión en el terreno literario se centra en los relatos, habiendo sido finalista y ganador de varios certámenes de ámbito nacional.

Ángel Revuelta Pérez

(Laredo, España, 1971). Máster en Historia Contemporánea y doctor en Historia por la Universidad de Cantabria, ha publicado varias monografías sobre la historia de Cantabria: *Historia Contemporánea de Marina de Cudeyo; Historia de la Batalla de Flores de Laredo; Operación Koala; Historia de Cantabria en Cómic; A través del puente; Tres vidas una historia; Laredo en la época contemporánea* y *Gente de Laredo.* En 2009 ganó el Premio Cabuérniga de Investigación y su tesis doctoral sobre la Transición en Cantabria (2017) será editada por la Universidad de Cantabria. Sus relatos han sido publicados en diversas antologías y ha ganado varios premios, entre ellos el Premio Literario del Consejo Social de la Universidad de Cantabria por su obra *Fronterizos* (2016) y fue finalista del segundo certamen de e-DitARX con el relato «Princeps civium» (2016) publicado en *Quince relatos y un nuevo reloj.*

Antonio Martín García

(Madrid, España, 1964). Escritor y apasionado lector de novela negra actual que ha descubierto la calidad de los escritores españoles que cultivan este género literario, entre los cuales empieza a destacar por sus relatos y microrrelatos, siendo finalista en varios certámenes literarios de ámbito nacional.

Gloria Molinero Fernández

(Sevilla, España, 1995). Graduada en Filología Hispánica y máster en Estudios Hispánicos Superiores, es profesora de Secundaria. Académicamente, su trabajo de grado obtuvo la calificación más alta de la Facultad de Filología de la Universidad de Sevilla, obteniendo una beca de investigación centrada en aspectos técnicos de filología analítica y otra sobre la literatura hispanoamericana escrita por mujeres. Vinculada desde su juventud a las letras, ha publicado artículos sobre literatura contemporánea, ganado diversos concursos literarios y ha trabajado en la industria editorial.

Jose Luis Molinero Navazo

(París, Francia, 1963). Licenciado en Sociología, es doctor en Ciencias Políticas y Sociología y máster en Guion y Narrativa Audiovisual. En 2015, dirige y guioniza el documental *El puente del dragón en Alcalá de Guadaira* que es galardonado con el premio Experiencia TV de Canal Sur Televisión. Como escritor de ensayo, tiene en su haber la publicación de una veintena de artículos científicos centrados en diversos aspectos de la historia y la sociología militar. Entre sus libros destacan *Educación para la Paz, Evolución y actores de los sistemas políticos* y *Politeia para el aula*. Ha sido ganador en varios concursos de microrrelatos y relatos y fue uno de los finalistas de nuestro primer certamen con la obra «El hombre de Castelnuovo», publicado en 2015 en *Relatos en un reloj de arena (I)* y en 2016 su relato «El ocaso de un reino» se incluyó en *Quince relatos y un nuevo reloj*. Su último proyecto, la serie televisiva de género policiaco *Isla bonita bajo nube oscura,* ha sido premiado y mentorizado por La Palma film Commission (2018-2019).

Este libro se editó en abril de 2019